BRUTALE JAGD

LEE SAVINO

TABITHA BLACK

Übersetzt von
ULLI GERSTNER

BRUTALE JAGD

Der Jägerkönig fängt seine Omega…

Sie nennen ihn den König der Jagd. Niemand kennt seinen richtigen Namen.

Er ist groß, gut aussehend, mächtig und brutal.

Und er hat mich gerade gefangen genommen.

Ich befinde mich auf einem fremden Planeten und weiß nicht, wie ich hierherkam. Oder wer ich überhaupt bin. Ich erinnere mich an nichts, außer an meinen Namen: Haley.

Ich bin der einzige Mensch unter den vielen weiblichen Betas, die an der jährlichen Mondscheinjagd teilnehmen. Die Krieger sind die Jäger. Wir sind die Beute.

Es dauert nicht lange, bis der Jägerkönig mich erwischt … und mich dann in sein geheimes Versteck verschleppt. Immer und immer wieder raunt er nur das eine Wort:

Omega.

Ich weiß nicht, was das bedeutet. Aber ich verstehe, wenn er den Rest knurrt:

Mein.

Mein.

Mein.

*Brutale Jagd ist ein eigenständiger Science-Fiction-Roman mit dem König der Jagd und seiner auserwählten Gefährtin. Lesen Sie die gesamte *Planet der Könige*-Reihe, um die Geschichte jedes Königs zu erfahren.

EXKLUSIVES EXTRA-KAPITEL!

Wollen Sie mehr von Kim und Aurus? Melden Sie sich HIER für den *Planet der Könige*-Newsletter an (https://geni.us/omegaversefreebieGER) und erhalten Sie eine spezielle Bonus-Novelle, die nirgendwo anders erhältlich ist!

Was schenkt man einem König, der alles hat? Kim hat da eine Idee …

EINS
HALEY

Ich habe den seltsamsten Traum. Ich liege auf einer taufrischen Wiese, und die Feuchtigkeit dringt von unten in meine Haut ein. Ein Farnblatt streift mein Gesicht. Es ist Nacht, aber der Himmel ist hell vom Licht des Vollmonds. Nein, warte – der *fünf* Monde. Fünf? Was zum Teufel?

Ich streiche mir mit der Hand über den Kopf und bleibe mit den Fingern hängen. Mein Haar ist vom Schlaf verheddert. Etwas beißt mich in den nackten Oberschenkel, und ich schlage zu, verfehle es jedoch. Eine Art Glühwürmchen schwirrt davon – aber es ist größer und sieht bösartiger aus als jedes Insekt, das ich je erblickt habe. Und es ist leuchtend rot, ganz anders als alle Glühwürmchen, die je meinen Weg gekreuzt haben.

Ich reibe mein Bein. Was auch immer es war, das Ding hat mich gebissen, und es hat weh getan. Das ist ätzend, aber noch ätzender ist, was das scharfe Zwicken nicht angerichtet hat.

Es hat mich nämlich nicht aufgeweckt. Ergo bin ich schon wach. Das hier ist kein Traum. Das geschieht tatsächlich mit mir.

Wo bin ich?

Ich setze mich auf, meine feuchten Glieder schmerzen, während ich versuche, mich zu orientieren. Ich trage ein durchsichtiges Negligé, meine Brustwarzen und die Warzenhöfe sind durch den hauchdünnen weißen Stoff zu sehen. In meinem Schädel hämmert es unaufhörlich und ich habe einen bitteren Geschmack im Mund. Meine Lippen sind rissig, und wenn ich sie reibe, schmecke ich Blut. Ich würde dafür töten, etwas Kaltes zu trinken zu bekommen.

Ein Ast knackt, und ich wirbele herum, während mein Herz wild in meiner Brust klopft. Eine geisterhafte Gestalt bahnt sich ihren Weg durch das Gebüsch und bleibt neben mir stehen. Die Gestalt bückt sich, die Hände auf den Knien gestützt, um nach Luft zu schnappen.

„Ulf", ruft eine hohe Stimme. Der Neuankömmling trägt ein blasses, fadenscheiniges Kleidungsstück, das ihr bis zu den Oberschenkeln reicht. Und sonst nichts. Das Gewand ist ziemlich durchsichtig, genau wie das, das ich trage.

Die Frau wirft ihr langes Haar zurück und starrt mich an. Ihre Augen sind ein bisschen zu groß für ihr Gesicht. Und ihre Ohren ... haben spitze Enden. Wie die einer Elfe.

Vielleicht bin ich auf einer Art Kostümparty ... und habe zu viel getrunken? Das würde meinen benebelten Kopf begründen. Aber das würde nicht erklären, warum sie sich nicht anhört, als würde sie Englisch sprechen - oder irgendeine andere Sprache, die ich je gehört habe.

„Ähm", schaffe ich zu äußern. Meine Lippen fühlen sich zu groß für mein Gesicht an.

Bevor ich fragen kann, wo ich bin und was ich hier mache, beugt sich die Frau mit ihren riesigen Augen vor.

„Was machst du da?", zischt sie. „Du kannst hier nicht

bleiben! Die Alphas kommen! Wir müssen fliehen!" Sie greift nach meiner Hand, schlingt lange, schlanke Finger um mein Handgelenk und reißt mich auf die Beine, wobei sie mir fast die Schulter auskugelt. Sie ist viel stärker, als sie aussieht. Sie zerrt mich hinter sich her und wir stürzen ins Unterholz.

Sie ist auch groß, misst mindestens dreißig Zentimeter mehr als ich, und obwohl es Nacht ist, erkenne ich etwas Ungewöhnliches an ihr. Ihre Haut schimmert im Mondlicht und sieht ... grün aus.

Ich folge ihr und versuche, es ihr mit ihren langen Schritten gleichzutun, während Äste und Blätter mein Gesicht, meine Brust und meine Beine peitschen. „Was ist los?", frage ich zwischen zwei Atemzügen. Meine Worte klingen in meinen eigenen Ohren verzerrt. Alles fühlt sich falsch an.

„Die Alphas kommen. Wir müssen fliehen."

Sie hat das schon einmal gesagt, aber es verrät mir nicht mehr als beim letzten Mal. „Die wer?"

„Die Alphas! Hier entlang ..." Sie greift wieder nach meinem Handgelenk und zerrt mich durch ein stacheliges Gebüsch und bringt mich zum Schweigen, als mich die Blätter kratzen, und ich aufschreie.

Nachdem wir den Busch durchquert haben, bleibt sie stehen und lässt mein Handgelenk los. Wir befinden uns in einer kleinen Nische, umgeben von dichtem Blattwerk. Sie mustert mich aus verengten Augen von Kopf bis Fuß. „Wer bist du?", fragt sie. Die Geräusche, die sie macht, wenn sie spricht, klingen überhaupt nicht wie Englisch, aber die verzerrten Silben ergeben irgendwie einen Sinn.

„Wer bist du?", wiederhole ich ihre Frage.

„Sian." Die Enden ihrer spitzen Ohren zucken.

„Mein Name ist ..." Ich reibe mir mit kalten Fingern

den Kopf. Warum kann ich mich nicht an meinen eigenen Namen erinnern? Was zum Teufel ist hier los? „Haley", schaffe ich es hervorzupressen. „Bitte sag mir, wo wir sind. Warum laufen wir weg? Warum sind wir hier draußen, mitten in der Nacht?" Wir sind zu weit in den Wald hineingegangen, als dass es eine Party sein könnte. Vielleicht habe ich mich auf Geocaching eingelassen? Im Schlaf?

Ihre Augen verengen sich. „Du weißt es nicht?"

„Ich weiß es nicht!" Ich wische mir den Mund ab und kämpfe gegen die Welle der Panik an, die mich zu überrollen droht, seit ich meine Lider geöffnet habe und mich in diesem bizarren Albtraum wiederfinde.

„Es ist die Jagd der Monde", erklärt sie, als würde sie mit einem kleinen Kind sprechen. „Während der die Alphas nach Betas jagen."

„Betas?", wiederhole ich bloß.

„Früher haben die Alphas Omegas gejagt, doch jetzt gibt es keine mehr. Nun ja, fast keine. Aber wir haben die Tradition hier auf Arboron beibehalten."

„Arboron?" Ich klinge wie ein Papagei.

„Das Königreich des Waldes."

„Königreich des Waldes" klingt wie etwas aus *Dungeons and Dragons*. „Ist das wie ein Fantasy-Mittelaltermarkt?"

„Ein was?" Sians Ohren zucken wieder. Sie hat sich mit ihrem Elfenkostüm total verausgabt.

Ich schlucke und fahre zusammen, als die Haut auf meinen Lippen aufreißt. „Hast du etwas zu trinken dabei?"

Sian sieht sich einen Moment lang um, dann gleitet sie zu einem nahegelegenen Ast und pflückt etwas Rundes davon. Sie sticht ein Loch mit ihrem Daumen in die Spitze und hebt es an ihre Lippen. Sie nimmt einen Schluck, bevor sie es mir reicht.

Ich ahme ihre Bewegungen nach, hebe das Ding – das etwa die Größe einer Grapefruit hat – hoch und lasse die süße Flüssigkeit meine raue Kehle hinuntergleiten. Es ist anders als alles, was ich je zuvor gekostet habe, aber es ist so verdammt gut. „Danke", sage ich ihr, nachdem ich das Ding leergesaugt habe.

Sie sieht mich an. „Woher kommst du?"

Das ist eine gute Frage. Woher *komme* ich? Der Versuch, mich an irgendetwas aus meiner Vergangenheit zu erinnern, ist ungefähr so wie durch Toffee zu waten. Es gibt kleine Erinnerungsfetzen, aber so vieles ist verschwommen. Ich weiß, dass ich Haley heiße ... und ich bin nicht von *hier*. „Ähm ... "

„Das ist egal. Wir müssen in Bewegung bleiben, sonst holen sie uns ein. Wir wollen nicht so schnell erwischt werden."

„Wollen wir nicht?"

„Die besten Alphas bevorzugen eine Herausforderung." Das Mondlicht umspielt die Kurve ihrer Lippen. Sie lässt ihre Augenbrauen zweideutig in die Höhe wandern.

„Warte", ich reibe mir die Stirn. „*Willst* du etwa erwischt werden?"

„Natürlich. Das ist der beste Teil der Jagd. Aber wir wollen nicht gleich erwischt werden. Komm mit." Sie dreht sich auf dem Absatz um und macht sich wieder auf den Weg, und ich laufe ihr mühsam hinterher. Meine Oberschenkel zittern, und meine nackten Füße schmerzen, als ich über moosbewachsene Felsen rutsche. Sian rennt einen unsichtbaren Pfad hinunter, ihr dunkles Haar weht wie eine Fahne hinter ihr her. Sie rutscht nie aus oder knallt in einen Busch. Ich folge ihr wie ein Elefantenbaby, hüpfe zwischen Baumstämmen hindurch und krache in dicke

Büschel von im Dunkeln leuchtenden Farnen. Die Wedel sind neonorange.

„Heilige Hölle." Die Organisatoren dieser Veranstaltung im Waldkönigreich haben sich eine verrückte Dekoration ausgedacht. Ich nehme die Spitze eines Wedels zwischen meine Finger. Fühlt sich echt an.

„Pssst", beschwichtigt mich Sian.

„Ich versuche es", erwidere ich schnaufend. „Ich bin es nicht gewohnt, nachts zu laufen." Oder überhaupt zu laufen.

Sian greift nach hinten und zieht mich weiter, bevor ich ihr sagen kann, dass ich nicht von einem Alpha erwischt werden will. Ich habe eine Menge anderer Fragen, die ich stellen möchte, aber die dringendste ist: Was passiert, wenn uns ein Alpha in die Finger bekommt?

Vielleicht will ich das gar nicht wissen.

Nach gefühlten Stunden des Laufens bahnen wir uns einen Weg durch einen weiteren dichten Busch und tauchen in der Nähe eines riesigen Wasserfalls auf.

Ich bleibe stehen, schnappe nach Luft und beuge mich vor, um den Stich in meiner Seite zu lindern. Wer auch immer ich bin, ich renne keine Marathons zum Spaß.

„Haley, wir müssen weitergehen." In Sians Stimme liegt ein dringender Ton, aber der war schon da, als sie das erste Mal über mich stolperte, und jetzt bin ich bereit zu rebellieren. Ich bin in zu viele Dornensträucher gerannt und habe mir die Zehen an zu vielen Baumstämmen gestoßen. Meine Kehle schreit nach Wasser oder mehr von diesen saftigen Fruchtdingern. Ich muss herausfinden, wie die Organisatoren der Veranstaltung den Himmel so verändert haben, dass nicht nur ein, nicht zwei, sondern fünf Vollmonde zu sehen sind.

Was zum Teufel ist das für ein Mittelaltermarkt?

„Ich kann nicht", keuche ich und fasse mir an die Seite. Der anfängliche Adrenalinstoß, den ich beim Aufbruch verspürte, ist abgeklungen und jetzt möchte ich mich nur noch hinlegen. „Gib mir nur eine Sekunde."

Seufzend setzt sich Sian auf den Rand eines Felsblocks.

Ein leuchtend rotes Glühwürmchen zoomt in mein Gesicht, und ich weiche zurück. „Oje. Das ist wie ein schlechter Trip. Ich schwöre, ich werde nie wieder Pilze nehmen."

Sian gluckst. „Du sprichst komisch."

„Weißt du, dasselbe wollte ich auch gerade über dich sagen."

Ein schrilles Kreischen ertönt. Es ist hoch über uns in einem riesigen Baum, aber wir springen beide auf. „Mein Gott", rufe ich und presse zitternd eine Hand auf meine Brust. „Das hörte sich wie ein Pterodaktylus an." Es klang auch nicht wie ein falscher Jurassic-Park-Soundeffekt, sondern ziemlich echt. „Du sagtest, wir sind im Waldkönig-reich? In welchem Staat sind wir?"

„Staat? Dies ist ein Königreich."

„Richtig", erwidere ich. Sian wird nicht aus der Rolle fallen. Sie ist offensichtlich eine Schauspielerin, die von einem verrückten Fantasy-Convention-Veranstalter ange-heuert wurde, der alle seine Tolkien-Träume wahrmachen will.

„Okay. Na schön. Versuche, das dem Finanzamt zu erklären", murmle ich vor mich hin.

Sian springt auf. „Wir müssen gehen. Der Fluss schwächt unseren Geruch ab, aber bald werden die Alphas nahe genug sein, um uns zu wittern."

„Und das ist schlecht, oder?"

„Wenn sie uns wittern, können sie uns finden." Sie hört sich an, als würde sie einem absoluten Laien etwas erklären.

„Wir wollen nicht gefunden werden, bevor die Jagd zu Ende ist."

„Warum nicht? Was werden sie tun?" Solange ihre Antwort nicht lautet, dass wir getötet und gegessen werden, laufe ich keinen Meter weiter.

„Sie werden ..." Ihre Ohren zucken. Sie neigt den Kopf. „Hörst du das?"

Ich lausche einen Moment lang angestrengt. Der Wald ist voller Geräusche - zirpende Insekten, raschelndes Laub in den Baumkronen, das ferne Kreischen des Pterodaktylus-Vogels.

Sian hält einen Finger hoch. „Die Jäger."

Da ist ein rhythmisches Klopfen, wie Hufschläge. Und es wird immer lauter. „Du verarschst mich", sage ich. „Sie sind auf Pferden? Während wir zu Fuß unterwegs sind? Das ist so unfair!"

„Tyrlee", sagt Sian und blickt sich um, offensichtlich um zu entscheiden, wohin sie als Nächstes gehen soll.

„Was?"

Ein Horn ertönt, lauter als der Schrei des Pterodaktylus. Aus der Ferne erklingt Gejohle und Jubel. *Die Jäger.*

„Komm schon!" Sian springt auf einen Felsen in der Mitte des Flusses und weiter ans andere Ufer.

Wie erstarrt blicke ich ihr hinterher, bis sie im Laub verschwunden ist. Das Stampfen der Hufe wird lauter, bis es in meinem schmerzenden Schädel widerhallt.

Was soll's, verdammt.

ZWEI
DER KÖNIG DER JAGD

Nachts verrät der Wald seine Geheimnisse. Die Bäume atmen jedes Mal, wenn der Wind ihre Blätter zum Rascheln bringt. Nachtvögel rufen aus ihren verborgenen Nestern. Insekten zirpen. Die Gräser flüstern in Erwiderung.

Eine Brise weht durch die zitternden Bäume und trägt einen starken Duft mit sich. Ich halte inne und schnuppere die Luft. Meine Brust und meine Arme sind nackt, aber diese Nacht ist nicht kalt. Sie ist auch nicht dunkel. Der blassviolette Schein der fünf Monde leuchtet mir den Weg.

Ich bringe mein Tyrlee zum Stehen und streichle seinen Hals, bevor ich mich zurücklehne und tief die feuchte Nachtluft einatme. Brokk ist neben mir hergeritten, einige weitere Alphas sind hinter uns. Sie lachen und rufen sich gegenseitig etwas zu. Ihre Düfte steigen in einem dichten Dunst auf – der Moschus der Lust.

Ich stecke in einfachen Reithosen und Stiefeln, mit ein paar Lederriemen für meine Dolche, die meine Brust kreuzen. Die anderen Alphas tragen Rüstungen. Einer von ihnen hat sogar eine zeremonielle Robe an.

„Lasst uns Wetten abschließen, wer die meisten Betas findet", sagt Brokk. „Kannst du in so einer prunkvollen Rüstung überhaupt laufen, Golzon?"

Golzon, ein großer Alpha mit polierten Waffen, starrt Brokk an und wendet sich dann wieder einer Gruppe seiner Freunde zu.

„Du musst mehr wie unser König sein", ruft Brokk und nickt mir zu. „Trage wenig, bewege dich leichtfüßig. Werde eins mit dem Wald. Mit den Felsen und den Bäumen."

Ich treibe meinen Tyrlee weiter, weil ich nicht an diesem Gespräch teilnehmen möchte. Es sind zu viele Menschen in diesem Hain. Zu viel Hitze strahlt von den wogenden Körpern der Tyrlees ab. Tiefer im Wald schweben Glühwürmchen über den Büschen und erzeugen einen wogenden Teppich aus rötlichem Licht. Leuchtend orangefarbene Flecken - die Yaknos-Farnhaine - schimmern durch die Bäume.

Der Wald ist mein Zuhause. Wenn ich nachts hier draußen bin, unter dem Licht der Monde, zwischen den Bäumen, dann fühle ich mich wohl. Als auserwählter König von Arboron habe ich keine andere Wahl, als einige Zeit im Palast zu verbringen, aber hier bin ich wirklich frei.

Hier draußen, zwischen den Bäumen.

Mein Tyrlee entwischt der Menge, doch Brokk hält mühelos mit uns Schritt.

„Es ist soweit." Brokk holt ein riesiges Horn aus seiner Satteltasche und bietet es mir an. „Komm. Es ist deine Pflicht als König, den Beginn der Jagd anzukündigen. Das ist Tradition."

Ich starre ihn an. Es hat keinen Sinn, dass ein Jäger sich ankündigt. Ein Jäger muss lautlos laufen, ohne klirrende Rüstung oder ein klobiges Schwert. Er muss schleichen wie der kleinste Waldläufer und sich im Schlamm wälzen, um seinen Geruch zu verbergen. Er stampft nicht, schreit nicht und bläst kein verdammtes Horn.

Brokk rollt mit den Augen, als ob er wüsste, was ich denke. „Nun gut. Ich weiß, wie sehr du die Tradition und deine königlichen Pflichten liebst. Erlaubnis, die Jagd zu beginnen, mein König?"

Ich nicke mit dem Kopf.

Brokk hebt das Horn an seine Lippen und bläst. Der Ton erfüllt den Wald und klingt wie das Brüllen eines sterbenden Tyrannen. Die Vögel und Insekten verstummen. Die Alphas jauchzen und jubeln und treiben ihre Tyrlees vorwärts, in die Richtung der subtilen Gerüche der Beta-Weibchen. Die besten Fährtenleser folgen ihren Nasen. Die schlechtesten laufen ihren Freunden nach.

Brokk schreit auf. Ich lehne mich über meinen Tyrlee, und er stürmt vorwärts und schlängelt sich durch ein Gebüsch.

Ein paar Baumlängen entfernt flucht Golzon, als ihm ein Ast ins Gesicht peitscht. Er ist direkt hineingeritten. Er könnte genauso gut blind sein.

Die Alphas sind Jäger, aber die Nacht gehört mir. Wir sind heute alle auf der Jagd nach der gleichen Sache: Muschis.

Die Jagd der Monde. Eine Arboron-Tradition seit Generationen, doch heutzutage ist sie nicht mehr als ein Lippenbekenntnis an die großen alten Zeiten, als es noch viele Omegas gab. In Ermangelung von Omega-Weibchen jagen wir Betas. Sie haben die gleiche Anatomie, die gleichen Löcher, wir können unsere niedersten Begierden an ihren kurvenreichen Körpern stillen – und trotzdem so anders.

Keine Liebessäfte.

Keine Brunst.

Kein Knoten.

Keine fordernden Bisse.

Keine Nachkommen.

Hinter mir ertönt ein Schrei und ich drehe mich in meinem Sattel. Einer der Alphas springt von seinem Tyrlee und stürmt auf eine Gruppe von Cex-Bäumen zu, um einen weißen Blitz zu verfolgen. Der süße, angenehme Geruch eines Ulfarri-Beta-Weibchens kitzelt meine Nasenlöcher.

„Er hat eine gefunden", murmelt Brokk und schiebt seinen Zopf zurück über die Schulter.

Ich nicke. Der Duft sollte mich anspornen, meinen Tyrlee anzutreiben, um eine süße Beta zu finden, die ich selbst benutzen kann. Aber ich lehne mich zurück und streichle stattdessen den Nacken meines Tyrlee und beruhige ihn sie, als er vor Eifer grunzt.

Früher habe ich die Jagd der Monde geliebt. Doch in den letzten Jahren ist sie mir zu langweilig geworden. Unecht. Sinnlos.

Brokk und ich sehen zu, wie der Alpha seine Beute auf die Lichtung zerrt und sie ins weiche Gras stößt. Der Krieger ist fast wahnsinnig vor Lust - das sieht man an der ruppigen Art, mit der er das Kleid der Beta in zwei Teile reißt und ihren nackten, prallen Körper entblößt, nur wenige Augenblicke, bevor er sich in sie rammt. Ihre Schreie werden durch seine Hand über ihrem Mund gedämpft, während er sie mit rücksichtsloser Hingabe fickt.

Manche mögen behaupten, es sei grausam, aber wir Ulfarri waren schon immer Sklaven der Lust. Die wenigen verbliebenen Ältesten, die die Brunft miterlebt haben, sagen, dass sie dem Wahnsinn gleicht, dass ein Alpha in der Brunft nicht mehr zusammenhängend denken kann oder in der Lage ist, sogar seinen eigenen Körper zu kontrollieren. Deshalb produzieren Omegas in der Brunst jede Menge Gleitflüssigkeit, um einem rasenden Alpha den Übergang zu erleichtern, auch ohne Vorspiel und Sorgfalt. Er kann sie nach Herzenslust benutzen, ohne befürchten zu müssen, ihrem empfindlicheren Körper zu viel Schaden zuzufügen.

Beta-Weibchen hingegen produzieren kein Gleitmittel, aber ihre Muschis werden feucht, wenn sie Lust empfinden. Deshalb haben sich die meisten der Frauen, die an der jährlichen Jagd teilnehmen, dafür angemeldet. Sie genießen es, gejagt und festgehalten zu werden. Ulfarri sind als die Brutalen bekannt.

Das gilt auch für die Art und Weise, wie wir ficken.

Das Beta-Weibchen keucht: „Ja, ja, ja", im Takt mit den Stößen des Alphas.

Brokk legt den Kopf schief, als er das wilde Paarungsgeschehen ein paar Meter von uns entfernt beobachtet. „Die Jagd fängt ja gut an."

Ich zucke mit den Schultern. Es gab eine Zeit, in der dieses Szenario meinen Schwanz hart gemacht hätte, und ich wäre davongeeilt, um mir selbst eine Frau zu schnappen.

Mittlerweile erscheint es mir langweilig.

„Ulf", ruft Brokk und richtet sich im Sattel auf. „Ich glaube, ich habe etwas gesehen. Da drüben!" Er setzt sein Tyrlee in Bewegung und reitet los. Ich will ihm gerade folgen, als ich den zartesten Geruch von etwas Köstlichem wahrnehme. Es ist so leicht, dass ich es fast nicht wahrgenommen hätte. Ich atme tief ein und gebe ein leises Knurren von mir, als ich es wieder rieche - jetzt ein wenig stärker. Die säuerliche Süße einer Heidelbeere, kombiniert mit Honig und taufrischem Gras. Aber da ist noch ein profunderer, moschusartiger Duft, der direkt in meine Leistengegend geht.

Der blumige Duft lässt meine Eckzähne kribbeln und mein Herz schneller schlagen.

Als stampfende Hufschläge erklingen, drehe ich mich um. Mehrere der Alphas, die zurückgeblieben sind, überholen mich im Galopp. Haben sie die gleiche Fährte aufgenommen?

Ich stoße meinem Tyrlee die Fersen in die Flanke, und er stürzt sich nach vorne. Ich beuge mich über seinen Hals und werde eins mit seinen Bewegungen. König zu sein hat einige Vorteile. Dass ich mir die Tyrlee aussuchen kann, ist einer davon. Mein Reittier ist daher schneller und stärker als die meisten, und ich überhole die übrigen Alphas mit Leichtigkeit. Sobald ich wieder in Führung liege, schließe ich die Augen, konzentriere mich und folge dem Geruch.

Er wird stärker. Die Quelle ist nahe.

Ich lenke meinen Tyrlee in einen versteckten Seitenweg ein. Die glühenden Farne teilen sich vor mir. Lasst die anderen Alphas weiter galoppieren. Ich weiß nicht, was ich finden werde, aber ich möchte es womöglich nicht teilen.

Mein Tyrlee hechelt, seine Flanken heben sich, also gleite ich von ihm herunter und streichle seinen breiten Hals, wobei ich beruhigende glucksende Geräusche von mir gebe. Ich mache mich auf den Weg und stapfe leichtfüßig weiter. Meine Nüstern blähen sich, als ich diesem köstlichen, honigartigen Duft folge.

Ich kenne diesen Wald so gut wie nichts anderes. Er ist mein Zuhause. Ich weiß also, wo ich bin, selbst im sanften lilafarbenen Schein der Monde. Ich würde es mit verbundenen Augen wissen.

Ich bin in der Nähe des Wasserfalls.

Der Duft meiner Beute ist jetzt so stark, dass mir schwindelig wird, als hätte ich zu viel Wein getrunken.

Meine Eier und mein Unterleib spannen sich an, und meine Wirbelsäule kribbelt. Ich möchte mir auf die Brust schlagen und brüllen, zwinge mich aber, mich langsam und vorsichtig weiter zu bewegen.

Nach gefühlt mehreren Mondzyklen komme ich an den Rand der Lichtung und spähe durch das dichte Blattwerk eines Yaknos-Farns.

In diesem Moment sehe ich sie.

Eine seltsame, winzige Frau mit einer Wolke aus dunklem Haar und dunklen Augen, die wie Lysia-Blüten geformt sind. Sie sieht aus wie ein Geist, teils durch das Mondlicht, teils durch das durchscheinende nasse Kleid, das sich an ihren kurvenreichen Körper schmiegt, und teils durch ihre leuchtend hellbraune Haut. Sie klettert aus dem Fluss. Während sie vorsichtig das Ufer hinaufsteigt, strömt das Wasser in Rinnsalen über ihre schwellende Brust, ihre nackten Beine, ihr langes, dichtes Haar ...

Ich bin wie gebannt. Ich habe noch nie etwas Schöneres gesehen.

Wer ist sie? Und warum verströmt sie diesen Duft, der solches Verlangen in mir weckt?

Eine winzige Stimme in meinem Hinterkopf flüstert mir die Antwort zu, aber meine rationale Seite behauptet, dass es nicht sein kann. *Sie* kann es nicht sein.

Oder?

Als sie näherkommt, zwinge ich mich, einen Schritt zurückzutreten. Ich muss bis zum letzten Moment verborgen bleiben. Jahrzehntelange Jagd hat diesen Instinkt für mich so natürlich gemacht wie das Atmen.

Und doch ... dieser Duft. So etwas habe ich noch nie gerochen. Aber ich habe Geschichten gehört ...

Ulf, ich bin hart. Mein Schwanz ist schmerzhaft steif und drückt gegen meine Reithose.

Noch nie hat eine Frau diese Wirkung auf mich gehabt. Doch auch keine Beta, der ich je begegnet bin, hat jemals so gerochen.

Omega, meine innere Stimme - mein ganzes Wesen - beharrt darauf.

Das kann sie nicht sein. Es gibt keine Omegas mehr auf Ulfaria.

Es gibt sie jetzt, erinnert mich die innere Stimme. Der Wandererkönig hat auf seinen Reisen eine gefunden und sie mitgebracht, und sie zu seiner *Königin* gemacht. Es gab einen Rat der Könige. Ich war dort. Ich sah sie: ein rosafarbenes, hilfloses Ding, gefangen in Khans Armen, bedeckt mit seinem Samen. Ich konnte sie trotzdem riechen. Und obwohl der Geruch etwas anders war, dieser unterschwellige Moschus, der mir das Wasser im Mund zusammenlaufen lässt ...

Der ist derselbe.

Aurus befahl seinen Magiern, weitere Omegas zu finden, und sie hierherzubringen. Er nahm natürlich die Erste - arroganter Narr, der er ist - und verlangte, dass weitere beschafft werden. Aber dieses kleine Weibchen, das sich seinen Weg durch das Gras bahnt, kann doch nicht eines von ihnen sein. Sie wäre zu kostbar. Zu wertvoll. Die Magier hätten sich große Mühe gegeben, sie hierher auf unseren Planeten zu bringen. Sie würden sich nicht all diesen Aufwand betreiben, nur um sie in meinem Wald frei herumlaufen zu lassen.

Ich atme tief und leise ein, und dieser verdammte Geruch schlägt mir erneut entgegen. Dieses Mal ist es wie ein Holzscheit im Kopf. Mein Schwanz wird hart, und mein Moschus steigt auf, während sich mein Körper erhitzt und all meine Zweifel verschwinden.

Dies ist eine Omega.

Sie ist in meinem Wald, in dieser Nacht. Bei der Jagd der Monde.

Es ist ein Zeichen.

Sie ist dazu bestimmt, mir zu gehören.

Ich bin der Jägerkönig ... und sie ist meine Beute.

DREI
HALEY

Meine Haut kribbelt vor plötzlicher Kälte. Die Luft ist stechend, und die Hufschläge kommen näher. Ein Instinkt sagt mir, dass ich ins Wasser waten soll. Der Wasserfall ist riesig und beeindruckend, er stürzt aus großer Höhe herab und ergießt sich in einen gigantischen See, der sich in einiger Entfernung zu einem Fluss verengt. Wenn es sich um eine Jagd handelt und die Jäger zu Pferd unterwegs sind, haben sie dann auch Hunde dabei? Wenn ja, hilft es, ins Wasser zu gehen, um meinen Geruch zu verbergen.

Verdammte Sian und jeder Möchtegern-Schauspieler, der nicht aus seiner Rolle ausbricht, um einem zu erklären, was vor sich geht. Verdammt sei ich, die beschlossen hat, an einer verrückten Nachstellung der Wilden Jagd teilzunehmen. Verdammt seien die Organisatoren und derjenige, der mir E oder Molly oder was auch immer für eine bewusstseinsverändernde Droge gegeben hat, die mich orangefarbene Farne halluzinieren lässt und all den Rest. Sobald ich hier rauskomme, schreibe ich denen eine gepfefferte Kritik auf deren Webseite.

Zumindest kommen mehr Erinnerungen zurück - zufällige Dinge, wie meine bevorzugte Suchmaschine und Getränkesorten. Aber nichts Spezifisches darüber, wer ich bin oder wie ich hierhergekommen bin.

Ich humple zum Flussufer und tauche meinen Zeh in die dunkle, trübe Flüssigkeit. Die Kälte lässt mich mein Bein sofort wieder hochziehen.

Ich will das nicht tun. Ich möchte irgendwo sein, wo es warm und sicher ist, in einem Bett, umgeben von vertrauten Sachen und meinen Einhorn-Stofftieren. Aber das Hufgetrappel wird lauter und lauter - bis die Angst meine Abneigung gegen die Kälte besiegt. Ich sauge die Luft ein, tauche unter und schwimme auf die andere Seite.

Mit einem Ruck breche ich wieder durch die Wasseroberfläche, mit dem panischen Gedanken: Was, wenn ich nicht schwimmen kann? Meine betäubten Gliedmaßen bewegen sich, als hätten sie einen eigenen Willen, und ich überquere den kleinen See in Windeseile. Als meine Füße das schlammige Ufer erreichen, ist mir so kalt, dass es weh tut. Es ist unheimlich still, als ich aus dem Wasser krieche und mir wünsche, ich hätte eine schöne Daunenjacke. Ich kann nicht aufhören zu zittern. Meine Brustwarzen sind wie Kieselsteine.

Wenigstens hat das Hufgetrappel nachgelassen. Vielleicht hat mein Trick, ins Wasser zu gehen, irgendwie funktioniert.

Ich hoffe, Sian geht es gut. Sie hat versucht, mir zu helfen. Mehr oder weniger.

Ich taumle das Flussufer hinauf und schlüpfe in den Schatten an der Baumgrenze. Ich bleibe stehen und wringe mein langes Haar mit tauben Händen aus. Meine Zähne klappern zusammen und ich zittere zu sehr, um mein klatschnasses Nachthemd auszuschütteln. Ich sollte es auch ausziehen - Gott weiß, dass es mich nicht mal ansatzweise bedeckt, und jetzt ist es schwer und klamm und klebt an meiner kalten Haut. Aber etwas hält mich davon ab. Ich bin allein, an einem fremden Ort. Ich bin nass und friere. Ich will nicht auch noch nackt sein.

Ich reibe über die Gänsehaut auf meinen Armen und schaue mich um. Was nun? Wohin soll ich gehen? Vielleicht finde ich eine kleine Höhle in einem Busch, wo ich mich zusammenrollen und verstecken kann. Oder Moos oder irgendetwas zum Trocknen oder Bedecken.

Die Nacht ist still geworden. Wo es vorher Geräusche gab - Vögel, Insekten, das Stampfen von Hufen - ist jetzt nur noch das Rauschen des Wasserfalls zu hören. Mein Herz klopft im Galopp. Ich bin zu viel gerannt. Ich atme die kühle Luft ein und presse eine Hand auf meine Brust. *Ich muss ruhig bleiben.*

Ein starkes Gefühl breitet sich plötzlich in meinem Inneren aus. Ein warmes Kribbeln tanzt über meine kalte Haut. Ein heftiger, heißer Strom ergießt sich zwischen meinen Schenkeln, eine Sekunde bevor meine Klitoris zu pochen beginnt.

Was zum Teufel?

Meine Sinne schärfen sich, als hätte die Droge, die ich genommen habe, einen gewaltigen Schub ausgelöst: Meine Sicht schärft sich so weit, dass ich die dunklen Blüten an den Ranken, die an den Stämmen der Bäume emporwachsen, erkennen kann. Meine Nase kribbelt und nimmt die Aromen des Waldes auf: der frische Duft von fließendem Wasser, warmer Moschus von Moos und Erde, ein kiefernartiger Kräuterduft, der von den Uferpflanzen aufsteigt, die ich mit den Füßen zertreten habe. Irgendetwas riecht köstlich, wie rauchiger, mit Ahornsirup beträufelter Speck. Mir läuft das Wasser im Mund zusammen, und ich lecke mir über die Lippen, um den Geschmack in der Luft zu kosten.

Meine Brustwarzen waren schon hart, aber jetzt sind sie so prall, dass sie schmerzen.

Eine Spirale der Lust entfaltet sich in meinem Unterleib - so tief, dass es mir den Atem raubt - und ein weiterer heißer Erguss strömt aus meinem Geschlecht, während meine Klitoris im Takt mit meinem rasenden Puls pocht.

Ich stöhne auf, unsicher, ob es ein Stöhnen der Angst oder des Verlangens ist.

In meinem Augenwinkel blitzt eine Bewegung auf und dann höre ich etwas, das mir das Blut in den Adern gefrieren lässt:

Ein tiefes, nervenzerfetzendes Schnurren.

Es fährt mir direkt in meine Klitoris und lässt noch mehr Flüssigkeit an den Innenseiten meiner Schenkel hinunterrieseln. Ich stoße ein weiteres Wimmern aus.

Was passiert hier mit mir? Was zum Teufel ist das?

Ein riesiger Schatten taucht rechts von mir aus dem Laub auf. Ich bleibe wie erstarrt auf der Stelle stehen. Die Kreatur ist mächtig - groß genug, um die Monde auszulöschen, mit prallen Bizepsen, die breiter sind als mein Kopf - und sie ist diejenige, die schnurrt. Sie ist auch die Quelle dieses unglaublich sexy Geruchs ... nach Eichenholz und Lagerfeuer und Speck mit Ahornsirup ...

Meine Beine setzen sich in Bewegung, ohne dass ich überhaupt darüber nachdenke. Ich renne blindlings los, die Arme erhoben, um mein Gesicht vor den Ästen zu schützen, die nach mir peitschen. Der Wind kühlt mein nasses Gewand.

Das Rauschen wird lauter, der Geruch stärker.

Trotzdem laufe ich. Mein Inneres verkrampft sich, und mit jedem Schritt rinnt mir mehr Nässe die Oberschenkel hinunter.

Das ist verrückt. Und es ist aussichtslos. Die Kreatur,

die ich gesehen habe, war riesig, und seine Schritte würden es lächerlich leicht machen, mich einzuholen. Doch ich werde nicht einfach umfallen und mich von ihm fangen lassen. Sian mag es gewollt haben, gefangen zu werden, aber ich sicher nicht. Wenn das eines dieser Alpha-Dinger ist, von denen sie gesprochen hat, möchte ich lieber nicht herausfinden, was genau er mit mir anstellen wird, sobald er mich erwischt. Und so zwinge ich meine schmerzenden Beine dazu, weiterzusprinten.

Ich habe nicht die geringste Chance.

Riesige, dicke Arme packen mich und reißen mich nach hinten. Ich knalle gegen das massige Ungetüm, das mich ohne jede Anstrengung auffängt.

Er zieht mich mit dem Rücken an seine Brust, hält mich mit eisernem Griff fest und schnurrt immer noch.

Sein Grollen bringt mein Geschlecht dazu, sich zusammenzuziehen und stärker zu pochen. Es dauert eine Minute, bis ich merke, dass er tatsächlich spricht und immer wieder das gleiche Wort sagt.

„Omega."

Ich wimmere. Sian meinte, dass die Alphas früher die Omegas gejagt haben. Ist es das, was gerade passiert? Ist diese riesige Bestie, die mich umklammert, ein Alpha ... der denkt, ich sei eine Omega?

„Nein!", schreie ich und winde mich vergeblich in seinem Griff. „Ich bin keine Omega! Lass mich los!"

„Omega", grummelt er wieder und das darauffolgende Zusammenziehen meiner Muschi raubt mir den Atem.

Ich bin hin- und hergerissen zwischen blankem Entsetzen und animalischer Lust. Ich spüre den Schwanz des Ungeheuers an meiner Pobacke, der mich gleichzeitig erschreckt und fasziniert. Soweit ich das beurteilen kann, ist er genauso gewaltig wie der Rest von ihm.

Heißer Atem strömt über meine Schulter und meinen Nacken. Der Alpha leckt mich ab. Seine Zunge fühlt sich riesig an - breit, aber weich -, und ich versuche, mich wegzudrehen, doch er packt meine Kehle, und ich erstarre. Zu meiner Erleichterung kann ich noch atmen. Er drückt nicht fest auf meinen Hals. Und dennoch bewirkt allein die Tatsache, dass seine massive Hand dort liegt, alles Mögliche in mir. Es ist seltsam beruhigend und seltsam lähmend. Ich hänge schlaff in seiner Umarmung, während er weiter über die Seite und die Rückseite meines Halses leckt ... und dann knabbert er sanft daran. Ich erschaudere, während ich zwischen meinen Beinen wieder einen scharfen Stich spüre.

Scheiß auf meinen Körper, weil er so reagiert. Er gibt ein tiefes, anhaltendes Grollen von sich, das wie Donner klingt - er schnurrt immer noch. Sein massiver Brustkorb vibriert unter der Kraft dieses Geräusches. Ich würde ihn gerne genau ansehen, aber es ist schwierig, da er hinter mir steht, und ich mich vor lauter Lust nicht konzentrieren kann. Trotzdem hallt das Schnurren in jeder Faser meines Wesens wider, lässt mich zusammenzucken, und ich möchte meine Schenkel zusammenpressen, um das Kribbeln zu lindern.

Sein Duft ist genauso stark wie die Geräusche, die er macht. Es ist wie eine greifbare Sache, die meine Sinne in Flammen setzt. Ich schließe die Augen, als sich sein Griff um mich fester wird, und dann habe ich das Gefühl, ich falle.

Er drückt mich nach unten und bewegt sich mit mir auf den Waldboden. Seine Hand um meinen Hals hat sich verlagert, er gleitet zu meinem Nacken, und mit einer langsamen Beständigkeit - und einer unnachgiebigen Dominanz - zwingt er mich zuerst auf Hände und Knie, und dann drückt er meinen Oberkörper mit einem sanften Stoß in meinem Rücken noch weiter nach unten.

Ich folge seinen Anweisungen fließend, als wäre ich hypnotisiert. Nichts existiert außer ihm und dem Gefühl, das er in meinem Körper auslöst. Bin ich betäubt? Ich habe nicht die Energie - oder den Willen - zu widerstehen. Der reichhaltige, würzige Moschus des Alphas weckt in mir den Wunsch, ihn ebenfalls zu lecken.

Sobald meine Wange gegen das kühle Gras gepresst ist, werden meine Schenkel weiter auseinandergezogen, und dann - heilige Mutter Gottes - findet seine Zunge meine Klitoris und leckt mit breiten, feuchten, sanften Strichen darüber. Er hebt meine Hüften ein wenig an, um besser an sie heranzukommen und wölbt meinen Rücken in einem fast lächerlichen Winkel, aber ich bin so vertieft in das Gefühl von seiner Zunge an meiner Pussy, dass ich mich nicht wegdrehe. Ich klammere mich an das Gras, um stillzuhalten. Ich will mich nicht wehren. Ich will mehr.

Immer und immer wieder leckt er über die gespannte, pochende kleine Perle, die zum Mittelpunkt meiner ganzen Welt geworden ist. Irgendwie schnurrt er nach wie vor dabei und fügt seinen Streicheleinheiten ein kribbelndes Vibrieren hinzu.

Ich bin zu erregt, um zu atmen, und grabe meine Finger in den Schmutz. Ich versuche, meine Hüften zu bewegen, aber er hat meine untere Hälfte vom Boden angehoben.

Heilige Scheiße, ist der stark.

Ich bin so feucht, dass ich trotz seines Knurrens sogar höre, wie seine Zunge durch meine Spalte und über meine Klitoris streicht, immer und immer wieder und so demütigend das ist, so intensiv erotisch ist es auch.

Ich bin kurz davor zu explodieren, als er abtaucht und stattdessen meinen Eingang leckt und meine Muschi mit raschen, köstlichen Stößen mit der Zunge fickt. Ich winde mich, wiege die Hüften hin und her und versuche zu kommen, aber es gelingt mir nicht.

Ein winziger Teil von mir ist sich bewusst, wie ich aussehen muss: mit dem Gesicht auf dem Waldboden, nur mit einem durchnässten, durchsichtigen Negligé bekleidet, die nackte untere Hälfte grob in die Luft gehoben und die Schenkel obszön gespreizt, während ich ins Delirium geleckt werde ... aber es fühlt sich so gut an, dass es mir scheißegal ist.

„Bitte", murmle ich, doch mein Unterarm dämpft das Wort.

Seine verrückte, heiße Zunge gleitet immer noch in meine Muschi hinein und heraus, und ich sterbe, wenn er sich nicht bald wieder um meinen Kitzler kümmert.

„Bitte ... "

Nach einigen weiteren quälenden Momenten werden meine stillen Gebete erhört und seine Zunge findet erneut den pulsierenden kleinen Knoten. Diesmal leckt er mich härter, und schon beim dritten Mal explodiere ich - ein Crescendo der Lust, das von meinem Geschlecht ausstrahlt und mich Sterne sehen lässt. Meine Muschi krampft sich hart und schnell zusammen, und ich spüre jedes Mal, wenn sie sich entspannt, kurze Luftzüge.

Ich höre ein Wimmern. Es kommt von mir.

Die Zunge des Kerls hält mich länger auf dem Höhepunkt, als ich es mir je hätte vorstellen können, doch schließlich lassen die Wellen nach und ich atme lang und zitternd aus.

Mein Kitzler schmerzt, ist hart, überempfindlich ...

... und er leckt mich immer noch.

„Au! Nein!" Ich versuche, mich wegzudrehen, aber mein Stoßen und Treten ist zwecklos - er ist so stark, wenn er beschließt, dass ich nirgendwohin gehe, gehe ich auch nirgendwo hin. „Scheiße!" Ich schwimme in der Luft und will mich mit den Beinen aus seinem eisernen Griff befreien, doch er hält mich einfach fest und leckt mich unbarmherzig weiter.

Es ist der köstlichste Schmerz.

Ich höre auf, mich zu wehren, und lasse zu, dass seine weiche, feuchte Zunge meinen Kitzler umspielt. Innerhalb weniger Augenblicke bin ich erneut ganz nah dran.

Kann ich so schnell wieder kommen? Erlebe ich gerade Multiorgasmen? Ich schätze, das werde ich gleich herausfinden.

Oder auch nicht. Als er aufhört, mich zu lecken und mich auf den Rücken dreht, schreie ich vor Frustration. „Bitte ..." Es ist nur ein Wimmern. Meine Stimme ist heiser. Mein Kitzler pocht, und ich sehne mich so sehr nach Erlösung, dass nichts anderes mehr zählt. Ich will nur wieder seine Zunge auf mir spüren.

Aber für einige lange Momente ist nichts zu sehen. Keine Bewegung. Nur dieses unerbittliche Schnurren und die kühle Nachtluft, die über mein nasses Geschlecht weht.

Ich hatte die ganze Zeit meine Augen fest geschlossen - zuerst, weil er hinter mir war und ich ihn sowieso nicht sehen konnte, und dann, weil ich so in der Lust versunken war. Jetzt habe ich Angst, sie zu öffnen. Ich habe Angst vor dem, was ich erkennen werde. Ich weiß, dass er immer noch da ist, denn dieses grollende Schnurren verwirrt immer noch mein Inneres und lässt irgendwie mehr Saft aus meiner pulsierenden Muschi sickern. Ich spüre, wie die Flüssigkeit über mein Poloch hinunterrinnt.

Ich wusste nicht, dass man so nass werden kann.

„Meins."

Zuerst bin ich mir nicht sicher, ob ich richtig gehört

habe. Wie kann er gleichzeitig reden und schnurren? Meine Augenlider fliegen auf. *Bitte sagen Sie mir nicht, dass es jetzt zwei von ihnen sind.*

Die Monde sind hinter ihm, sein Gesicht liegt im Schatten. Aber die Silhouette seiner enormen Masse ist imposant genug. Massige, fein definierte Muskeln heben sich deutlich vom lilafarbenen Schein ab. Es sieht so aus, als seien die Seiten seines Kopfes rasiert, doch ein dicker Zopf fällt über eine breite Schulter.

Er hat auch einen dunklen, gepflegten Bart.

Seine Augen sind verborgen. Ich wünschte, ich könnte sie sehen.

„Hm?" Ich schaffe es, in der Hoffnung, dass er noch mehr sagen wird. „Was hast du gesagt?"

„Meins", sagt er wieder. Es ist mehr ein Grunzen.

„Was ist deins?" Ich blinzle zu ihm hoch und versuche, mich trotz des schmerzhaften Ziehens in meiner Klitoris zu konzentrieren.

Daraufhin umschließen seine riesigen Hände meine Knöchel, und er zieht mich zu sich heran, spreizt meine Beine weiter auseinander und schiebt sie nach oben und hinten.

Ich fühle mich auf demütigende Weise bloßgestellt und doch will ich es irgendwie. Ich weiß genau, was er vorhat und, Gott hilf mir, ich will es.

Ich will *ihn*.

VIER

DER KÖNIG DER JAGD

Das Parfüm schwebt in einer Wolke über meiner Beute, eine köstliche Mischung aus saftiger Süße und Moschus. Die Monde über mir lassen ihre blassgoldene Haut im dunklen Gras leuchten. Mir schwirrt der Kopf, als wäre ich in einem Traum, aber das hier ist echt. Dies ist eine echte Omega. Zum Ulf, ich weiß nicht, wie oder warum sie hier ist, in meinem Wald, in Arboron, doch das spielt keine Rolle.

Sie schmeckt richtig.

Als ihr süßer, süßer Saft auf meine Zunge traf, dachte ich, ich würde auf der Stelle explodieren, in meiner Hose. Stärker als der stärkste Wein ist ihre Essenz das Dynamit für meine Sinne.

Mein Schwanz ist härter als je zuvor. So groß. So schmerzhaft.

Und doch ist sie so winzig, so zerbrechlich, dass ich gegen den Drang ankämpfen muss, den Befehlen meines Körpers zu folgen. Muss mich beherrschen.

Ein unmögliches Unterfangen für einen Alpha in der

Brunftzeit. Und ich bin in der Brunft. Ich bin allein mit einer läufigen Omega-Frau.

Alles Dinge, die ich nie für möglich gehalten hätte. Und doch ... sind wir hier.

Ulf hat mich mit einem großen Schwanz gesegnet und ich möchte die Omega nicht verletzen, also wollte ich sie zuerst befriedigen. Sie feucht machen. Aus Instinkt, weil ich sie unbedingt schmecken wollte, tat ich das, was ich mit zahllosen Beta-Weibchen gemacht habe, in der Hoffnung, dass die Omega es genauso genießen würde.

Und das tat sie. Als ich das erste Mal die süße Falte zwischen ihren Schenkeln leckte, war sie schon zur Genüge feucht - aber ich wollte nicht aufhören. Ich könnte ihr ewig Vergnügen bereiten.

Ihre kehligen Schreie und ihr Flehen wurden mir fast zum Verhängnis. Und als sie in meinem Griff zu zappeln begann, musste ich mich zwingen, ihre harte kleine Perle lange genug zu lecken, um ihre Erregung nach ihrem Höhepunkt zu steigern.

Eine zufriedene Frau hat kein Verlangen nach einem Schwanz.

Ich möchte, dass diese blasse kleine Omega sich nach mir sehnt.

Dann wird sie Mein sein.

Jetzt liegt sie vor mir auf dem Rücken, ihr Gewand ist hochgerutscht, sodass sich ihre untere Hälfte offenbart, nass und bereit. Ich sehne mich danach, in ihr zu sein. Sie so vollständig auszufüllen, wie es noch kein Mann zuvor getan hat. Und doch muss ich vorsichtig sein. Ich will sie nicht verletzen. So sehr ich sie auch in dem Moment, in dem ich sie gefangen habe, zu Boden werfen und wie eine Bestie besteigen wollte, sie ist zu kostbar.

Ich bin dankbar, dass ich meinen Schwanz vorhin aus meiner Hose befreit habe, während die Omega über meiner Zunge kam, denn meine beiden Hände sind jetzt damit beschäftigt, ihre schlanken Knöchel an ihre Ohren zu pressen und hochzuhalten und sie ganz meinem Blick zu öffnen.

Ich sauge ihren Anblick in mich auf und möchte ihn in mein Gedächtnis einprägen. Als sie ihre Augen öffnet und zu mir aufschaut, ist das Verlangen in ihrem schönen Gesicht unübersehbar. Sie ist eine Omega, und ich hätte sie so oder so gevögelt. Aber die Tatsache, dass sie es so offensichtlich will, macht das, was ich jetzt tun werde, umso süßer.

Ich vergewissere mich, dass ich immer noch schnurre, und bringe mein Becken in Position, um mich an ihrem kleinen Loch auszurichten. Ich muss langsam vorgehen.

Es wird mir jedes Quäntchen Kontrolle abverlangen, das ich habe.

Sobald die Spitze meines Schwanzes von ihrer feuchten Hitze geküsst wird, stoße ich hinein - nur ein wenig.

Nur eine Andeutung.

Die Omega schreit auf, und ich spüre, wie sich ihr Geschlecht um mein steifes Glied krampft.

Sie wird doch nicht schon wieder zum Höhepunkt kommen?

Bei dem Gedanken möchte ich mich auf sie stürzen und sie hemmungslos durchnehmen, stattdessen atme ich tief durch und drücke mich ein wenig weiter hinein.

Trotz der Flüssigkeit, die aus ihrer Pussy strömt, ist sie so eng, dass ich die Dehnung um mich herum spüren kann.

„Bitte", flüstert sie, aber ich habe keine Ahnung, worum sie bittet. Dass ich aufhöre? Dass ich weitergehe? Dass es schneller geht?

Ich glaube nicht, dass sie es selbst weiß.

Ulf, sie fühlt sich so gut an. Meine Eier sind schwer, kribbeln und wenn ich nach unten schaue, kann ich sehen, wie der Knoten an der Basis meines Schwanzes bereits Form annimmt. Ihre prallen Schamlippen sind gespreizt und glitzern im Mondlicht. Mein Schwanz sieht zwischen ihnen riesig aus. Werde ich da überhaupt reinpassen?

Ich stelle meinen Griff um ihre Knöchel neu ein und treibe mich noch ein wenig tiefer.

Die Omega stößt ein sattes, gutturales Stöhnen aus, und ihre Pussy zieht sich zusammen und umschließt mich noch enger.

Hart.

Mein Schwanz zuckt bei dem plötzlichen Gefühl, und sie stöhnt auf.

Ich kann nicht länger warten. Ich lasse ihre Knöchel los, lehne mich nach vorn und lege meine Hände auf beide Seiten ihres Kopfes. Ich beuge mich hinunter und lecke über den Saum ihrer vollen Lippen, bis sie sie öffnet und ich sie richtig küssen kann. Meine Zunge erobert ihren süßen Mund und gleichzeitig schiebe ich meine Hüften vorwärts, bis ich bis zum Anschlag in ihr stecke.

Ich trinke ihre Schreie, während ihr hoffnungslos enges kleines Loch gezwungen wird, meinen beträchtlichen Umfang aufzunehmen.

Nichts in meinem Leben hat sich jemals so gut angefühlt.

Ich halte inne, genieße diesen Moment der absoluten Perfektion - ihren Geschmack, ihren Duft, ihre Fotze, die mich so nass und so hautenger umschließt. Ich möchte, dass das für immer anhält ...

... und ich will unbedingt meine Erlösung finden.

Ein Lykka-Vogel flieht aufgeschreckt aus einem nahen Busch. Die plötzliche Bewegung lässt mich hochjagen. Ich muss aufpassen. Ich habe eine richtige, echte Omega gefangen. Es ist die Jagd der Monde. In diesem Wald wimmelt es von Alphas, von denen einige jetzt nach mir suchen werden.

Und wenn sie sie wittern? Selbst der schwächste Jäger wird uns durch ihren starken Duft aufspüren können.

Meine Eckzähne schmerzen. Ich muss sie als mein Eigentum markieren und sie dann verstecken, damit ich sie wieder und wieder beanspruchen kann.

Ich lehne mich zurück und presse meine Lippen abermals auf die der Omega und beginne mich zu bewegen, indem ich mich mit langen tiefen Stößen in sie treibe. Ihre Pussy ist nicht von dieser Welt.

Ich weiß, dass ich nur kurz durchhalten werde.

Ich lasse eine meiner Hände zwischen uns gleiten und greife eine ihrer prallen, runden Brüste, finde den Nippel und rolle ihn zwischen meinen Fingerspitzen. Die Omega stöhnt in unseren Kuss hinein, und ich spüre, wie sie sich an mir ergießt.

Das bringt meine Kontrolle zum Zersplittern. Ich stoße härter und schneller zu und gebe mich den Empfindungen hin, die dieses kleine Wesen in mir auslöst - und alle vereinen sich zu dem größten Vergnügen, das man sich vorstellen kann.

Es beginnt mit einem Kribbeln an der Basis meiner Wirbelsäule, dann schießt es wie ein Donnerschlag durch meinen Schwanz. Ihre kleine Muschi zieht sich unendlich fest zusammen. Ich habe mich mit ihr verknotet. Sie stößt einen Schrei aus, der in mir widerhallt. Ich brülle, als ich zum Höhepunkt komme und sie in den Boden ramme, wobei Strahl um Strahl meines Samens aus meinem pulsierenden Schwanz herausspritzt und sie bis zum Überlaufen füllt.

Ich wusste nicht, dass es möglich ist, so heftig zu kommen. Ich werde fast ohnmächtig.

Nach einer gefühlten Ewigkeit - und doch nicht annähernd lang genug, als ich mich vollständig in ihr ergossen habe, gönne ich mir einen Moment, um mich über sie zu beugen und zu Atem zu gelangen.

Ich bin erschöpft.

Ich vergrabe mein Gesicht in ihrer Nackenbeuge, während ich keuche, mein Schwanz kribbelt immer noch, mein Knoten schweißt uns noch zusammen.

So, wie wir geschaffen wurden, um gemeinsam eins zu sein.

In der Nähe kracht es plötzlich im Unterholz. Wir sind im Wald, mitten in der Jagd. Überall sind Alphas, die so tun, als würden sie nach einer Omega suchen, aber nie damit rechnen, eine zu finden. Sie haben das Unmögliche gewittert und kommen, um nachzuforschen. Sie fühlen sich zu ihr hingezogen, so wie ich es tat.

Wenn wir hierbleiben, ist sie in Gefahr.

Ich lasse meinen Kopf sinken und versenke meine Zähne in das seidige Fleisch an der Stelle, an der ihr Hals auf ihre Schulter trifft.

Die Omega stößt einen rauen, markerschütternden Schrei aus und krümmt sich unter mir. Mein Schwanz zuckt in ihr, ihr Inneres zieht sich rhythmisch zusammen, und es trifft mich unvorbereitet, dass sie erneut kommt. Ströme von heißem Saft benetzen meinen Schwanz und sickern über den Knoten.

Ich lecke an der Wunde, schmecke ihr Blut und knurre mit einer plötzlichen, wilden Besessenheit.

Meine. Diese Omega gehört mir.

Ich habe sie just beansprucht.

Das Wissen, dass ein einfacher Biss von mir ausgereicht

hat, um sie zum Orgasmus zu bringen, ist so heiß, dass ich nichts mehr will, als hierzubleiben und sie zu ficken, bis wir beide ohnmächtig werden, aber nicht weit von uns ertönen Stimmen. Sie kommen näher.

Meine Leute.

Alphas.

Ich muss diese Frau in Sicherheit bringen. Zum Glück ist mein geheimer Unterschlupf in der Nähe.

Ich richte mich auf und ziehe mich aus ihrer tropfnassen, geschwollenen Pussy. Ein Schwall milchiger Flüssigkeit läuft aus ihr heraus, sobald ich mich bewege, aber es bleibt keine Zeit, sie zu bewundern oder mit ihr zu spielen.

Wir müssen gehen.

Doch als ich aufstehe, ist es zu spät, um zu entkommen. Eine Gruppe von Alphas ist aus den Büschen aufgetaucht. Sie sind zu Fuß unterwegs und stehen nur wenige Meter entfernt. Der Hunger in ihren Augen spiegelt sich in meinen wider. Derjenige, der mir am nächsten ist, Golzon, stößt ein leises, warnendes Knurren aus. Seine Nasenlöcher blähen sich auf.

Sie können sie riechen. Meine Omega.

Meine.

Ich erwidere das Knurren und ziehe meine Reithose hoch. Die Omega rollt sich zu einem Ball zusammen und legt den Kopf in den Nacken, während die Wolke ihres dunklen Haars ihr Gesicht verdeckt. Ihre weiße Haut ist wie ein mondhelles Leuchtfeuer in der Nacht.

Golzon stürmt vor, umgeben von seinen fünf engsten Freunden. Sie greifen an wie ein Rudel, nach einem typischen Muster, das ich schon oft gesehen habe. Sie glauben, dass sie mächtiger sind, wenn sie in einer Gruppe kämpfen. Das ist ihre Stärke und gleichzeitig ihre Schwäche.

Golzon und sein Rudel sehen in den Rüstungsteilen,

die sie zur Verstärkung ihrer Alphastatur tragen, brutal aus. Aber darunter sind sie weich wie Waldkäfer. Eine Art bodennahes Insekt, das leichte Beute darstellt, wenn man den Panzer abreißt, um an das Fleisch zu kommen.

Wie üblich bricht Golzon nach vorne aus, stellt sich mir gegenüber und erwartet, dass ich mich auf ihn konzentriere, während seine Kumpane sich um mich herum verteilen. Ein vorhersehbarer Zug. Sie glauben, in der Überzahl ist man sicher. Es wird mir ein Vergnügen sein, ihnen zu zeigen, wie sehr sie sich irren.

Im Palast haben sie es nie gewagt, mich direkt anzugreifen, aber sie haben oft untereinander gemurmelt, dass ich als König ungeeignet sei. Jetzt ist meine Chance, ihnen zu demonstrieren, warum ich der größte Alpha im ganzen Königreich bin.

Ich muss vorsichtig sein. Es steht so viel auf dem Spiel, und ich habe jemanden zu beschützen: die zitternde Omega zu meinen Füßen.

„Was hast du da?", fragt Golzon. Seine Stimme ist rau und wild, mehr ein Knurren als eine richtige Sprache, auf die er so stolz ist. Der Omega-Duft hängt schwer in der Luft. Diese Alphas sind kurz davor, von der Brunft verschlungen zu werden. Der Alpha-Wahnsinn macht ihren Kampfstil ungezähmter und unberechenbarer. Es ist gefährlicher, aber auch leichter, sie zu Fehlern zu verleiten.

Golzon knurrt, als ich nicht antworte, und zieht seine Waffe. „Du denkst, du bist zu gut für uns. Ein wirklich würdiger König", höhnt er.

Ich mache mir nicht die Mühe, etwas zu erwidern. Golzon wird nicht zuhören. Ich kann ihm nicht erklären, weshalb ich ein überlegener Alpha bin. Ich werde es ihm zeigen müssen.

Die Alphas, die sich im Palast herumtreiben, sind

dumme Narren, die noch nie einen Mondzyklus des Hungerns erlebt haben. Sie mussten sich nie mit den Ufine-Rudeln messen, um in der tiefsten Wildnis jagen zu können. Ich habe all diese Dinge getan, als ich noch ein Junge war.

Ich hätte Golzon schon lange vorher gelehrt, was ich wirklich bin, doch die Betas am Hof würden jammern und sich aufregen, wenn ich meine eigenen Untertanen umbrächte. Brokk würde mir raten, die Alphas zu bestrafen oder zu verstümmeln, sie aber nicht zu töten.

Scheiß auf die Regeln. Golzon und seine Kumpels versuchen, mir zu nehmen, was mir gehört und dafür werden sie sterben. Ich sollte ihnen die Augen ausstechen, nur weil sie sie ansehen.

Golzon beginnt, mich zu umkreisen. Ich kräusle meine Lippen und fletsche die Eckzähne.

„Das wilde Waisenkind", spottet Golzon. „Der Barbar. Du bist mehr Tier als Alpha. Jedes Mal, wenn du den Mund aufmachst und grunzt, lachen wir über den Wilden, der so tut, als könne er König sein."

Der Wilde. So spottet Golzon über mich. Er denkt, ich schäme mich, ein Wilder zu sein. Es ist nicht meine Schande, sondern meine Stärke. Diese Alphas besuchen lediglich den Wald, aber ich! Ich bin ein Teil von ihm, eine lebende, atmende Erweiterung seiner Macht. Ich bin eins mit den Gräsern, mit den Kreaturen, die durch das Dickicht fliegen, gleiten oder kriechen. Eins mit den Yaknos-Farnen und den ausladenden Ranken der Cex-Bäume.

Ein Alpha wie Golzon kann das nicht verstehen. Wenn er und seine Freunde auf die Jagd gehen, suchen sie sich das größte, stolzeste Beutetier im Wald, dann lehnen sie sich zurück und lassen ihre Pfeile die Arbeit erledigen. Sie machen sich die Hände nicht schmutzig. Und es ist an der

Zeit, ihnen zu zeigen, wie ein echter Ulfarri-Alpha, der in der Wildnis aufgewachsen ist, kämpfen kann.

Golzon stürzt sich nach vorne und hält seine Waffe in einer Hand. In meinem Rücken bewegen sich zwei seiner Kumpels vorwärts. Die Omega zu meinen Füßen wimmert. Ich muss es schnell machen.

Ich lasse Golzons Angriff zu und drehe mich so, dass seine Klinge ein kleines Stück von meiner Schulter schneidet. Alphas wie Golzon fürchten Schmerz. Sie kämpfen, um ihn zu vermeiden.

Ich kämpfe, um zu gewinnen.

Golzon gerät aus dem Gleichgewicht, als hätte er nicht damit gerechnet, dass seine Klinge mich treffen würde. Ich schlage mit der Faust auf seinen Arm, und er verliert sein Schwert.

Ich wirble herum und treibe meine Krallen in den Alpha zu meiner Linken. Blut spritzt. Die Omega keucht auf, als die Flüssigkeit sie bespritzt. Der Feind mit der aufgerissenen Kehle fällt zu Boden und windet sich im Gras, während sein Leben aus ihm herausfließt.

Die anderen Alphas bleiben stehen und umklammern ihre Waffen. Sie sind schockiert über meine Brutalität. Sie haben vergessen, dass Ulfarri die Brutalen sind. Ich werde nicht zögern, jeden einzelnen dieser Alphas - meiner sogenannten Untertanen -, zu opfern. Wenn sie das bedrohen, was mir gehört, haben sie es nicht verdient zu leben.

„Du hast ihn getötet", heult Golzon.

Mein Knurren schallt durch den Hain.

„Sie ist eine Omega", ruft ein anderer Alpha. „Es ist wahr."

Golzon greift wieder an. Er hat seine Waffe verloren, aber seine Krallen sind ausgefahren.

Ich ducke mich und lasse mich auf alle viere fallen, wie

das Tier, das ich seiner Meinung nach bin. Ich bewege mich nach vorne, trete ihm in die Beine und schleudere ihn über meinen Körper, wobei ich darauf achte, ihn so weit wie möglich von der Omega wegzuwerfen. Er prallt gegen einen Baum und dieser erzittert.

Zwei der Alphas haben sich davongemacht und Golzon und zwei weitere zurückgelassen. Die anderen beiden umkreisen uns knurrend. Ihr Moschusduft verpestet die Luft. Sie wollen die Omega, die Quelle dieses betörenden, süßen Geruchs. Einer von ihnen ist ein schwerfälliges Monster, das klüger ist, als es aussieht. Zu klug, um sich mit Golzon zusammenzutun.

Die drei stürzen sich auf mich und greifen gemeinsam an. Die Omega hat sich hinter einen Felsen verkrochen und lässt mir Platz, um alle, die noch übrig sind, zu vernichten.

Ich stelle mich den dreien mit ausgefahrenen Krallen und gefletschten Fangzähnen. Ich falle über den größeren von ihnen her und versenke die Zähne in seiner Schulter, wobei ich ihm die Rüstung und ein Stück seines Fleisches herausreiße. Blut füllt meinen Mund.

Der große Alpha brüllt, als ich wegspringe. Ich habe die Riemen seiner Rüstung aufgeschlitzt. Sie bot wenig Schutz, aber jetzt wird er sich völlig wehrlos fühlen.

Golzon und der zweite lassen nicht locker. Der zweite hat eine Klinge und stürmt vor. Ich tue so, als wäre ich so langsam wie ein älterer Beta und lasse seine Klinge fast meine Taille berühren. Doch ich packe flink sein Handgelenk und zwinge den Angreifer, seinen Ausfallschritt zu beenden. Seine Klinge fährt direkt in Golzons Brust. Mit einem Ruck ziehe ich sie herunter. Golzon fällt und hält sich die Eingeweide. Ich trete dem zweiten Alpha das Knie aus dem Gelenk und drehe ihm die Waffe aus der Hand, um sie ihm in die Kehle zu rammen.

Ein riesiger Alpha ist noch übrig. Er umklammert seine Schulter, wo meine Zähne ein Stück aus ihm herausgerissen haben. Er ist glimpflich davongekommen. Seine beiden Freunde liegen jetzt als Leichen auf dem Boden. Er verbeugt sich vor mir und zieht sich zurück.

Kluger Kämpfer.

Ein spitzer Schrei ertönt aus dem Versteck der Omega. Ihre blassen Gliedmaßen strampeln im Griff eines dunklen Schattens - eines anderen Alphas. Der Feigling hat am Rande des Kampfes gelauert und konnte der Gelegenheit nicht widerstehen, sich zu nehmen, was er begehrte.

Die Omega wölbt ihren Körper zurück und macht es dem Alpha schwer, sie zu halten. Sie besitzt keine Kampffähigkeiten, aber sie versucht es zumindest. Sie stampft mit den Füßen auf seinen Fuß. Ihre Ferse schnellt hoch und erwischt den Alpha zwischen den Beinen. Der Schock lässt ihn taumeln. Das reicht mir, um über die Lichtung zu rennen, meine Krallen in seinen Hals zu bohren und ihm den Kopf abzureißen. Der abgetrennte Kopf kullert über das blutgetränkte Gras.

Der enthauptete Körper fällt. Die Omega dreht sich um. Ihr Fuß platscht in eine dunkle Pfütze, und sie erstickt beinahe an einem Wimmern.

Ich reiße sie hoch. Ich will mit ihr rennen und sie weit weg von hier tragen, aber stattdessen zeige ich ihr den Zustand unserer Feinde. Ihr Tod wird sie besänftigen.

„D-Du ..." Die Augen meiner Kleinen sind aufgerissen, sie sieht nichts. „Du hast sie umgebracht." Ihre Zähne klappern.

Genug. Ich drücke mein süßes Bündel eng an mich und gehe in Richtung des flüsternden Baches, den ich in der Ferne riechen kann. Ich ducke mich um hängende Ranken und schreite leichtfüßig durch die Farne. Die Gräser teilen sich, als ich vorbeigehe.

Der Wald ist ruhig. In der Ferne spüre ich das Ende der Jagd. Die Alphas haben sich mit ihrer Beta-Beute gepaart. Ihre vergnügten Schreie sind verklungen. Sie werden sich für weitere Gelage in den Palast zurückgezogen haben und den Wald in Frieden lassen. Die Kreaturen kehren zu ihrer Arbeit und ihrem Spiel unter den Monden zurück. Die Insekten und Nachtvögel schwirren und singen ihre schaurigen Lieder.

Die kleinen Blätter an den Ranken der Cex-Bäume flüstern mir diese Nachricht zu, als ich den Bach finde und ihm folge, bis er sich zu einem Fluss erweitert.

Meine Omega zittert immer noch, als ich sie am Ufer absetze und die Innereien unserer Feinde von ihrer Haut abwische. Ich schrubbe meinen Bart und spüle mir Wasser in den Mund, bis der blutige Geschmack verschwunden ist. Ich wate mit ihr in meinen Armen in die kühle Tiefe und als wir auf der anderen Seite auftauchen, sind wir sauber gewaschen.

Ich mache mich auf den Weg und drücke meine Omega fest an mich.

Sie ist schlaff, stumm, wehrt sich nicht und kämpft auch nicht.

Es verursacht ein seltsames Ziehen in meiner Brust.

Ich ignoriere es und schleiche mich weiter am Flussufer entlang, bis das leise Rauschen des Wassers das Krächzen und Zirpen der Nachtinsekten übertönt.

Vor uns schimmert der silberne Glanz des Wasserfalls. Dahinter liegt mein Versteck, in einer riesigen, von den Elementen gegrabenen Höhle.

Niemand weiß, dass es existiert. Hierher komme ich, um mich vor meinen Pflichten zu verstecken. Vor der

Gesellschaft. Nicht einmal Brokk hat es gefunden, denn ich wasche meinen Geruch sorgfältig ab, bevor ich mich ihm nähere. Die dichten Kräuter, die am Flussufer wachsen, werden den Geruch der Omega überdecken. Hier werden wir ungestört sein.

In meiner Brust rumpelt es. Ich schnurre, um sie zu beruhigen, während ich mein kostbares Bündel durch den geheimen Eingang in mein Versteck trage. Die Omega ist so still, so fügsam. Ist alles in Ordnung mit ihr?

Sie ist wunderschön, mit ihrem spitzen Kinn, der leichten Stupsnase, den von meinen Küssen geschwollenen Lippen. Ihre atemberaubenden Augen sind geschlossen.

Schläft sie? Ist sie bewusstlos? Die Sorge nagt an mir. Ich lege sie auf mein mit Fell überzogenes Bett und sie bewegt sich immer noch nicht. Ihre Glieder sind kalt und ihr Haar hängt in nassen Strähnen herunter. Unser Bad im Wasser hat ihren Geruch weggespült, aber langsam kommt er wieder und verleiht ihrer Haut einen dezenten Duft.

Ich lege ihr die Felle um, hebe die durchnässten Haarsträhnen aus ihrem Nacken und fächere sie zum Trocknen auf den Fellen aus. Ich schnurre immer noch für meine Omega.

Das Schnurren eines Alphas kann seine Gefährtin besänftigen, trösten und sogar bändigen. In diesem Moment wird mir klar: Meine kleine Omega-Katze - meine Lysia-Blüte - ist nicht verletzt oder bewusstlos. Sie hat sich durch mein Schnurren beruhigt.

Sofortige Erleichterung durchflutet mich, und ich verschwende keine Zeit, lasse mich neben ihr nieder, schließe sie fest in meine Arme und ziehe sie an meine Brust.

Sie passt perfekt zu mir.

Jetzt, da ich sie in Ruhe bewundern kann, betrachte ich

ihre Kurven, ihre glatte Haut, ihre dunklen, zusammengezogenen Brustwarzen, die sich gegen den hauchdünnen Stoff ihrer Tunika drücken. Sie riecht köstlich - eine Kombination aus ihrem eigenen, einzigartigen Duft und meinem Samen. Ich lecke mir über die Lippen, mein Schwanz ist schon wieder steif.

Bald werde ich sie so durchficken, wie sie es verdient. Ich werde sie zum Höhepunkt bringen, bis sie vor lauter Lust ohnmächtig wird. Ich werde ihr jedes Loch füllen und sie mit meinem Sperma bedecken.

Aber erst einmal begnüge ich mich damit, hier zu liegen und sie ausruhen zu lassen und mich zu wundern, wie viel in so kurzer Zeit passieren kann.

Diese Nacht hat sich als wahres Wunder erwiesen.

Ich bin nicht mehr allein. Ich habe eine Gefährtin. Eine Königin. Eine Omega.

FÜNF

HALEY

Ein stechender Schmerz in meinem Nacken, ich fühle mich
betrunken. Meine Augenlider sind so schwer, dass es eine
wahre Kraftanstrengung ist, sie so weit zu heben, dass ich
etwas sehen kann.

Ich blinzle ein paar Mal und versuche, meine Umgebung zu erkennen. Was ist passiert? Wo bin ich hier?

Ein Schatten fällt auf mich. Ich blicke zu dem Riesen
hoch, der mich festhält. Die Bestie. Das Monster, das mich
gejagt und gefangen hat, und das mich stärker zum
Orgasmus gebracht hat, als ich es je für möglich gehalten
hätte. Derjenige, der die anderen abgewehrt hat, die an
mich herankommen wollten. Er hat seinen muskulösen
Arm besitzergreifend um meine Körpermitte geschlungen
und starrt mich direkt an.

Als mein Blick seinem begegnet, spüre ich eine brennende Hitze in meinem Unterleib und mein verräterischer
Kitzler pocht augenblicklich drauf los. Wer ist dieser Typ?
Und warum zum Teufel hat er diese wahnsinnige Wirkung
auf mich?

Ich zwinge mich, ihn anzuschauen - ihn wirklich anzuschauen. Er ist schroff und sieht rau aus, mit einer breiten, leicht schiefen Nase, einem kantigen Kiefer und einem einladenden Mund, der von einem Bart umrahmt wird. Bei der ungebetenen Erinnerung an all die köstlichen Dinge, die er mit diesem Mund gemacht hat, werden meine Wangen heiß, und ich schlucke schwer, um den Gedanken zu verdrängen. Er hat dichte Augenbrauen, von denen eine durch eine Narbe halbiert ist, und, wie ich bereits vermutet habe, hat er die Seiten seines Kopfes rasiert. Sein übriges Haar ist lang und der Zopf, der über eine riesige Schulter fällt, wird von einer Art Band zusammengehalten. Ein knochenweißer, nadeldünner Fangzahn, so lang wie mein Mittelfinger, hängt an einer Schnur um seinen Hals. Bronzene Zeichen sind wild über seine Haut verteilt. Unter den kupferfarbenen Tätowierungen schimmern die Erhebungen seiner Muskeln grünlich.

Moment - was? Ich blinzle noch einmal. Seine Haut ist tatsächlich grün, hat den Farbton von nassem Gras. Das muss eine optische Täuschung sein.

Wir befinden uns in einer Art Höhle, mit vier Meter hohen, grob gehauenen Felswänden und einer Kuppel, die sich darüber wölbt. Fast jede verfügbare Fläche ist mit Fellen bedeckt. In einer Ecke befindet sich eine Feuerstelle, die nicht angezündet ist. Man hört das stetige Geräusch von rauschendem Wasser ... wie ein Wasserfall. Sind wir hinter dem Wasserfall?

Hier drinnen gibt es mehr Licht als draußen unter den Monden, es kommt von leuchtenden Kugeln, die überall im Raum verstreut sind - und sie *schweben* wie von Geisterhand in der Luft.

Alles, was ich gesehen und gehört habe, seit ich aufgewacht und Sian begegnet bin, deutet auf eine mögliche Erklärung hin für das, was mir widerfahren ist, aber mein

Gehirn kann sich nicht einmal ansatzweise mit der Idee anfreunden. Aliens sind nicht real. Ich bin nicht auf einem anderen Planeten. Es ist einfach unmöglich. Das muss ein lebhafter Traum sein. Oder ein Mittelaltermarkt mit überenthusiastischen Veranstaltern.

Ich richte meine Aufmerksamkeit wieder auf den Jäger, der neben mir liegt. Derjenige, dessen Geruch und Berührung verrückte Dinge mit meinem Inneren anstellen.

Seine Augen rauben mir den Atem. Sie sind intensiv, mit einem Kranz aus langen, dunklen Wimpern umrandet und leuchtend haselnussbraun. Sein Blick geht durch mich hindurch, als könne er direkt in meine Seele sehen.

Ich fühle mich unwohl dabei.

Und es macht mich feucht.

„Wo bin ich?"

Er gibt ein Grunzen als Antwort.

„Hm?"

Ein weiteres Grunzen. Seine Hand gleitet an meiner Seite hinauf, dann umschließt sie meine Brust. Mein Nippel reagiert sofort und wird mit jeder Berührung seines schwieligen Daumens härter. Der daraus resultierende Schmerz zwischen meinen Schenkeln erinnert mich daran, wie nass ich bin. Ich kann ihn unmöglich schon wieder wollen.

Oder etwa doch?

„Bitte sprich mit mir. Du kannst reden, oder?" Ich bin sicher, ich erinnere mich, dass er zumindest ein paar Worte gesagt hat. „Ich bin Haley. Wie ist dein Name?"

„Hey-leah."

Mein Gott, als er meinen Namen mit dieser rauen, knurrigen Stimme ausspricht, stockt mir der Atem. „Ja", sage ich, ermutigt. „Und du bist?"

„Omega. Meins."

„Nein!" Nicht noch ein überambitionierter Schausteller! „Du! Wer bist *du*?"

Er stößt noch ein unverbindliches Grunzen aus, bevor er weiter an meiner Brustwarze spielt und plötzlich hineinkneift. Der scharfe Schmerz lässt mich aufschreien und seltsamerweise reagiert meine Klitoris erneut unverzüglich. Was zum Teufel ist los mit mir? Macht mich alles an, was dieser Kerl mit mir anstellt? Buchstäblich *alles*?

Ich öffne den Mund, um ihm meine Meinung zu sagen, aber dann gleitet seine Zunge zwischen meine Lippen und dieser erdige, köstliche Geschmack von ihm durchzuckt mein Innerstes. Ich erwidere seinen Kuss mit wilder Hingabe und verliere mich in seiner Berührung, seinem Duft, in ihm. Meine Hände wandern über seinen enormen, unfassbar muskulösen Körper, erforschen seine breiten Schultern, die Brustmuskeln, die Bauchmuskeln, den Rücken - bevor sie nach oben gleiten, um seinen Kopf zu streicheln und ihn zu mir zu ziehen, um ihn noch intensiver zu küssen.

Er antwortet mit einem zähnefletschenden Knurren. Eine seiner enormen Hände gleitet in mein Haar und hält es fest, während die andere zu der pochenden Stelle zwischen meinen Schenkeln vordringt. Seine Finger sind so dick, dass ich nicht sagen kann, wie viele davon er fachmännisch in mich hineinschiebt. Aber als er eine empfindliche Stelle an der Innenwand meiner Muschi findet und beginnt, sie zu streicheln, kann ich meinen Schrei der Lust nicht unterdrücken.

Jeder Stoß seiner Finger bringt mich erneut zum Auslaufen und ich liege in einer Pfütze - ich kann spüren, wie die Flüssigkeit meine Pobacken bedeckt. Als er seine durchnässten Finger zu meinem Kitzler gleiten lässt und beginnt, ihn feucht zu reiben, erstarre ich in seinen Armen.

Das erste Kribbeln eines nahenden Orgasmus hat bereits eingesetzt, und ich habe das Gefühl, dass er so intensiv sein wird, dass ich fast Angst davor habe, ihn zu erleben.

Ich bin mir vage bewusst, dass er wieder schnurrt. Meine Arme sind mir einer Gänsehaut bedeckt, aber mir ist nicht kalt. Es gibt nichts außer diesem Jäger und dem, was er mit mir macht. Während er mich küsst, spiegelt seine Zunge die Bewegungen seiner Fingerspitzen wider, fährt auf und ab, von links nach rechts, umkreist mich mit meisterhafter Präzision und jede Berührung schürt die Flammen des Verlangens in mir, bis ich erbebe.

Ich bin ganz nah dran. So, so nah.

„Bitte", flehe ich, aber das Wort wird von seinem Mund auf meinem gedämpft.

Mit der Hand in meinem Haar beginnt er, fest daran zu ziehen, und der plötzliche Schmerz lässt mich den Gipfel erreichen.

Ich komme, schreie, mein ganzes Geschlecht zuckt unter der Wucht meines Orgasmus.

Ich komme immer noch, als er mein Haar loslässt, an meinem Körper hinuntergleitet und seinen heißen Mund über meiner Klitoris schließt.

„Heilige Scheiße!" Ich wimmere und jammere, klammere mich an die Felle unter mir, und meine Schreie werden noch lauter, als er mich weiter mit dem Finger fickt, während er meine pochende Knospe leckt und saugt.

Er zwingt mich zu so vielen Orgasmen, dass ich den Überblick verliere, einer geht in den nächsten über, bis ich schwerelos und zu erschüttert bin, um mich zu bewegen.

Etwas Warmes und Nasses spritzt auf mein Gesicht und ich öffne die Augen. Die große Hand des Jägers schwebt über meinem Gesicht. Die Flüssigkeit tropft von seinen Fingerspitzen, über meine Lippen und mein Kinn.

Das ist mein Saft - das Ergebnis all der Orgasmen, die er mir abgerungen hat. Es ist so verdorben und doch so heiß, und ich öffne meinen Mund, schmecke mich und etwas anderes: ihn. Er ist schon einmal in mir gekommen, ich erinnere mich. Das ist die Summe von uns beiden.

Ich nehme es gierig an und gebe mich dem Vergnügen hin.

Als die breite Spitze seines unglaublich großen Schwanzes in mein schlüpfriges, schmerzendes Geschlecht eindringt, stöhne ich nach mehr. Er hat meine Beine wieder hochgeschoben, aber meine Schenkel liegen eng zusammen, meine Knie sind angewinkelt und zu meinem Gesicht hinaufgedrückt.

Mit einem satten Grollen, das direkt durch mich hindurchgeht, drückt er sich ganz tief in mich hinein. In dieser Stellung werden meine Hüften und meinen Arsch angehoben, doch mit zusammengepressten Beinen ist meine Muschi noch enger als zuvor - und heilige Scheiße, ich spüre jeden Zentimeter, den er mich dehnt ...

Ich will mehr. Ich krümme mich unter ihm, gefesselt von seiner rohen Kraft, hilflos angesichts der Reaktion meines Körpers auf ihn.

Er fickt mich zunächst langsam, drückt meine geschlossenen Schenkel mit seinem muskulösen Unterarm an meine Brust und lässt mir keine andere Wahl, als seinen Schwanz anzunehmen.

Ich spüre, wie sich meine Muschi zusammenziehen will, aber ich bin so eng um ihn herum, dass ich nicht einmal das tun kann - allein der Gedanke daran reicht aus, um mich wieder an den Rand zu treiben.

Er steigert das Tempo seiner Stöße, wird schneller und schneller, bis ich Sterne sehe und dann greift er nach unten und fährt mit dem Daumen über meine hoffnungslos entblößte, geschwollene Klitoris.

Ich komme mit einem Schrei - es dringen Geräusche aus mir, die nicht menschlich klingen. Sie sind roh. Ursprünglich. Verzweifelt. Sie hallen von den Wänden wider und bilden einen perfekten Hintergrund für das rhythmische, feuchte Pumpen des massiven Schwanzes und das hallende Schnurren, das die große Brust des Jägers unaufhörlich zum Vibrieren bringt.

Ich spüre einen brennenden Schmerz in meinem Geschlecht, und es fühlt sich an, als wäre sein Schwanz noch dicker geworden, obwohl das gar nicht möglich sein kann. Das ist schon beim letzten Mal passiert, als er mich gefickt hat, erinnere ich mich vage.

Und auch wenn der Schmerz so stark ist, dass er mir den Atem raubt, strömt es wieder aus mir - oder versucht es zumindest. Ich bin so ausgefüllt, dass sich meine Muschi kaum noch zusammenziehen kann.

Der Jäger spürt es ebenfalls. Er brüllt so laut, dass mir die Nackenhaare zu Berge stehen, dann zieht er seinen Schwanz mit einem groben Ruck aus mir heraus.

Ich schreie auf vor Schmerz und dem plötzlichen Gefühl der Leere. Weitere heiße Spritzer landen auf meiner nackten Haut - er kommt, dickflüssige Schübe aus Sperma benetzen mein Gesicht, meine Brüste, meine Muschi. Verdammt, das ist eine ganze Menge ... Tropfen um Tropfen ... und aus irgendeinem Grund macht mich das unglaublich an.

Ich will es schmecken, und das tue ich auch, führe etwas davon an meine Lippen, lecke es ab und schließe meine Augen. Das ist der geilste, schmutzigste Traum, den ich je hatte.

Er hält mich immer noch in dieser Position, ich kann

mir gutvorstellen, wie mein Arsch und meine Muschi die Zielscheiben für ihn darstellen. Jetzt verteilt er sein Sperma mit schnellen, präzisen Strichen über meine Klitoris - das gleiche Sperma, das ich gerade schmecke - und es fühlt sich so gut an, dass er mich wieder zum Orgasmus bringt, obwohl ich es nicht für möglich gehalten hätte.

Die Wellen der Lust, die über mich hereinbrechen, sind so intensiv, dass alles dunkel wird ...

SECHS
HALEY

Als ich die Augen wieder öffne, ist der Jäger neben mir und hält mich fest. Ich fühle mich warm. Seltsam sicher. Als würde ich hierhergehören.

Das ist verrückt.

Er muss mich in eines der Felle eingewickelt haben, während ich vor Kälte gezittert habe. Bin ich eingeschlafen? Gott, er hat mich so hart kommen lassen, dass ich ohnmächtig wurde. Ich wusste nicht einmal, dass es so etwas gibt.

Andererseits hat nichts mehr einen Sinn, seit ich praktisch nackt in einem Wald aufgewacht bin.

Ich führe einen kurzen mentalen Scan meines Körpers durch. Meine Muschi pocht, aber es tut nicht weh. Es ist fast angenehm, doch das verzweifelte Verlangen zu kommen, hat nachgelassen. Gott sei Dank. Die Seite meines Halses ist eine andere Geschichte. Er schmerzt stark, und ich greife nach oben, um ihn zu berühren.

„Nein." Der Jäger ergreift meine Hand und zieht sie weg. „Nein", sagt er wieder.

„Du hast mich gebissen!" Blitzschnell kommt die Erinnerung zurück, ich erinnere mich an alles - an die sengend heiße Qual und daran, wie die Intensität des Schmerzes mich dazu brachte, um seinen Schwanz zu kommen, der immer noch in mir war. „Du hast mich *gebissen*, verdammt!"

„Meins."

„Hör auf, das zu sagen!" Ich wünschte, ich hätte einen Spiegel, damit ich die Wunde anschauen könnte. Damit ich mich selbst betrachten könnte, um genau zu sein. Ich wette, ich sehe furchtbar aus - aber wer würde das nicht, nach der Nacht, die ich bis jetzt hatte? Ganz zu schweigen davon, dass ich mit seinem Sperma bedeckt bin ... und mit ziemlich viel von meinen eigenen Säften. „Ich gehöre dir nicht. Ich gehöre niemandem!" *Soweit du weißt,* flüstert eine kleine Stimme in meinem Hinterkopf. Schließlich kann ich mich an kaum etwas aus meinem Leben erinnern, bevor ich im Wald aufgewacht bin.

Fünf Monde zu sehen ...

Eine lächerlich große Frau mit Elfenohren ...

Gejagt zu werden wie ein verdammter Fuchs ...

Auf dem Waldboden von einem Kerl gefickt zu werden, den ich erst vor ein paar Minuten kennengelernt habe, bevor er aufstand und *eine Gruppe von Kriegern tötete.* Die waren toter als tot. Ein Typ hat seinen Kopf verloren.

Ich könnte fast alles als aufwendige *Game of Thrones*-Inszenierung abtun, aber eine echte Enthauptung? Das geht zu weit selbst bei einem Live-Rollenspiel.

Ich kann mich jetzt nicht damit befassen, also lege ich den ganzen kämpferischen Teil der Nacht in einem Akten-ordner in meinem Gehirn ab: *Kümmere mich später.*

„Bitte rede mit mir", versuche ich es erneut. „Wie ist dein Name?"

Ich wende mich dem Jäger zu und bemühe mich, ihn

dazu zu bringen, mir in die Augen zu sehen. Zu meinem Erstaunen tut er das. Dann wendet er den Blick wieder ab und gibt ein unverbindliches Grunzen von sich. Verdammt noch mal.

„Wenn du es mir nicht sagst, gebe ich dir selbst einen Namen", warne ich.

Schweigen.

„Gut. Wie du willst, McGrüngesicht." Ich weiß nicht, woher dieser Spitzname stammt, aber er scheint zu ihm zu passen.

Sofort begegnet er wieder meinem Blick und verengt seine Augen, wobei sich seine Brauen zusammenziehen und sich eine Falte dazwischen bildet.

„Das gefällt dir nicht? Dann sag mir deinen richtigen Namen."

Er gibt ein Knurren von sich - ein echtes, aufrichtiges Warnknurren - und zum ersten Mal in seiner Gegenwart spüre ich einen tatsächlichen Anflug von Angst. Dann ermahne ich mich selbst. *Ehrlich, Haley, was kann er dir noch antun? Wenn er dich töten und fressen wollte, hätte er das schon längst getan.*

„Mr. Gesprächig", fahre ich fort. „Ich kann mir noch viel mehr einfallen lassen."

„Nein", sagt er und drückt mich wieder nach unten, rollt mich ohne Vorwarnung auf den Rücken und presst seine Lippen auf meine. Das dabei entstehende Pochen in meiner Muschi lässt mich keuchen, aber dann entkommt meinem Magen ein donnerndes Grummeln. Es ist so laut, dass sich der Jäger aufbäumt und mit einem fast komischen Gesichtsausdruck erst auf meinen Bauch und dann wieder auf mich schaut.

„Ich habe wohl Hunger", erkläre ich verlegen. Und Durst habe ich auch, wenn ich es recht überlege.

„Essen", sagt er.

„Ja, bitte."

Er rollt sich von den Fellen ab, und ich bin wieder einmal erstaunt, wie anmutig er sich angesichts seiner Größe bewegen kann. Er holt etwas aus einer Truhe, die ich vorher nicht bemerkt habe, und bringt es zu mir, bevor er zu der Feuerstelle geht und sie anzündet.

Ich schaue nach unten und sehe, dass ich eine Frucht in der Hand halte, wie die, die mir Sian zum Trinken gegeben hat. Wie ich es bei ihr gesehen habe, steche ich mit dem Daumen ein Loch in die Spitze und nippe dankbar daran, während der kühle, süße Saft meinen trockenen Mund und meine Kehle beruhigt. Ich sauge das Ding leer und warte dann, bis Mr. Grunzer zu mir herüberschaut. „Noch mehr?", frage ich und halte ihm die ausgetrunkene Frucht hin.

Er zeigt einfach auf die Truhe und macht mit seiner Arbeit weiter.

Ich ziehe das Fell, in das er mich eingewickelt hat, fester um mich und stehe auf. Meine Blase krampft. Ich muss pinkeln.

Mist.

„Ähm", beginne ich, nicht sicher, wie ich das erklären soll. „Hast du hier eine Toilette?" Was für eine blöde Frage. Hier gibt es keine Toilette. Keine Tür zu sehen. Ich weiß nicht einmal, wo der Ausgang ist.

Mr. Gesprächig hält etwas über das nun lodernde Feuer. Etwas auf Stöcken. Irgendeine Art von Fleisch. Spieße. Mein Magen knurrt wieder.

„Ich muss pinkeln", erkläre ich laut und errege damit endlich seine Aufmerksamkeit. „Muss aufs Klo."

Er starrt mich einen langen Moment an und zeigt dann auf eine Ecke.

„Ich werde meine Geschäfte nicht dort erledigen!", betone ich ihm mit Nachdruck.

Er schüttelt den Kopf und steht auf. „Folgen."

Als wir näher an die Stelle gekommen sind, auf die er gezeigt hat, weht mir kühle Luft ins Gesicht. Es gibt einen Ausweg, versteckt hinter einer Felswand. „Oh." Ich lasse mich von ihm hinausführen und schaue mich dann um, in der Hoffnung, einen Busch oder etwas anderes zu entdecken.

Er stellt sich aufrecht hin und verschränkt die Arme vor seiner massigen Brust.

„Oh nein. Du wirst mir nicht beim Pinkeln zuschauen. Da ziehe ich die Grenze."

„Sicher", entgegnet er.

Sicher? Im Sinne von: Er wird nicht schauen? Oder muss er hierbleiben, um mich zu beschützen? In der Hoffnung, dass es beides ist, blicke ich mich noch einmal um. Wir müssen am hinteren Ende der Höhle sein - ich höre den tosenden Wasserfall, aber ich kann ihn nicht sehen. Links von mir ist ein großer Busch und ich eile darauf zu, wobei meine Verzweiflung meine Bescheidenheit überwindet. „Nicht hinsehen!", sage ich ihm, während ich mich hinter das Laub hocke.

Er gibt ein Grunzen von sich. Ich kann ihn nicht sehen, also muss ich annehmen, dass er mich auch nicht sehen kann. Als ich mein Geschäft erledigt habe, schaue ich mich nach etwas um, das ich als Papier verwenden kann. Die Blätter des Busches sind breit und flach. Ach, egal. Ich bete, dass ich mir keinen schrecklichen Ausschlag hole, benutze sie und kehre dann an die Seite von Mr. Grummelmonster zurück.

Es wird hell. Die Temperatur ist gestiegen, und am

rosafarbenen Himmel versinken die letzten beiden der fünf Monde hinter dem Horizont.

Wir sind in einer Art Wald, aber ich habe einen solchen noch nie gesehen. Die Bäume ragen wie Wolkenkratzer in die Höhe. Ihre Rinde ist rot, und ihre Blätter sind schwarz. Zwischen diesen Monolithen leuchten neonorangefarbene Farnbäume. Am Fluss raschelt kupferfarbenes Schilf. Bevor ich mich noch weiter umschauen kann, hat mich der Jäger gepackt und in die Höhle zurückgeschleppt.

Er deutet auf den Stapel von Fellen, auf dem wir geschlafen haben und starrt mich an.

„Du musst an deinen Kommunikationsfähigkeiten arbeiten", murrte ich, als ich dorthin gehe. „Du bist nicht gerade ein toller Verführer."

Er ignoriert mich und widmet sich wieder seiner Tätigkeit an der Feuerstelle, was auch immer er dort treibt. Der Geruch von rauchigem Fleisch kitzelt meine Nase und mein Magen knurrt erneut. Ich beschließe, mich nützlich zu machen, laufe hinüber zur Truhe und hole mehr von den Früchten heraus, die hier als Getränke verwendet werden.

Mr. Gesprächig schaut kurz herüber, um zu sehen, was ich tue, und widmet sich dann wieder dem Kochen. Ich werde aus ihm nicht schlau. Andererseits werde ich im Moment aus *nichts* schlau.

Ich stelle ihm ein paar Früchte hin, setze mich im Schneidersitz auf die Felle und warte. Ich habe so viele Fragen. Zum Beispiel: Wo zum Teufel bin ich? Wer ist dieser Typ? Wie um alles in der Welt hat er mich dazu gebracht, mich von ihm ficken zu lassen?

Okay, die Antwort auf diese Frage ist einfach. Ich schließe die Augen und zwinge mich, das unwillkürliche Pochen in meinem Geschlecht zu ignorieren, während mir bei der Erinnerung heiß wird.

Der Jäger lenkt mich ab, indem er einen großen, flachen Stein mit Essen heranbringt. Der Duft von gegrilltem Fleisch übertrifft sogar den unverwechselbaren, köstlichen Geruch des Kerls, und ich kann nur warten, bis er sich gesetzt hat, bevor ich nach einem Spieß greife. Ich folge seinem Beispiel und knabbere daran.

Es ist überraschend gut.

Für einen so großen Grobian isst er mit der gleichen Geschicklichkeit, die er beim Kämpfen an den Tag legt. Und ... andere Dinge tut. Ich öffne den Deckel einer weiteren Frucht und trinke einen Schluck, ehe ich mir einen zweiten Spieß schnappe. Das Fleisch schmeckt wie würziges Hühnchen und ich zwinge mich, nicht länger über seine Herkunft nachzudenken.

Wir essen schweigend. Ich weiß nicht, wann ich zuletzt etwas zu mir genommen habe, aber ich schaffe drei ganze Spieße, bevor ich satt bin. McGrüngesicht verputzt sieben, plus drei der Früchte.

„Danke", sage ich ihm. Er kann mich sehr gut verstehen. Genau wie Sian es tat. Er redet nur nicht viel. Das ist nervig.

Als er von seinem leeren Stein aufschaut, sieht er mir in die Augen und mein Inneres zieht sich angesichts der rohen Lust in seinem haselnussbraunen Blick zusammen. Ich glaube, ich weiß genau, was er denkt.

„Oh nein", sage ich ihm. „Ich muss mich erst waschen. Und du auch."

Er steht vom Bett auf, beugt sich hinunter und nimmt mich in den Arm.

„Nein!" Ich quieke. „Was machst du denn da? Ich kann laufen!"

Er ignoriert mich, dreht sich um und geht weiter. Mein Gesicht ist an seine Brust gepresst, sodass ich nicht sehen kann, wohin wir gehen. Ich kann nur warten, bis er mich ein paar Augenblicke später erneut umdreht und mich im kühlen Gras absetzt. Wir sind wieder am Flussufer.

Die schwüle Hitze legt sich wie eine feuchte Decke über mich. Wenn ich nach oben schaue, sehe ich drei Sonnen.

Warte mal. *Drei?*

Warum eigentlich nicht? Immerhin gab es letzte Nacht fünf Monde ... wenn es schon seltsam wird, dann kann man auch gleich aufs Ganze gehen, oder?

Ich schüttele den Kopf, verdränge all diese Gedanken und betrachte den glitzernden See. Er hat eine atemberaubende türkise Farbe, so viel schöner und einladender als die trüben Tiefen, mit denen ich gestern Abend zu kämpfen hatte. Ich kann es kaum erwarten, hineinzusteigen. Ich bin mit dem Sperma des Jägers bedeckt - und mit meinen eigenen Säften.

Als ob er spürt, dass ich an ihn denke, nimmt er meine Hand und zieht mich am Ufer entlang zum Wasser. Es ist kühl, aber nicht allzu schlimm. Seine Finger auf meiner Handfläche fühlen sich im Vergleich dazu glühend heiß an, und ich erschaudere ein wenig.

Seite an Seite waten wir in den See, bis mir das Wasser bis zur Hüfte reicht. Der Jäger fängt an, mich zu bespritzen. „Hey!", protestiere ich und lache, obwohl es sich nicht schlecht anfühlt.

Er runzelt die Stirn, als würde er einen Moment lang überlegen, bevor er mich zu sich zieht und mich bis zum Hals eintauchen lässt. Er lässt seine Hände über meine Schultern gleiten und gräbt seine Finger in mein Haar, um meine Kopfhaut zu schrubben. Er wäscht mich.

Es ist irgendwie süß.

Seine Haut ist tagsüber noch grüner und glänzt wie die

Oberfläche eines Smaragds. Ich starre ihn an, genieße das wohltuende Gefühl, sanft gebadet zu werden und die Möglichkeit, ihn ungehindert zu betrachten. Sein Haar sah schwarz aus. Ist es aber nicht. Es hat das dunkle, satte Grün von Kiefern in der Abenddämmerung. Die Male, die sich wie Tätowierungen über seine Haut ziehen, sind blass bronzen und spiegeln die kupfernen Flecken in seinen hypnotischen Augen wider.

Reiß dich zusammen, schimpfe ich mit mir selbst. *Erinnere dich, wo du bist. Denk daran, was er mit dir angestellt hat.*

Oh Gott, ja. Was er mit mir gemacht hat. Wie er an meiner Klitoris leckt, als wäre sie das Köstlichste, was er je geschmeckt hat. Das Verlangen, das durch meine Lenden schießt, lässt mich laut keuchen, und seine Finger verkrampfen sich an meinem Körper. Hat er es auch gespürt?

Unmöglich. Das ist gar nicht möglich.

Ich schaue auf - Gott, er muss fast zwei Meter groß sein - und sehe ihm in die Augen, die von der gleichen hungrigen Lust erfüllt sind, die ich verspüre. Er zieht mich zu sich heran, hebt mich mühelos hoch, spreizt meine Schenkel schmerzhaft weit und lässt mich direkt auf seinen gewaltigen erigierten Schwanz sinken.

Obwohl es kein Vorspiel gab und wir im Wasser sind, ist mein Geschlecht nass genug, damit er in mich eindringen kann, und ich schreie vor brennendem Vergnügen auf, als er mich so weit dehnt, dass ich nicht sicher bin, ob ich es aushalte.

Es tut so weh.

Seine Hände gleiten zu meinem Hintern, und sein Mund drückt auf meinen, während ich meine Beine um seine Taille schlinge und sein köstlicher, moschusartiger

Ahornsirup-Speck-Geschmack auf meinen Sinnen explodiert.

Er beginnt langsam mit seinen Hüften zu kreisen, lässt mich auf seinem Schwanz hüpfen, wobei meine harte Klitoris unerbittlich über seinen Unterleib gerieben wird.

„Fuck", bringe ich hervor, doch es wird von seinen Lippen gedämpft. Seine Finger graben sich in meine Pobacken, und der Schmerz steigert irgendwie nur das Vergnügen. Ich bin so nah dran, aber ich brauche es schneller. Ich brauche etwas, das mich in den Wahnsinn treibt. „Bitte", wimmere ich.

Sein plötzliches Schnurren ist alles, was ich benötige. Ich komme schreiend, meine Muschi klammert sich gierig um seinen immer noch pochenden Schwanz. Meine Arme sind um seinen Hals geschlungen, und meine Finger verschlingen sich in seinem dichten Haar, während er mein Stöhnen in sich aufsaugt.

Wenn er bemerkt hat, dass ich komme, zeigt er es nicht. Er fickt mich einfach weiter, küsst mich, durch meinen Orgasmus hindurch und gleich weiter zum nächsten.

Ich stehe in Flammen, alle meine Nervenenden glühen. Mein Kitzler pocht, meine Beine zittern. Umso besser, dass er mich aufrecht hält. Nichts hat sich je so gut angefühlt wie das, was er mit mir macht, und ich kann irgendwie nicht genug davon bekommen.

Eine seiner massiven Pranken gleitet langsam meinen Rücken hinauf und umschließt dann meinen Nacken, wobei er meinen Kopf festhält, während seine Zunge auf die gierigste Weise über meine streichelt. Er schurrt immer noch. Es ist ein tiefes Grollen, das durch mich vibriert.

Es gibt einen scharfen, brennenden Schmerz zwischen meinen Beinen, als ich noch weiter um ihn herum gedehnt werde. Ich schreie wegen des Brennens auf, aber er fängt einfach an, mich schneller und härter zu ficken, und treibt mich unerbittlich zu einem neuerlichen Höhepunkt.

Er ist so groß und dick, dass er alle notwendigen Stellen in mir trifft, und als er seinen Mund von meinem reißt, sein Schnurren zu einem Brüllen wird und sein Schwanz hart zuckt, komme ich erneut. Mein Orgasmus ist so intensiv, dass ich Sternchen sehe.

Er kommt auch, ich spüre, wie er gefühlt literweise heißes Sperma tief in meine bebende Muschi pumpt und meinen Höhepunkt mit jedem Schuss verlängert.

Ich tue das Einzige, was ich tun kann: mich an ihn klammern und wimmern, während er meinem zitternden Körper das letzte Quäntchen Vergnügen abringt.

Dann falle ich. Der Jäger winkelt einfach seine Beine an und taucht uns beide ins Wasser, bevor er sich aufrichtet und das Flussufer hinaufläuft.

Ich klammere mich an ihn. Er trägt mich. Wir sind durch seinen Knoten miteinander verschmolzen.

„Wir sind mit dem Waschen noch nicht fertig", sage ich, „wir müssen wieder rein."

Wie immer antwortet der Jäger nicht. Er lässt sich auf die Knie sinken und beugt sich vor, bis ich auf dem Rücken auf dem Waldboden liege und sein großer Körper mich bedeckt. Seine Zähne streifen meine Schulter. Seine Finger finden meine Brustwarze und ziehen daran, bis ich ein Stöhnen ausstoße und eine heiße Welle der Lust durch meinen Kitzler schießt.

Es sieht so aus, als ob er noch nicht fertig ist.

SIEBEN

DER KÖNIG DER JAGD

Dieses exquisite kleine Weibchen zu benutzen, ist ohne Zweifel meine neue Lieblingsbeschäftigung. Vielleicht meine Lieblingsbeschäftigung überhaupt. Die Art und Weise, wie sich ihre Augen mit einer Mischung aus Schock und Verlangen weiten, wenn ich meinen Schwanz in ihr kleines enges feuchtes Loch schiebe - von diesem Blick kann ich nicht genug bekommen. Die Geräusche, die sie macht, wenn ich sie befriedige, ihr weh tue, sie küsse ... der Geschmack ihres süßen Honigmoschus' auf meiner Zunge ...

Ich bin süchtig.

Ich hatte nie vor, sie im See zu ficken, doch ihr plötzlicher Lustschrei durchfuhr mich, und ich konnte nicht anders. Irgendwie weiß ich, wann sie erregt ist. Ich kann es spüren. Rieche es. Schmecke es.

Mein ganzes Leben lang habe ich um das gekämpft und gerungen, was ich wollte. Aber jetzt ist Haley hier, ein Geschenk von Ulf. Wie eine reife Frucht, die schwer am Zweig hängt und sich biegt, bis sie vor meinem Gesicht baumelt. Perfekt und süß, leicht zu pflücken.

Alles meins.

Ich wiege sie, während wir am Flussufer auf dem dichten Teppich aus bodendeckenden Kräutern liegen, verbunden durch meinen Knoten. Ich sollte erschöpft und gesättigt sein und ihr erlauben, sich an mich zu lehnen und zu verschnaufen - stattdessen brenne ich immer noch für sie.

Ich will mehr.

Ihre Titten sind prall, rund, sie füllen meine Handflächen mit einer üppigen, reifen Vollkommenheit. Ich knabbere an einer ihrer Brustwarzen, gleite mit meiner Zunge darum herum und spüre, wie ich bei jedem Stöhnen, das sie von sich gibt, in ihr zusammenzucke. Meine Finger kneifen in die harte Knospe, die ihre andere Brust krönt. Als ich daran ziehe und drehe, schreit sie auf und ergießt sich über meinen Schwanz.

Meine kleine Lysia-Blüte scheint Schmerzen zu mögen.

Das bringt mich auf eine Idee.

Mein Knoten ist jetzt so weich, dass ich mich aus ihr zurückziehen kann, was ich auch tue. Dann hebe ich sie sanft auf ihre Füße.

„Was machst du da?", fragt sie. Ihre Stimme ist atemlos. „Wir müssen wieder reingehen und-"

Ich küsse sie, schneide ihr das Wort ab und zwinge sie nach hinten, bis sie an einem nahen Cex-Baum steht. Seine Ranken sind weich und geschmeidig, aber ungemein stark.

Haley wehrt sich nicht, als ich sie mit dem Gesicht zum Stamm drehe, dann ihre Hände nehme und sie über ihren Kopf hebe, um sie gegen die glatte Rinde des Baumes zu legen. Die Ranken gleiten hinüber, umschlingen ihre Handgelenke und halten sie fest.

Ich weiß nicht mehr, wie alt ich war, als ich erfuhr, dass ich die Reben zu mir rufen kann, und ich weiß auch nicht mehr, wie ich zu dieser Kraft gekommen bin. Im Palast vergesse ich sogar, dass ich sie überhaupt besitze. Nur wenn ich im Wald bin, spüre ich die Kraft und Energie des Landes. Ich benutze diese Kraft heutzutage nur noch selten, aber in diesem Fall erweist sie sich als nützlich.

„Warte!", ruft sie. „Was machst du da? Was soll das mit den Lianen?"

„Pssst", flüstere ich ihr zu. Ich konzentriere mich und sage dem Baum, was ich will. Ich schiebe ihre bloßen Beine mit meinem Fuß weiter auseinander und freue mich, als mehr Ranken ihre Knöchel umschlingen. Jetzt ist sie nackt und ausgestreckt, kann nicht mehr entkommen und gibt mir die Möglichkeit, sie zu erforschen und ihre Reaktionen nach Herzenslust zu erkunden.

„Hey!", ruft sie wieder. „Was soll das?" Sie hat Angst und empfindet Wut - ich kann es spüren, also schiebe ich meine Hand zwischen ihre gespreizten Schenkel.

Ich werde sofort mit einem lustvollen Keuchen und einem Schwall von Gleitflüssigkeit in meiner Handfläche belohnt. Ich benutze sie als Gleitmittel und reibe den Handballen gegen ihre Muschi. Ich staune, wie sich ihre harte Klitoris von ihren weichen, geschwollenen Lippen abhebt.

„Fuck", flüstert sie, und mein Schwanz - wieder steif - zuckt bei dem Gedanken, was ich gleich tun werde.

Mit langsamen, gleichmäßigen Bewegungen bringe ich sie an den Rand des Höhepunkts. Dann nehme ich meine Hand von ihrem nassen Geschlecht und schlage ihr hart auf den nackten Hintern. Das Geräusch hallt von den Bäumen wider, und sie stößt einen erstickten Schrei aus.

Ich reibe den Handabdruck, der sich auf ihrer glatten Haut abzeichnet, und beobachte und höre aufmerksam zu.

Ich spüre das Zittern im Inneren der Omega, ein wenig Schmerz, aber auch Freude. Verlangen. Sie will mehr.

Ich hole nochmal aus.

Dann wieder.

Brokk hat einmal erwähnt, wie gerne er das mit Frauen macht, und ich beginne zu verstehen, warum. Die Geräusche, die meine kleine Blume jedes Mal von sich gibt, wenn ich ihr den Hintern versohle, sind denen nicht unähnlich, die sie ausstößt, wenn ich sie befriedige. Ihr praller Arsch färbt sich wunderschön rosa, und der Anblick meiner Striemen auf ihr erfüllt mich mit einem Gefühl von Stolz und Besitz.

Ich greife mit meiner freien Hand um ihre nackte Pussy und benutze meinen Griff, um ihre Hüften zurückzudrücken, während ich sie weiter versohle.

„Bitte ... bitte ..." Sie wimmert, keucht und tropft in meine Hand, während sie sich an mir reibt. Sie bewegt ihre Hüften auf die köstlichste, sinnlichste Weise und fickt dabei meine Handfläche.

So schön ihre Bewegungen auch sind, sie muss lernen, dass ich ihr das Vergnügen gebe; nicht, dass sie es sich nehmen darf. Ich warte, bis sie auf dem Höhepunkt ist, dann ziehe ich meine Hand zwischen ihren Beinen weg und verteile eine Reihe von heftigen Schlägen auf ihren Arsch und die Rückseite ihrer gespreizten Schenkel.

Sie heult vor Schmerz und Frustration auf, und ich verkneife mir ein Lächeln.

Diese atemberaubende Kreatur ist mein. Meine Gefährtin. Meine Omega. Mein zum Vergnügen, zur Belohnung, mein Besitz. Mein zum Disziplinieren und zum Verweigern, wie ich es für richtig halte.

So wie ich es jetzt tue.

„Fuck", flüstert sie, ihre Hüften bewegen sich immer noch, als ob sie meine Berührung sucht. „Bitte. Gott, bitte."

Ich finde ihren Kitzler wieder und ziehe mit der Fingerkuppe meines Mittelfingers winzige Kreise über ihn.

Die Omega bleibt für einige Augenblicke starr, dann beginnt sie erneut ihre Hüften zu bewegen und versucht, die Kontrolle wiederzuerlangen.

Es braucht drei Versuche - dreimal muss ich meine Hand wegnehmen, kurz bevor sie zum Höhepunkt kommt, und dann ihren nackten Hintern und ihre Schenkel so lange und hart versohlen, wie ich es für nötig halte, um meinen Standpunkt klarzumachen. Bis sie lernt, sich nicht zu bewegen, wenn ich sie befriedige.

Als sie endlich stillhält, belohne ich sie natürlich, indem ich mit meiner glitschigen Handfläche über ihre pulsierende Klitoris gleite, auf und ab, immer schneller, bis sie aufschreit und sich windet, ihre Möse an meiner offenen Hand zuckt und ihr Saft überallhin rinnt.

Ich streichle sie langsam, ringe ihr jeden letzten Schauer ab, bis mein Schwanz tropft und meine Eier vor Verlangen schmerzen.

Ich stelle mich hinter sie und nehme mir einen Moment Zeit, um ihren schlanken Rücken zu bewundern, die Art und Weise, wie ihr dunkles Haar über ihre Schultern fällt, die zwei kleinen Grübchen über ihrem Hintern, der jetzt in heißem, tiefem Rosa glüht.

Ich befehle dem Baum im Stillen, die Ranken um ihre Knöchel zu verlängern, um mir mehr Platz zu verschaffen. Greife dann ihre runden Hüften und ziehe ihren Hintern zu mir heran, wobei ich ihren Oberkörper etwas nach unten drücke, damit ich besseren Zugang habe.

Mit einem sanften, tiefen Stoß bin ich in ihrer glitschigen Muschi. Meine linke Hand ist immer noch mit ihrem Saft bedeckt. Ich beuge mich vor und verteile ihn über ihre Lippen, ihr Gesicht und ihre Zunge.

Sie leckt ihren eigenen Nektar von meinen Fingern. Ein wilder Blitz der Begierde raubt mir den Atem. Mit einem Schnurren beginne ich sie zu ficken, ziehe mich fast ganz aus ihr heraus, bevor ich wieder eindringe und ihre Schreie mit meiner saftverschmierten Hand ersticke.

Ulf, sie fühlt sich so gut an, dass ich es kaum aushalten kann.

Ich greife mit meinem anderen Arm um sie herum und ziehe ihre Hüften nach hinten und zu mir, wobei ich ihre Füße deutlich vom Boden abhebe. Die Art und Weise, wie ihre Beine auf beiden Seiten von mir in der Luft baumeln, hat etwas, das mich halb verrückt macht. So habe ich mich auch gefühlt, als ich sie vorher geleckt habe.

Ihre Knöchel sind weiterhin von den Ranken umschlungen, ebenso wie ihre Handgelenke - sie ist immer noch an den Baum gefesselt. Ich befehle ihm, ihre Beine weiter auseinanderzuziehen, damit ich sie noch tiefer ficken kann.

Sie schreit gegen meine Hand an, als sich der Knoten zu bilden beginnt und ich ihn in ihr enges kleines Loch schiebe. Ihre Beine sind jetzt fast obszön gespreizt und der Anblick von ihr - gefesselt, hilflos, an ihren Handgelenken baumelnd, nur gehalten von den Lianen, die ich befehle, während ich meinen steifen Schwanz wieder und wieder in sie stoße - ist fast mein Verderben.

Ihr kleiner verbotener Eingang zwinkert mir zu, während sie sich wiegt, und ich schwöre, sie auch dort zu nehmen. Ich lasse einen Finger in ihren heißen Mund gleiten und schnurre lauter, als sie ihn saugt. Sobald er schön feucht ist, führe ich ihn an ihr hinteres Loch und stoße ihn bis zum ersten Knöchel hinein.

Ich will verdammt sein, es ist sogar noch enger als ihre Pussy. Ihr Hinterteil krampft und zuckt unkontrolliert - genauso wie ihre Muschi.

Sie kommt umgehend.

Als ich meinen Finger tiefer in ihr Arschloch schiebe, bringt das meine kleine Omega offensichtlich zum Überlaufen.

Mit einem Brüllen folge ich ihr, mein Finger bohrt sich weiter in sie hinein, während ich zum Höhepunkt komme. Funkenregen flackern hinter meinen geschlossenen Augenlidern und heiße Lustimpulse lassen meinen Schwanz in ihr zucken. Ich fülle sie mit meinem Samen, erhebe Anspruch auf sie. Ihre Fotze quillt über. Ihr Saft läuft über den Knoten hinaus, bedeckt meine Leisten und Schenkel und sammelt sich auf dem Waldboden.

Ich halte sie fest im Griff, meinen Schwanz in ihrer Muschi und meinen Finger in ihrem Arsch - und so reite meine kleine Lysia-Blüte, bis wir beide keuchend und erschöpft sind und jeder letzte Orgasmus-Tropfen aus uns herausgepresst wurde.

Ich helfe ihr, ihre Füße wieder auf den Boden zu stellen, dann ziehe ich sie hoch, sodass ihr Rücken an meiner Brust liegt. Ich halte sie fest, kraule ihren Hals und atme sie ein. Ihr Duft lässt meinen Kopf vibrieren.

Ich weiß nicht, was ich getan habe, um so viel Glück zu verdienen, aber jetzt, da ich diese perfekte kleine Omega habe, werde ich sie nie wieder hergeben.

Sie gehört mir.

Für immer.

Heilige Scheiße.

Ich wusste nicht, dass sich etwas so gut anfühlen kann. Der Jäger ist vielleicht kein großer Redner, aber er beschwert mir die besten Orgasmen.

Als sich die Ranken um meine Hand- und Fußgelenke schlangen und mich an den Baum fesselten, sodass ich nicht mehr entkommen konnte, hatte ich einen Moment lang blanke Panik, doch dann ...

Ich bin benommen und meine Glieder fühlen sich schwer an. Mein Hintern ist wund von seinen Schlägen, aber selbst das fühlt sich irgendwie gut an. Prickelnd. Da ist ein Fluss zwischen meinen Schenkeln.

Ich sacke schlaff herunter und wehre mich nicht, als er mich hochhebt und zurück zum Flussufer trägt. Er wiegt mich an seiner riesigen Brust, watet ins Wasser und wäscht mich sanft ab. Ich klammere mich an ihn wie ein Kind und atme ihn ein. Warum beruhigt mich sein tiefes, grollendes Schnurren so sehr? Es ist ähnlich wie sein Knurren, hat aber eine ganz andere Wirkung auf mich. Das Knurren lässt flüssige Hitze in meine Leistengegend strömen, während das Schnurren ...

Da möchte ich selbst schnurren. Meine Augenlider fühlen sich schwer an, und in meiner Brust spüre ich ein Ziehen. Vor allem aber muss ich ihn berühren, ihm nahe sein. Es ist ein Zwang, den ich nicht erklären kann.

Seine Fingerspitzen sind weich auf meiner nassen Haut. Ich staune über den Kontrast zwischen der wilden Art, wie er mich versohlt und gefickt hat, und der Weise, wie er mich jetzt berührt, und all unsere Säfte wegwäscht, die meine untere Hälfte bedeckt haben.

Ein heißer Schauer durchflutet meine Wangen, als ich daran denke, was er mir gerade angetan hat ... wie er mir jedes Mal den Hintern versohlt hat, wenn ich versucht habe, mich an ihm zu reiben. Bis mir klar wurde, dass er nicht wollte, dass ich mich bewege. Wie er einen großen Finger in meinen Hintern geschoben hat, ohne Vorwarnung, ohne Entschuldigung.

In dem Moment, als er das tat, kam mein Orgasmus wie aus dem Nichts, blendete mich und raubte mir den Atem, sodass ich vor lauter Kraft nicht einmal schreien konnte.

Ich habe Fragen, so viele Fragen, aber keine Energie, sie zu stellen.

Ich bezweifle sowieso, dass er antworten würde. Ich weiß immer noch nicht einmal seinen verdammten Namen.

Sobald er uns beide für sauber hält, trägt mich Mr. Gesprächig zurück in seine versteckte Höhle hinter dem Wasserfall und legt mich auf die Felle. Ich wimmere, als er sich entfernt. Ich bin wütend auf mich selbst, weil ich mich so sehr nach ihm sehne, aber ich kann mich nicht zurückhalten.

Er schürt das Feuer und holt eine Handvoll dunkles, seltsam schimmerndes Schilf hervor, das er gesammelt haben muss, als wir am Fluss waren. Ich weiß nicht, wann er die Zeit dazu hatte, während er meine Welt durcheinanderbrachte. Aber ich schätze, er hatte sie, und ich habe es nicht bemerkt.

Er dreht und wendet jedes Schilfrohr über dem Feuer, als ob er es härten wollte. Ich bin zu müde, um mich aufzusetzen, doch ich verschränke die Hände unter dem Kopf, damit ich ihn weiter beobachten kann. Er ist halb dem Feuer und halb mir zugewandt, und das flackernde Licht lässt die Symbole auf seiner Haut wie Schlangen über seine epischen Muskeln wandern. Vielleicht bin ich aber auch nur im Halbschlaf.

Er pikst sich mit einem Schilfrohr an seiner oberen Brust.

„Oh." Ich schrecke zurück. Er hat das Rohr irgendwie unter seine grüne Haut gefädelt. Er grunzt und dreht seinen Kopf in meine Richtung, doch er zieht das Rohr weiter durch, bis er eine Art Muster auf seinem linken Brustmuskel erzeugt hat. Als er das Rohr entfernt, bleibt die Form des Musters erhalten, die dunkle Farbe schimmert auf seiner Haut.

Er tätowiert sich selbst. Er macht so lange weiter, bis er seinen linken Unterarm mit allen Schilfrohren markiert hat und die Reste seiner behelfsmäßigen Nadeln ins Feuer geworfen hat. Er kehrt an meine Seite zurück, und müde wie ich bin, hebe ich eine Hand, um seine Brust zu berühren. Ich passe auf, dass ich nicht auf die Stelle drücke, die er gerade markiert hat. Er hat ein Muster aus sieben Tränenformen in einem Kreis tätowiert. Die Tinte schimmert dunkel, wie ein Ölfleck. Es sieht ein wenig wie eine Blume aus.

„Lysia", sagt er zu mir. Ich nicke, denn ich habe keine Energie für ein Gespräch aus Grunzen und Ein-Wort-

Sätzen. Es würde zu lange dauern, um herauszufinden, was er meint.

Er nimmt meine Hand und presst meine Handfläche auf die Tätowierung. Ich erschaudere - die Haut muss empfindlich sein, aber er drückt seine Hand auf meine.

„Lysia", sagt er wieder.

„Lysia", wiederhole ich, und er scheint zufrieden zu sein. Er legt sich hin und zieht mich an sich.

Mit traumwandlerischer Langsamkeit streiche ich über sein Gesicht und fahre die Narbe nach, die seine Augenbraue halbiert. Er hat humanoide Züge, abgesehen von dieser leuchtend grünen Haut. Sein Moschus ist der köstlichste Duft, den ich je gerochen habe. Wenn ich nicht so müde wäre, würde ich mich an ihm reiben. Aber davon habe ich schon genug getan.

Ich lasse meine Hand fallen und kuschle mich an seine Brust. Er schnurrt immer noch. Mit seinen riesigen Armen um mich herum, seinem warmen Atem auf meinem Haar und seinem erdigen, männlichen Duft, der mich umgibt, kann ich meine Erschöpfung nicht länger bekämpfen. Ich schließe meine Augen und gleite in die Vergessenheit.

Haley

ALS ICH AUFWACHE, bin ich erst einmal verwirrt. Was zum Teufel ist das hier? Warum bin ich in einer Höhle? Ich schaue mich um und alles wird mir schlagartig wieder bewusst.

Jetzt weiß ich mit Sicherheit, dass ich nicht geträumt habe ... aber die einzige andere Erklärung ist immer noch zu schrecklich, um sie in Betracht zu ziehen, also verdränge ich sie und konzentriere mich auf die Gegenwart.

McGrüngesicht drückt mich nach wie vor an seine breite Brust, und als ich meinen Kopf hebe, sind seine Augen offen. Hat er mich die ganze Zeit über beobachtet? Wie lange habe ich geschlafen?

„Omega", sagt er.

Ich unterdrücke einen Seufzer. Ich meine, ein Mann der wenigen Worte ist eine Sache ... „Haley", sage ich. „Und du bist?"

„Mein."

„Ich bezweifle, dass das dein Name ist. Wo sind wir hier? Warum sprichst du nicht mit mir? Ich weiß, dass du mich verstehen kannst!"

Er gibt ein Knurren von sich, und dann nähern sich seine Lippen meinem Mund zu. Ich verliere mich für eine Sekunde in der Intensität seines Kusses, bevor ich ihn wegstoße.

„Hör zu, der Sex ist toll, aber ich glaube, meine Muschi braucht eine Pause, okay?" *Und ich muss herausfinden, wo zum Teufel ich bin und was ich als Nächstes tun soll.* Schließlich kann ich nicht den Rest meines Lebens in einer Höhle verbringen und mich von dem grüblerischen grünen Riesen zu überwältigenden Orgasmen bringen lassen.

Obwohl das genau das ist, was meine Pussy will.

Sein haselnussbrauner Blick ist hypnotisierend, und ich starre in sein Gesicht, irgendwie unfähig, meine Augen abzuwenden. Seine Pupillen sind riesig. Bei seiner Größe, seiner grünen Haut und den kupferfarbenen Stammeszeichen, dem Knurren und Schnurren, der seltsamen Höhlenbehausung mit den schwebenden Glühbirnen und dem verdammten Knoten in seinem enormen Schwanz kann ich nicht länger leugnen, dass dieser Kerl auf gar keinen Fall ein Mensch ist.

Aber ... was ist er dann?

„Wo bin ich?" Das scheint eine sichere Frage zu sein. Außerdem hat Sian es mir bereits gesagt, sodass ich überprüfen kann, ob er ehrlich ist.

„Mein", antwortet er.

Verdammt noch mal.

„Ich habe jemanden getroffen. Sie sagte, wir sind in Arboron. Dem Waldkönigreich."

Er grunzt. Ich schätze, das heißt Ja.

Ich spüre einen scharfen Schmerz, als meine Zähne sich in meiner Unterlippe vergraben. Vielleicht sollte ich mit den Fragen aufhören. Stelle niemals eine Frage, deren Antwort du nicht hören willst. Ich weiß nicht, wo ich das gehört habe, aber es scheint ein guter Rat zu sein. „Wie bin ich hierhergekommen?"

Dumme Haley. Woher soll er das wissen? Er hat dich einfach im Wald gefunden. Auf der Jagd. Für Omegas. Von denen er denkt, dass du eine bist. Wie ich es mir gedacht habe, schweigt er dazu. Ich seufze.

„Also ... Arboron ist der Wald? Und es ist ein Königreich."

„Mein Königreich." Sein Ton wirkt irgendwie traurig, und ich spüre ein weiteres Ziehen in der Brust.

„Dein Königreich?"

Er legt eine Hand auf seine Brust. „König."

„Du bist der König?"

Er nickt.

„Nie im Leben.", rutscht es mir heraus, und ich werde rot. Ist er beleidigt?

„König", sagt er wieder.

Ich schaue mir die Höhle noch einmal an. Für einen in

den Fels gehauenen Raum ist sie bequem genug, aber ein Palast ist sie wohl kaum. Keine Sanitäranlagen. Keine Klimaanlage. Kein Kühlschrank. Ich bevorzuge Glamping. „Das sieht mir nicht nach einem Palast aus."

„Nicht der Palast", sagt er. Ich bin fassungslos. Dies ist das ausführlichste Gespräch, das wir bisher geführt haben, und ich möchte unbedingt, dass es weitergeht.

„Du hast einen Palast?"

Er nickt, seine Miene ist grimmig. Ich habe den Eindruck, dass er kein Fan ist – aber ich kann nicht beurteilen, ob er einfach nicht gern König ist, oder ob er diesen Palast nicht mag. Vielleicht ist es ja beides.

„Bringst du mich hin?", platzt es aus mir heraus. Ein Palast impliziert Luxus. Seife. Essen. Menschen. Vielleicht jemand, der gesprächiger ist und mir sagen kann, was zum Teufel hier los ist. Wie Sian - wenn sie die Jagd gut überstanden hat. Sie meinte, sie wolle gefangen werden. Vielleicht kann ich im Palast nach ihr fragen. „Bitte?"

Er scheint einen Moment zu überlegen, dann wird seine Miene grimmig. „Nein."

„Warum?"

Seine einzige Reaktion ist, dass er mich fester an sich zieht, als hätte ich versucht, wegzugehen.

„Warum?"

„Mein."

Ich runzle die Stirn. Er klingt wie ein Kleinkind mit seinem Lieblingsspielzeug, wenn er das immer wieder sagt. Will er mich ganz für sich allein haben? Bevor ich weiter nachdenken kann, rutscht er von den Fellen herunter und zerrt mich auf die Beine. „Was machen wir jetzt?", frage ich.

Wie üblich besteht seine Antwort aus nur einem Wort. „Essen."

Haley

OH GOTT. Oh Gott, oh Gott, oh Gott. Mr. Gesprächig ist drauf und dran, ein Tier zu töten, und er lässt mich dabei zusehen. Ich schlucke schwer und kämpfe gegen die Welle der Übelkeit an, die mich zu ersticken droht.

Vorhin hat er mich aus der Höhle und durch den Wald geführt und mich wieder einmal mit seiner Fähigkeit beeindruckt, trotz seiner Größe so beweglich zu sein. Wir waren gerade aus einem dichten Farnwäldchen herausgetreten, als er kurz stehen blieb. Ich rannte direkt in ihn hinein. Seine grünen Brauen zogen sich zusammen.

„Du hättest mich nicht mitnehmen müssen", murmelte ich trotzig.

Er führte einen Finger an seine Lippen und zeigte dann auf etwas. Ein seltsam aussehendes Tier stand auf einer Lichtung. Es knabberte die Blätter von einem Zweig und hatte einen langen, schlanken Hals. Hätte es nicht sechs Beine und wäre es nicht leuchtend blau, so groß wie ein Schaf und gestreift, hätte ich es für eine Giraffe gehalten. Die lange, bewegliche Zunge war sicherlich die gleiche.

Jetzt bin ich wie erstarrt und beobachte mit Schrecken, wie der Jäger - wie treffend und ernsthaft dieser Name mittlerweile erscheint - eine Waffe hervorholt. Sie sieht aus wie eine Schneeflocke aus Stahl oder einer anderen Art von Metall, wobei jede Speiche aus etwas besteht, das wie eine tödliche Klinge aussieht. Wo zum Teufel hatte er das denn bitte versteckt? Ich trage eine Tunika, die er mir gegeben hat und von der ich annehme, dass sie ihm gehört, da er mit nacktem Oberkörper unterwegs ist.

Ich schaue weg und schließe vorsichtshalber die Augen. Sicher, ich esse Fleisch, und soweit ich weiß, war die gebratene Köstlichkeit am Spieß vorhin aus genau einem solchen Tier gemacht, doch ich bin zu verweichlicht, um mein Essen sterben zu sehen.

Ein scharfer Ellbogenstoß gegen meine Rippen lässt mich zusammenzucken und ich öffne vorsichtig die Augen, um McGrüngesicht anzustarren. Er wirft mir einen bedeutungsvollen Blick zu, dann hebt er die Waffe. „Werfen", flüstert er. Es ist kaum hörbar, ich verstehe ihn jedoch perfekt.

Ich schüttele den Kopf.

„Wirf!", befiehlt er mir erneut, energischer, aber genauso leise.

Ich verschränke die Arme vor der Brust. Ich würde mich wahrscheinlich schneiden, wenn ich bloß versuche, es zu halten. Selbst wenn ich wollte, könnte ich diesen Klingenstern nicht auf irgendeine Art geschickt werfen.

Außerdem: Ich *will* das nicht.

Der Jäger streckt seine riesige Handfläche aus und zeigt mir, wie Daumen und Mittelfinger über die glitzernden Klingen gebogen sind, bevor er seinen Arm zum Wurf zurückzieht.

Ich habe genug gesehen. Ich bleibe nicht hier, um das Tier sterben zu sehen. Also tue ich das Einzige, was mir einfällt.

Ich renne.

Hinter mir ertönt eine Geräuschexplosion - ein Brüllen, das zweifellos von dem Jäger stammt und ein hohes Quietschen, über das ich nicht nachdenken möchte.

Während ich durch das Unterholz stürze und mir die Äste ins Gesicht peitschen, erinnere ich mich an diese erste Nacht. War das erst gestern? Vorgestern? Ich habe jegliches Zeitgefühl verloren. Vielleicht ist sogar das hier anders.

Wie auch immer, ich bin fertig mit allem. Es ist mir egal, wie toll der Sex ist, ich muss von Mr. Gesprächig wegkommen und jemanden finden, der tatsächlich Antworten für mich hat. Jemanden, der mit mir redet. Zum Teufel, ein Papagei wäre gesprächiger als der vermeintliche König, der mir jetzt wahrscheinlich auf den Fersen ist.

Ein weiteres pterodaktylusartiges Kreischen, das noch viel furchterregender ist, ertönt aus einem Gebüsch direkt vor mir und ich weiche zurück und komme zum Stehen.

Eine Kreatur springt heraus und kommt auf mich zu. Sie hat in etwa die Ausmaße wie eine große Gans, ist aber schwarz mit neongelben Flecken. Vergiss den Pterodaktylus. Sie sieht aus wie einer dieser Dinosaurier, die klebriges Gift spucken können. Sie wippt mit dem Kopf, die spitzen Zähne gefletscht, der ganze Körper starr und angespannt, als wolle sie mich angreifen.

Ich mache mir fast in die Hose. „Husch!", schreie ich und sehe mich wild nach einer Waffe um. Einem Stock. Irgendetwas.

Sie stößt ein weiteres unheimliches Kreischen aus und macht einen wippenden Schritt auf mich zu.

Ich wimmere. Ein Schatten fällt auf mich, gefolgt von einem köstlichen Ahornsirupduft. Der Jäger ist hinter mir. „Hilf mir", flüstere ich. „Bitte."

Er stürzt sich auf das Tier und ich schaue weg, weil ich nicht einmal zusehen will, wie dieses Ding getötet wird. Ein empörtes Kreischen erregt meine Aufmerksamkeit, und ich werfe einen Blick zurück zu McGrüngesicht, nur um zu sehen, dass er das Tier aufgehoben hat und es zärtlich streichelt.

„Was zum Teufel?"

Das Tier gibt ein zufriedenes kleines Quieken von sich und schmiegt seinen flaumigen Kopf in die massive Hand des Jägers. Dann starrt es mich mit großen, bezaubernden Augen an.

„Ein Baby?", murmle ich, ungläubig.

Der Jäger nickt und schaut sich um, bevor er sich auf den Weg macht.

Ich folge ihm, bleibe ein paar Schritte hinter ihm, das Adrenalin schießt immer noch durch mich hindurch. Als er mir signalisiert, anzuhalten, warte ich und beobachte, wie er noch ein bisschen vorwärts schleicht, ehe er das kleine Wesen sanft auf einem Grasfleck absetzt.

Er ist so zärtlich, dass es mir in der Brust wehtut.

Dann zieht er sich zurück und geht rückwärts auf mich zu, so trittsicher, als hätte er Augen im Hinterkopf.

Wenige Augenblicke später ertönt ein ohrenbetäubender Schrei, und ich umklammere den Arm des Jägers, als ein Wesen, von dem ich nur annehmen kann, dass es die Mutter des Babys ist, mit riesigen, ledrigen Schwingen herabstürzt. Mit langen, gebogenen Krallen reißt sie den Säugling vom Boden hoch, fliegt weiter und verschwindet im lilafarbenen Himmel.

Lila? Warum habe ich das nicht früher bemerkt? Ich schätze, ich war von den vielen Sonnen abgelenkt.

Ich stoße einen langen, erschütternden Seufzer aus. „Danke", sage ich zu dem Jäger. Ich weiß nicht, wie gefährlich es wirklich für mich war - vielleicht war das Tierbaby gar nicht so giftig, wie es aussah. Aber die Art und Weise, wie er mich gerettet hat und mit der Situation umgegangen ist, war etwas Besonderes.

Eines ist sicher: Er hat ein gutes Herz.

„Komm", sagt er und nimmt meine Hand.

Ich hatte erwartet, dass er mich ausschimpft, weil ich

weggelaufen bin, weil ich nicht geblieben bin, um ihm beim Töten zuzusehen, doch er führt mich einfach nur zurück zur Höhle. Wir müssen an der Lichtung vorbeigehen, auf der wir das giraffenähnliche Tier gesehen haben, und obwohl ich mir geschworen hatte, nicht hinzusehen, kann ich nicht anders.

Ein kurzer Blick sagt mir alles, was ich wissen muss: Er hat es erlegt. Gott weiß, wie präzise er zielen muss, wenn er ein so riesiges Tier mit einer Waffe von der Größe seiner Hand zu Fall bringen kann, doch ich weigere mich, länger darüber nachzudenken.

Als wir wieder in der Höhle sind, holt er mehr Trinkfrüchte aus der Truhe und reicht mir eine. „Essen?", fragt er und ich schüttele den Kopf. Mein Magen krampft sich immer noch zusammen. Ich bin durstig, aber nicht hungrig.

„Nein, danke", antworte ich ihm.

Ich schlürfe das Obst leer und starre auf die Schatten, die an den Wänden der Höhle flackern. Dieser Ort ist zu kalt und kahl. Ich könnte die Felle in der Ecke aufstapeln und mich unter ihnen verkriechen. Dann wäre es warm, obwohl etwas fehlen würde. Nur was?

Ich habe plötzlich Sehnsucht nach einem Bett mit Einhorn-Stofftieren. Ein seltsamer Wunsch, aber vielleicht sehne ich mich nach etwas von zu Hause. Auch wenn Heimat momentan lediglich eine weit entfernte Erinnerung ist, wie ein Film, den ich vor langer Zeit gesehen habe. Ein Film, der mir gefallen hat, zu dem ich jedoch keine wirkliche Beziehung habe.

Der Jäger hockt vor mir. Er steht schon seit einiger Zeit da und beobachtet mich, wie ein Wolf ein Kaninchen betrachtet. Ich bin so gedankenversunken, dass ich es nicht bemerkt habe. Er runzelt seine Stirn und berührt meine Wange. In meinem Unterleib bäumt sich etwas auf. Ich will ihn. Ich könnte sofort nass für ihn werden. Aber die Höhle ist zu kühl, und irgendetwas... stimmt nicht.

Der Jäger beugt sich nach vorne, Besorgnis ist in seinen haselnussbraunen Augen zu erkennen. Ich schaue weg.

Er erhebt sich und geht schnell in der Höhle umher, um das Feuer zu löschen und ein Fell aus dem Haufen zu ziehen.

„Was machen wir jetzt?", frage ich mit teilnahmsloser Stimme, ohne eine Antwort zu erwarten.

Er kommt auf mich zu, wickelt mich in ein Fell und drückt mir einen unerwarteten Kuss auf die Stirn. Dann wirft er sich einen langen, grünen Mantel mit einer tiefen Kapuze über, so dass sein Gesicht im Schatten liegt, als er mir schließlich antwortet. „Palast."

„Wirklich?" Ein Palast klingt vielversprechend. Vielleicht bekomme ich dort endlich ein paar Antworten.

NEUN

DER KÖNIG DER JAGD

Ich nehme die kleine Hand der Omega und führe sie durch den hinteren, geheimen Eingang zu meinem Höhlenversteck und bin erleichtert, dass mein Tyrlee meinem Ruf gefolgt ist. Solange er sich in einer gewissen Entfernung befindet, kann ich ihn mit meinem Geist rufen, so wie ich die Ranken in Bewegung setzen kann. Ich spreche mit dem Wald, und der Wald spricht zu mir. Ich habe diese Sprache vor allen anderen gelernt.

Als ich letzte Nacht mit meiner Omega in den Armen dalag, erinnerte ich mich an eine Mutter, die mir zuflüsterte und meinen kleinen Körper an ihre weiche Brust schmiegte. Sie sang für mich.

So etwas kam mir schon ewig nicht mehr in den Sinn. Ich habe so lange im Wald gelebt, er wurde mein Zuhause, war Mutter und Vater zugleich für mich. Meine Verbindung zu ihm schwindet, wenn ich in den Palast zurückkehre, aber sie wird nie abgerissen sein. Egal, wie viele Leute mich den Wilden nennen und mich für einen Barbaren halten. Egal, wie die Ratsherren hinter meinem Rücken über meine seltsame Art tuscheln.

Bei dem Gedanken, dass sie im Palast auf mich warten, unterdrücke ich ein Schaudern. Dorthin zu gehen ist das Letzte, was ich tun möchte, aber die Höhle ist zu primitiv für meine zarte Lysia-Blüte. Sie braucht Wärme und einen Platz zum Nisten.

Außerdem bin ich jetzt schon zu lange weg. Ich muss mein Gesicht zeigen, um sie daran zu erinnern, dass ich noch am Leben bin. Brokk wird sich fragen, was mit mir passiert ist.

„Was ist das? Beißt es?" Meine Omega starrt meinen Tyrlee mit einem misstrauischen Ausdruck auf ihrem schönen Gesicht an. Ich unterdrücke ein Grinsen.

„Nein." *Ich bin der Einzige, der dich beißen wird. Du gehörst mir.*

In der kurzen Zeit, seit dieses zarte Weibchen in mein Leben getreten ist, hat mich ein Beschützerinstinkt gepackt, der stärker ist als alles, was ich je empfunden habe. Ich würde alles für sie tun. Ich würde für sie sterben. Nachdem ich mich ein Leben lang von anderen distanziert gefühlt habe, habe ich endlich das Gefühl, nach Hause gekommen zu sein.

Ist es das, was man das Seelenband nennt?

Ihre melodische Stimme unterbricht meine Gedanken. „Wird es uns beide tragen?"

Ich nehme sie in meine Arme, meine Nüstern weiten sich bei ihrem Duft, hebe sie vorsichtig hoch und setze sie auf den Tyrlee, bevor ich selbst auf das Reittier steige.

Die Omega gibt ein kleines Quietschen von sich, als ich dem Tier mit einem Schnalzlaut einen Befehl erteile, und wir reiten los. Ich schlinge meine Arme um sie und staune, wie wohl sie sich in meiner Umarmung fühlt.

Hier gehört sie hin. Genau hierher. Zu mir.

Ich verdränge die Welle der Panik, die mich bei dem

Gedanken, dass wir zum Palast reiten werden, ergreift. Dort werden weitere Alphas sein. Werden sie sich in der Nähe meiner neuen Gefährtin beherrschen können? Ich habe ihr den fordernden Biss gegeben, doch ich weiß nicht genug darüber, ob es ausreichen wird, um die anderen abzuschrecken. Wenn ein Alpha sie berührt, wird er sterben, aber ich will nicht noch jemanden töten müssen.

Jetzt verstehe ich Khans Verhalten bei dem Rat der Könige, als ich seine Omega witterte. Damals dachte ich, er würde überreagieren. Wenn ich wortgewandt wäre, würde ich ihn aufsuchen und ihn fragen, wie er seine *Majesta in* Sicherheit birgt, wenn sie mit anderen Alphas zusammen sein muss.

Oder ich könnte meine Omega unter Verschluss halten, um sie zu schützen.

Nein. Kein Lebewesen sollte jemals eingesperrt sein, unfähig, frische Luft zu atmen oder das Licht der Sonne auf seiner Haut zu spüren.

„Ist es weit? Reiten wir zum Palast?“

Ich halte absichtlich ein langsames und gleichmäßiges Tempo auf dem Tyrlee ein, um meine Lysia-Blüte nicht zu erschrecken, und sie scheint sich soweit beruhigt zu haben, wenn sie mit ihrem Geplapper wieder loslegen kann.

Ich habe noch nie jemanden erlebt, der eine solche Menge redet - zumindest nicht mit mir. Sie hat so viele Fragen, und ich habe keine Antworten.

Und abermals bin ich das idiotische Waisenkind. Verwildert. Nirgendwo zugehörig. Ich könnte den Mund aufmachen, aber meine Antworten wären nichts als gestotterte Grunzlaute. Mehr Tier als Ulfarri. Beschämend.

„Ich könnte ein Bad gebrauchen. Gibt es so etwas wie Seife an diesem Ort? Oh Mann, ich habe so viele Fragen.

Was hast du mit dem Tier vor, das du getötet hast? Du hast es einfach auf der Lichtung liegen lassen!"

Ich spüre tiefen Schmerz in der Brust. Sie glaubt, ich könnte zum Vergnügen töten. Niemals. Ich töte, um mein Volk zu beschützen und um zu essen. Kein anderer Grund ist je gut genug. „Essen", sage ich ihr. Die Worte entweichen schwer meiner Kehle, doch ich zwinge sie mit einem Grunzen heraus. „Fleisch für meine Männer." Ich werde meine Männer losschicken, um es zu holen. Normalerweise würde ich die Beute selbst nach Hause bringen, aber ich sah, wie aufgeregt sie beim bloßen Anblick des Kadavers war, und wollte sie verschonen.

„Oh."

Ich wünschte, ich könnte ihr Gesicht sehen.

„Deine Männer? Du bist also wirklich König?"

„Ja." Es fühlt sich wie ein Verhör an, und ich unterdrücke den Drang, zu knurren. *Sie ist nur neugierig*, sage ich mir. Nur weil ich mich beim Sprechen nicht wohl fühle, heißt das noch lange nicht, dass es ihr genauso geht.

Ihr praller Hintern schmiegt sich an meine Lenden, stößt mich bei jedem Schritt des Tyrlees an, und mein Schwanz hat sich wieder einmal in meiner Hose versteift. Ich muss immer noch in der Brunft sein, um von so etwas Einfachem erregt zu werden. Werde ich mich auf irgendetwas konzentrieren können, wenn es vorbei ist?

Jetzt will ich nur noch umdrehen, zurück in meine Höhle eilen, das kleine Weibchen auf meinen Fellen ausbreiten und ...

„Oh mein Gott, das ist so schön!"

Ich schaue dorthin, wo sie hinzeigt. Es ist ein Lykka-Vogel, der auf einem nahen Ast hockt. Sie sind wunderschön mit ihrem eindrucksvollen aquamarinfarbenen, violetten, blauen und goldenen Gefieder und den gebogenen silbernen Schnäbeln. Sie sind allerdings auch boshafte Kreaturen, vor allem während der Paarungszeit, die dafür bekannt sind, unvorsichtige Eindringlinge zu beißen.

Ich kann ihre Instinkte durchaus nachvollziehen.

Es ist seltsam, dass ich die Gefühle meiner Omega wahrnehmen kann. Im Moment spürt sie Aufregung, Besorgnis und einen kleinen Hauch von Lust.

Ihr entkommt ein Stöhnen. Ich habe meine Hand zu dieser süßen, seidigen Stelle zwischen ihren Beinen gleiten lassen. Ich war mir nicht einmal bewusst, dass ich sie dort berührte. Das Gefühl ihrer weichen, feuchten Falten erinnert mich daran, wie es ist, tief zwischen ihnen vergraben zu sein. Ich stoße ein lustvolles Knurren aus, als mein Schwanz zuckt.

Meine Fingerspitze erwischt die steife Perle, und die Omega versteift sich, lässt dann ein erschütterndes Keuchen los und ergießt sich in meine Hand. Ich habe noch nie erlebt, dass eine Frau so empfänglich ist. Meine Brust schwillt vor Stolz an, weil ich weiß, dass ich sie mit nur einer einzigen Fingerspitze zum Höhepunkt bringen kann.

Es ist eine berauschende Art von Macht.

Ich bin so hart, dass es schmerzt, und alles, was ich tun möchte, ist, sie vom Reittier zu zerren, sie auf den Boden zu werfen und sie erneut zu ficken. Aber leider sind wir beim Palast angekommen. Ich lasse meine Hand weiter nach oben gleiten, zu ihrem Bauch, um der Versuchung zu widerstehen, sie wieder kommen zu lassen.

„Fuck", haucht meine Omega, und ich weiß nicht, ob es immer noch die Nachwirkungen ihres Orgasmus' sind, oder ob sie sich über die Holzkonstruktion freut, die die Baumkronen überragt.

Ich denke immer noch daran, wie sich ihr glatter Bauch

unter meiner Handfläche anfühlt, und wie es wäre, ihn gerundet zu fühlen, ausgefüllt mit meinem Nachkommen. Sie schwanger von mir.

Die Spitze meines Schwanzes quillt schon bei dem Gedanken daran über. Ulf, bin ich hart.

„Ist das der Palast?" Ihre Stimme reißt mich dankenswerterweise wieder aus meinen Tagträumen.

Ich stoße ein bestätigendes Grunzen aus. Ich atme tief durch und bereite mich im Geiste auf die Tortur vor. Ich hasse den Palast. Natürlich ist er bequem, und als König wird mir jede Laune erfüllt, aber eines überwiegt: Sie lassen mich nie in Ruhe. Es ist eine ständige Flut von Fragen, Bitten, Flehen ... und das bereitet mir Kopfschmerzen.

„Es ist ... nicht das, was ich erwartet habe."

Ich schaue genauer hin und versuche, den Palast mit anderen Augen zu sehen. Ihren Augen.

Er ist aus Holz und Stein gebaut, groß und komfortabel, aber nicht so atemberaubend wie die von Wasserfällen durchzogenen Bauten des Wandererkönigs oder so grell wie das güldene Ungetüm des Goldenen Königs. Das Holz der höchsten Bäume wurde behauen und poliert, um den Rahmen zu bilden. Der Rest besteht aus grauem und schwarzem Stein. Als ich König wurde, wuchsen über Nacht Ranken aus dem Wald und bedeckten die Außenmauern. Die Höflinge beschwerten sich, und die Diener versuchten, sie zurückzuschneiden, aber sie wuchsen einfach weiter.

Das Klingen einer Glocke kündigt meine Ankunft für jeden in Hörweite an, und zum x-ten Mal verfluche ich die Ratsmitglieder, weil sie mir nicht erlaubt haben, diese dumme Tradition abzuschaffen.

„Majestät!" Ein Beta eilt herbei und nimmt die Zügel

des Tyrlees in die Hand. Seine blassen Augen huschen kurz über meine Omega, bevor sie zu mir zurückblicken.

Ich unterdrücke einen Seufzer, steige ab und helfe meiner kleinen Lysia-Blüte von dem Tier. Ich hatte nicht einmal darüber nachgedacht, wie ich sie vorstellen sollte.

Das Wichtigste zuerst: sich um ihr Wohlbefinden kümmern. Dann kann ich die Ratsmitglieder suchen und mich von ihnen ausschimpfen lassen.

Ich streiche eine verirrte dunkle Haarsträhne aus dem schönen Gesicht meiner Omega und drücke ihr einen Kuss auf die Stirn, dann frage ich sie: „Baden?"

Das aufgeregte Quietschen meiner Partnerin ist Musik in meinen Ohren. In diesem Moment weiß ich, dass ich alles tun würde, um sie glücklich zu machen.

Alles ... außer sie gehen zu lassen.

ZEHN

HALEY

Ich kriege Stielaugen, als Mr. Gesprächig mich durch die riesigen Räume seines Palastes führt. Es ist eine merkwürdige Kombination aus Holz und Stein - irgendwie natürlich, aber mit kleinen, störenden Dingen, die mich daran erinnern, dass dies ein seltsamer Ort ist. Leuchtende Kugeln, aufgehängte Leinwände und Gemälde, die sich bewegen, stehen in scharfem Kontrast zu den langen Kapuzengewändern, die die Bewohner tragen, und zu der Art und Weise, wie die Natur sich im Palast niedergelassen zu haben scheint, bis hin zu den Ranken, die in den Wänden wachsen.

Zu meiner Erleichterung führt mich der Jäger an der Meute vorbei, die ihm Fragen stellen will - seine einzige Antwort ist ein Grunzen, *quelle surprise* - und bringt mich direkt zu einer massiven Felswand. Er marschiert darauf zu und hält inne, woraufhin sie sich auf magische Weise öffnet und einen langen, niedrigen Raum freigibt. Auf der rechten Seite steht ein riesiges Himmelbett, das mit Kissen und Fellen bedeckt ist. Der Knoten in der Mitte meiner Brust lockert sich.

Drinnen angekommen, drückt mich der Jäger mit dem Rücken an die Wand und fordert meine Lippen ein. Er fixiert meine Hände auf beiden Seiten. Sein tiefes Knurren löst ein Erdbeben der Erregung in meinem Inneren aus.

Wie kann ich ihn wieder wollen? Immer noch? Andauernd? Warum hat er diese verrückte Wirkung auf mich? Warum ist meine Reaktion auf ihn so, dass eine bloße Berührung seiner Fingerspitze mich kommen lässt, egal wie seltsam die Umstände sind?

Ich schnaufe und starre zu ihm hoch. Mein Inneres pulsiert, doch noch dringender als meine Lust ist meine brennende Neugierde. Alles in mir sehnt sich danach, den Raum und das Bett zu erkunden. Vor allem das Bett. Und ich will das Bad, das mir versprochen wurde.

Aber ich habe Fragen, und ich will Antworten.

„Sian", sage ich vorsichtig, nachdem ich den Mut gefunden habe. „Ich will mit Sian reden."

Er zieht eine kräftige, kiefergrüne Augenbraue hoch.

„Ich habe sie in der Nacht getroffen ... in der Nacht, in der du mich gefunden hast. Ich möchte sie sehen. Kennst du sie? Kannst du sie finden?" Während der Fahrt zum Palast habe ich viel Zeit damit verbracht, über meinen nächsten Schritt nachzudenken, und Sians Gesicht tauchte immer wieder vor meinem geistigen Auge auf. Da der Jäger der König ist und Sian nicht weit vom Palast entfernt war, als ich ihr begegnete, denke ich, dass es einen Versuch wert sein kann. Wenn er sie nicht kennt, kann er sie vielleicht irgendwie finden?

Seine Augen sind haselnussbraune Untiefen voller Geheimnisse. Ich kann ihn im Moment nicht lesen. Überhaupt nicht. Das ist ärgerlich.

„Bitte", fahre ich fort. „Ich möchte so viel wie möglich

über diesen Ort erfahren. Über Arboron." *Über dich*, füge ich in Gedanken hinzu, beiße mir auf die Lippe und will, dass er sagt, dass er entweder weiß, wer Sian ist, wie man sie findet, oder dass er jemanden kennt, mit dem ich reden kann.

Es scheint zu funktionieren, ich kann es in seinen Augen sehen. „Sian?", fragt er.

„Ja! Kennst du sie?"

Er grunzt und denkt offenbar einen Moment darüber nach, bevor er sagt: „Warte." Daraufhin verschwindet er.

Ich mache mich auf den Weg zu dem riesigen Bett - ein California King ist ein Hundekissen im Vergleich zu dieser Wald-King-Matratze. Alles in diesem Zimmer, diesem Palast, ist enorm. Perfekt für den Jäger. Viel zu groß für den kleinen Menschen - mich.

Ich lasse mich auf das Bett sinken und stoße einen kurzen Schrei aus. Wie kann Mr. Gesprächig nur so attraktiv und gleichzeitig so anstrengend sein? Ist er jetzt auf der Suche nach Sian? In einer idealen Welt würde er meine Fragen beantworten, aber er hat Probleme mit der Sprache. Das ist okay, es gibt andere Wege der Kommunikation. Im Wald haben wir langsam herausgefunden, wie wir uns verständigen können, doch seit wir im Palast angekommen sind, spüre ich, wie er sich wieder zurückzieht. Die Frage ist, warum?

Das ist ein Rätsel, das ich unbedingt lösen will.

Ein paar Minuten später kommt er mit einer vertrauten Gestalt zurück, die hinter ihm hergleitet. Ich quieke, als wäre ich sieben Jahre alt. Ich kann es nicht verhindern. „Sian!"

„Haley." Der Jäger hat meinen Namen ein einziges Mal benutzt und dann nie wieder und ich bin erschrocken, wie gerührt ich bin, dass Sian sich daran erinnert hat. Wie schön es ist, ihn ausgesprochen zu hören. Meine Augen füllen sich mit Tränen, doch ich blinzle sie zurück. „Geht es dir gut?", fragt sie. Sie befindet sich jetzt ein paar Meter von mir entfernt und mustert mich vorsichtig, wobei ihr Blick immer wieder zu dem Jäger zurückfliegt. Er macht sie nervös.

„Bitte lass uns reden", wende ich mich an ihn und hoffe, dass ich höflich, aber bestimmt klinge. Ich weiß nicht, ob ich dieses Gespräch führen kann, wenn er dasteht und uns anstarrt.

Eine gefühlte Ewigkeit verharrt er regungslos, und ich habe das ungute Gefühl, dass er Nein sagen wird. Dann findet ein stummer Blickaustausch zwischen ihm und Sian statt, schließlich dreht er sich um und geht.

Ich atme tief ein und aus. Sians Schultern entspannen sich.

„Wie hat er dich so schnell gefunden?" Ich stelle die brennendste Frage zuerst.

„Ich arbeite hier im Palast", sagt sie und wirft ihr langes, schimmerndes Haar über die Schulter. Jetzt, da ich sie im hellen Schein der schwebenden Kugeln deutlich erkenne, kann ich bestätigen, dass sie tatsächlich grün ist - wenn auch in einem anderen Farbton als Mr. Gesprächig - und dass ihre Ohren genauso spitz sind wie in meiner Erinnerung.

„Hast du ... haben sie dich erwischt? Bei der Jagd?"

Ein kleines Lächeln flackert um ihren Mund. „Ja. Sie erwischen mich immer. Am Ende."

„Wurdest du verletzt?"

„Nur ein bisschen. Dafür habe ich mich verpflichtet. Betas, die an der Jagd der Monde teilnehmen, wissen genau, was passiert, wenn sie geschnappt werden. Ich genieße etwas Schmerz zu meinem Vergnügen. Und ich mag den Nervenkitzel bei der Jagd."

Ich räuspere mich und versuche, den Kloß in meiner Kehle runterzuschlucken. „Er hat mich erwischt. Der ... König?"

Sie nickt wissend.

„Wie ist sein Name?"

„Ich weiß es nicht", antwortet sie mir. „Wir nennen ihn einfach *Eure Majestät.* Er ist bekannt als der Jägerkönig."

„Du kennst seinen *Namen* nicht?"

„Niemand weiß, wer er ist oder woher er kommt. Eines Tages, während eines heftigen Angriffs der Slythiner, erschien er auf einmal auf der Bildfläche."

„Was?" Ich setze mich schwerfällig auf einen Stuhl in der Nähe und bin fassungslos über diese Enthüllung. Dann erinnere ich mich an meine Manieren. „Bitte." Ich gestikuliere zu dem anderen Stuhl.

Sian nimmt mit einer angeborenen Anmut Platz. „Soll ich am Anfang beginnen?"

„Oh Gott, ja, bitte." Es ist schwer, die plötzliche Welle von Emotionen zu verbergen, die mich zu überwältigen droht. „Ich habe so viele Fragen. Der König ... redet nicht viel."

Sie ordnet die Falten ihres blassgelben Kleides neu. „Nein, das tut er nicht. Es gab eine Zeit, in der wir dachten, dass er überhaupt nicht spricht. Vor einigen Jahren brachten Mörder den letzten Waldkönig um. Wir wissen nicht, aus welchem Königreich sie kamen ... "

„Moment, es gibt noch andere Königreiche?"

Sollte Sian genervt sein, ist sie trotzdem so freundlich, es zu verbergen. „Wir befinden uns im Königreich Arboron", erklärt sie, „auf dem Planeten Ulfaria. Es existieren mehrere Königreiche auf diesem Planeten; Arboron ist nur eines von ihnen. Jedes Königreich wird von einem König regiert - dem Wandererkönig, dem Goldenen König, dem Jägerkönig, dem Bestienkönig, dem Steinkönig, dem Ruinenkönig, dem Schattenkönig, dem Dämonenkönig, dem König der Ödnis ... "

„Ist das alles?", platze ich heraus. Als ich merke, dass das vielleicht etwas schnippisch klang, füge ich hinzu: „Wie viele Königreiche sind es insgesamt?"

„Es sind neun offizielle Königreiche, aber es gibt auch große Teile Ulfarias, die noch nicht entdeckt wurden. Die Magier sagen uns, dass es ein weitläufiger Planet ist."

„Sieht so aus." Auf dem Tisch neben mir steht ein verschnörkelter Silberkrug mit zwei passenden Kelchen. „Möchtest du etwas trinken?"

Sian schüttelt den Kopf, also gieße ich mir selbst etwas ein. Die Flüssigkeit ist säuerlich und leicht bitter, aber nicht unangenehm. Sie beruhigt meinen ausgetrockneten Mund.

„Okay, es gibt also mehrere Königreiche. Das ist das Waldkönigreich", wiederhole ich.

„Ja. Der vorherige Waldkönig wurde von feindlichen Spionen ermordet und seine Omega-Königin verschwand. Das Königreich war in Aufruhr."

„Wer hat den König getötet?"

„Das weiß niemand mit Sicherheit. Aber wir glauben, dass es der Steinkönig war, der heimlich versucht hat, unser Königreich für sich zu erobern. Das Steinreich liegt an unseren Grenzen. Der Steinkönig, der dort herrscht, ist gerissen und ein mächtiger Magier. Er greift nicht direkt an. Er benutzt Magie und Gift, Meuchelmörder und Spione."

„Ich verstehe."

„Als der König und die Königin weg waren, herrschte

im Königreich Chaos, das von Slythinern überrannt wurde."

„Slythiner?"

„Sie sind riesige, furchterregende Kreaturen, die auf ihren Bäuchen kriechen und lange, scharfe Fangzähne haben."

„Wie Schlangen?"

„Schlangen?"

Ich unterdrücke einen Seufzer. „Schon gut. Also, die Slythiner greifen an. Was ist dann passiert?"

„Der Jägerkönig tauchte einfach aus dem Nichts auf. Er war jung, wild, gerade zum Mann gewachsen. Er war eine Art Waisenkind, ein Ausgestoßener, der nie sprach und in den Wäldern lebte." Sie beugt sich vor und flüstert: „Man nannte ihn den Wilden." Sie richtet sich wieder auf. „Er nahm ein Schwert, verschwand im Wald und besiegte die Slythiner im Alleingang, indem er den Wald und unser Königreich zurückeroberte. Er kam mit dem größten Slythiner-Zahn zurück, den je jemand gesehen hatte. Er ist in der Großen Halle aufgehängt. Das Volk war so dankbar für seine Rettung, dass sie ihn zu ihrem neuen König krönten."

„Wow." Ich versuche, all diese Informationen zu verdauen. „Was ist mit der entführten Omega-Königin passiert?" Ich würde gerne mit einer anderen Omega sprechen, da alle anscheinend denken, dass ich eine bin.

Sian zuckt kurz mit den Schultern. „Sie wurde verwundet, als ihr Gefährte, der König, getötet wurde und verschwand auf Nimmerwiedersehen."

„Und niemand hat nachgeforscht?"

„Der Steinkönig hat große magische Kräfte", erwidert Sian mit einem Schaudern. „Es gab keine Möglichkeit, ihn zu befragen, ohne ihn zu beleidigen und einen Krieg zu riskieren. Das konnten wir nicht machen. Das Land war durch die Angriffe der Slythiner bereits geschwächt. Zumindest, bis der jetzige König kam und sie irgendwie verbannte."

„Wie hat er sie verbannt?"

„Das weiß niemand. Er ging in den Wald und kam mit einem großen Fangzahn zurück. Ein Beweis für seinen Triumph."

Ich kann mir gut vorstellen, wie der Jäger das macht. Hitze breitet sich in meiner Brust aus. Ich lege eine Hand auf mein Herz.

Sian presst die Lippen zusammen und unterdrückt ein Lächeln. „Unser König ist der größte Krieger des Königreichs. Und auch ein guter Jäger."

„Ja, das ist er", murmle ich. „Ist es heiß hier drin?" Ich greife nach meiner Tasse und trinke einen weiteren Schluck der süßen Flüssigkeit. „Aber er redet nicht viel, oder?"

„Er kann reden. Er tut es nur nicht oft", sagt Sian. Auf meinen enttäuschten Blick hin fügt sie hinzu: „Das wird er, wenn es ihm wichtig ist."

Na toll. Ich schätze, ich bin nicht wichtig genug.

„Keiner kennt seinen Namen?", hake ich nach.

„Es ist möglich, dass er sich nicht einmal daran erinnert", sagt Sian. „Niemand weiß, wer er ist oder woher er kommt. Es gibt keine Aufzeichnungen über seine Familie. Er ist wirklich der Wilde."

Der erste Wilde. Ja, dieser Titel hat es in sich.

„Und er ist der größte Krieger unserer Zeit. Seit Jahren hat niemand mehr einen Slythiner gesehen - bis jetzt", fährt sie fort.

„Was?"

„Der König ist sich dessen noch nicht bewusst, aber in

letzter Zeit sind einige Tiere gesichtet worden. Eine Menge Menschen sind beunruhigt. Arboron ist ein vergleichsweise kleines Königreich. Hauptsächlich Waldgebiet, nicht viele Dörfer. Das spricht sich schnell herum. Wir exportieren auch Medikamente und Lebensmittel in die anderen Königreiche, also sind wir oft unter den Ersten, die davon erfahren." Sie lehnt sich zurück und sieht mich kühl an. „Jetzt habe ich ein paar Fragen an dich."

„Hm?"

Ihre Ohren zucken. „Wie bist du in dieser Nacht in den Wald gekommen? Es ist klar, dass du keine Ulfarri bist. Wer bist du dann? Wer hat dich geschickt? Bist du gekommen, um unseren König zu verführen?"

„Hm?", wiederhole ich. Ich stehe unter Schock. Ihr Ton hat sich schnell geändert, von sanft zu anklagend. „Niemand hat mich geschickt. Ich hatte gehofft, du könntest mir meine Fragen beantworten! Ich weiß nicht, wie ich hierhergekommen bin, und ich kann dir versichern, dass ich nicht vorhatte, jemanden zu verführen. Wenn überhaupt, dann war es der *König der Jagd*, der *mich* verführt hat!" Meine Wangen glühen und ich bin mir nicht sicher, ob es an der Empörung liegt oder an der plötzlichen Erinnerung daran, wie der Jäger mich in der ersten Nacht geleckt hat.

„Mhm", sagt Sian völlig unbeeindruckt. „Du bist eine Omega. Du bist nicht einfach aus dem Nichts aufgetaucht. Jemand muss dich geschickt haben."

„Wenn es jemand getan hat, habe ich keine Ahnung, wer, wie oder warum!", entgegne ich. „Ich bin im Wald aufgewacht, kurz bevor du mich gefunden hast. Ich kann mich nicht erinnern, was davor passiert ist!"

„Du erinnerst dich an nichts?" Sie wirkt nicht skeptisch, nur neugierig.

Ich fahre mir mit der Hand über den Kopf. Mein Haar

ist voller Blätter und Zweige, und jetzt steht es zu Berge. „Nur an Kleinigkeiten. Zum Beispiel Markennamen und so. Aber viele Dinge sind verschwommen."

„Ich frage mich, ob das etwas mit den anderen Omegas zu tun hat", meint Sian nachdenklich und tippt auf ihr spitzes Kinn.

„Andere Omegas?", hake ich neugierig nach. Was zum Teufel ist überhaupt eine Omega? Ich habe das Gefühl, es ist zu spät, um mich danach zu erkundigen.

„Omegas sind die natürlichen, perfekten Gegenstücke - Partner - für Alphas", erklärt Sian. „Alphas können sich zwar mit Betas – wie ich eine bin - paaren, aber sie können sie nicht schwängern. Sie kommen auch nicht in die Brunft. Nur eine Omega, die in den Östrus kommt, kann die Brunft - und den daraus resultierenden Knoten - bei einem Alpha auslösen. Leider gibt es auf Ulfaria kaum noch Omegas. Es gehen Gerüchte um, dass sich noch einige versteckt halten, doch ich habe noch nie eine getroffen. Auch sonst niemand, den ich kenne, hat das."

„Östrus?"

„Die Brunst, die Paarungszeit. Man wird unglaublich und unkontrollierbar erregt ... "

„Oh. Ach ja." Ich unterbreche sie, bevor sie noch weiter ins Detail gehen kann. „Aber ich bin keine Omega! Ich bin ein Mensch!" Selbst während ich es sage, kann ich kaum glauben, dass diese Worte über meine Lippen kommen. Dass ich meine Spezies bezeichne. Dass ich dieses Gespräch überhaupt führe.

„Der Wandererkönig fand auf seinen Reisen eine Mee-Nschen-Omega und brachte sie hierher nach Ulfaria", erzählt mir Sian. „Als der Goldene König erfuhr, dass dies möglich war, befahl er seinen Magiern, die Technologie nachzubauen und ihm ebenfalls eine Mee-Nschen-Omega zu bringen. Und das taten sie auch."

Ich blinzle und versuche, diese geballte Informationsflut zu verarbeiten. „Willst du mir sagen, dass es hier zwei Menschen gibt? Auf Ulfaria?"

„Ja." Sie legt den Kopf schief und sieht mich mit ihren großen, schönen Augen ernst an. „Mindestens ... drei, bis jetzt."

Wenn ich mich nicht irre, wurde soeben bestätigt, dass ich mich tatsächlich auf einem fremden Planeten befinde und dass die Ulfarri hier glauben, aus welchen Gründen auch immer, ich sei eine Omega. Das ist die schlechte Nachricht – nun ja, ein Teil davon. Die gute Nachricht ist, dass ich nicht allein bin. Es gibt hier noch zwei andere, die genau wie ich sind.

Verflixt noch mal.

„Wo sind sie?", schaffe ich zu sagen.

„Bei ihren Gefährten. In den Königreichen von Altrim und Aurum."

„Sind sie weit weg?"

Sie lacht ein wenig. „Ja. Sie sind beide weit weg."

Verdammt!

„Ich weiß nicht, wie du in der Nacht der Monde in den Wald von Arboron gekommen bist, aber es ist ein Zeichen", fährt Sian fort. „Ein Omen. Du bist dazu bestimmt, mit dem König zusammen zu sein. Und wie ich sehe, hat er bereits Anspruch auf dich erhoben."

„Er ... was?"

Sie zeigt auf die Stelle, wo mein Hals auf meine Schulter trifft. „Hat er dich da gebissen?"

„Das hat er." Ich schließe die Augen und erinnere mich daran, wie heftig ich dabei gekommen bin. Die Wunde ist schnell verheilt, aber sie schmerzt immer noch ab und zu stark.

„So beanspruchen Alphas ihre Omegas für ihr Leben. So schmieden sie das Seelenband. Kannst du ihn spüren?" Sie neigt wieder den Kopf und sieht mich neugierig an.

Ich denke einen Moment lang nach. „Jetzt, da du es ansprichst, habe ich manchmal das Gefühl, dass ich weiß, was er fühlt."

Sie nickt. „Das ist das Band. Du bist nun seine Gefährtin. Seine Königin. Er hat dich gefunden und du bist seine Omega. Das ist so romantisch."

Uff. „Okay, also diese Omega-Sache. Was soll ich denn jetzt tun?", frage ich.

Sians Ohren zucken wieder. „Tun? Du hast an sich keine Pflichten. Du kümmerst dich um den König, wie wir es tun. Aber es gibt keine Aufgabe oder besondere Pflicht für dich, außer die Kinder deines Gefährten zu gebären."

„Kinder?", quieke ich. Ich streiche mit einer Hand über meinen Bauch. Ich bin mit genug Jägersperma gefüllt, um eine Badewanne zu füllen. Wenn das so weitergeht, könnte ich ununterbrochen schwanger sein.

Warum erfüllt mich dieser Gedanke mit Genugtuung? Ich sollte durch die nächstbeste Wand verschwinden. *Winzige grunzende Babys.*

„Ja. Du wirst die Kinder des Königs gebären. Sie werden Alphas oder Omegas sein. Das ist so romantisch."

In meinem Unterleib kribbelt es. Der Gedanke an Babys macht mich heiß. Verdammt noch mal.

„Es ist weniger romantisch, wenn man wund ist", murmle ich.

„Oh!" Sian klatscht in die Hände. „Dafür gibt es Salben! Ich habe in den Archiven nachgesehen, und es existieren alle möglichen Balsame und Salben, die Omegas helfen, gesund zu bleiben. Ich habe die Rituale für mein eigenes Wohlbefinden nachgestellt – ich kann sie dir zeigen. Komm mit." Sie deutet mir an, ihr durch eine Reihe von Vorhängen auf der anderen Seite des Raumes zu folgen.

Mein Aufkeuchen wird von den Steinwänden zurückgeworfen ... Sian hat mich zu einer Badekammer geführt.

ELF

DER KÖNIG DER JAGD

Nur Ulf weiß, warum meine kleine Lysia-Blüte mit Sian sprechen wollte, aber die Beta war leicht zu finden. Ich hatte es mir viel schwieriger vorgestellt, doch ich brauchte nur ihren Namen zu sagen und sie wurde zu mir gebracht. Es stellte sich heraus, dass sie im Palast arbeitet.

Ich kann mich nicht daran erinnern, sie jemals zuvor gesehen zu haben, allerdings ich neige dazu, die meisten Dinge auszublenden, wenn ich hier im Palast bin, mit all den Leuten, die mich anquatschen.

Jetzt stehe ich vor der Tür zu meiner eigenen Kammer und höre dem Gespräch zu, das Sian mit meiner neuen Gefährtin führt.

Als Kind wagte ich mich oft aus dem Wald heraus, angelockt vom Duft von Getreide und Fleisch, das über einem Feuer brutzelte. Für die Dorfbewohner war ich eine wildhaarige, schlammige Kreatur, die auf allen vieren vorwärts trottete. Bloß ein Tier. Sie warfen mit Steinen nach mir, bis ich weglief. Aber die Winter waren kalt und bitter, und ich konnte ohne die Wärme eines Feuers nicht überleben. Ich lernte, am Rande der Ansammlungen zu leben, lauerte im Schatten und stahl, was ich an Wärme finden konnte.

Und jetzt lauere ich außerhalb meiner eigenen königlichen Gemächer und sauge heimlich alles auf, was ich von meiner Omega-Gefährtin bekommen kann. Ihr Licht, ihre Wärme.

Ich muss alles tun, was ich kann, um sie zu behalten. Ohne ihr Feuer werde ich nicht überleben.

Ich höre sorgfältig zu. Ich möchte genau wissen, was im Kopf meiner Omega vorgeht, und sie kann ohne mich freier sprechen. Ich möchte, dass sie glücklich ist, denn ihr Lächeln erhellt mein Inneres wie tausend Sonnen.

Alles in mir sträubt sich, als Sian über meine Kindheit spricht. Meine Partnerin ist verärgert, weil sie denkt, dass ich mich zu sprechen weigere. Ich muss mich mehr anstrengen. Ich kann nicht so leicht Worte hervorbringen wie andere Alphas oder meine Beta-Höflinge. Es ist nicht so, dass ich nicht mit ihr reden *will*. Ich kommuniziere einfach besser durch meinen Geruch, meine Lippen und meine Augen.

Meine kleine Blüte platzt vor Fragen, und ich habe ein schlechtes Gewissen, weil ich ihr nicht mehr erzählt habe. Ich weiß nicht, warum ich mich so quäle. Aber ich habe noch nie auf diese Weise für jemanden empfunden ...

Dann erwähnt die Beta die jüngsten Sichtungen der Slythiner, und ich balle meine Hände zu Fäusten. Ich konnte die Verbindung zwischen dem Steinkönig und den Slythinern nie beweisen, aber dieser verderbte Mistkerl war dafür verantwortlich. Er muss sie wieder geschickt haben - nur warum jetzt? Nach all dieser Zeit? Es sind so viele Monde vergangen, seit ich sie das letzte Mal besiegt und ins Steinreich zurückgeschickt habe.

Ich befühle den Fangzahn, den ich an einer Schnur um den Hals trage, als ständige Erinnerung.

Könnte es etwas damit zu tun haben, dass meine Omega aus dem Nichts aufgetaucht ist?

Oder ist das alles nur ein Zufall?

Als Sian den Spieß umdreht und meine Omega beschuldigt, mich verführen zu wollen, bin ich hin- und hergerissen zwischen Empörung und Lachen. Aber die Beta hat nicht ganz Unrecht. Wo kommt der Mee-Nsch her? Bis Sian die beiden anderen Omega-Königinnen erwähnte, hatte ich den Namen ihrer Spezies vergessen.

Mee-Nsch.

Haley.

Meine kleine Lysia-Blüte.

Ich muss sie - und das Volk der Arborii - vor Schaden bewahren. Vor dieser erbärmlichen Kreatur, dem Steinkönig.

Warum schickt er so wenige Slythiner, um im Wald herumzuschleichen? Es scheint eher ein Spähtrupp, als ein Angriff zu sein. Wonach suchen sie?

Mein Instinkt hat mich noch nie im Stich gelassen, und selbst als er mir die Antwort verrät, durchzuckt mich ein unangenehmes Zittern in der Brust.

Sie suchen nach dem Mee-Nschen.

Nach meiner Gefährtin.

Ich unterdrücke ein Brüllen und drehe mich auf dem Absatz. In diesem Moment kommt die Person, die ich finden wollte, den Gang entlang geschlendert und stinkt nach Erfrischungsraum und Beta-Pussy.

„Da bist du ja!", sagt Brokk und nimmt einen tiefen Schluck des säuerlich riechenden Weins aus einem gebogenen Horn. „Wir dachten schon, du hättest dich für immer im Wald verirrt."

Ich halte eine Hand hoch, um ihn zum Schweigen zu bringen.

Brokk blinzelt. Sein Gesichtsausdruck wechselt einem Wimpernschlag von heiter zu ernsthaft. Er leert das Horn und hängt es an seinen Gürtel. „Wohin gehst du, wenn du tagelang verschwindest? Hast du doch noch ein heißes kleines Beta-Weibchen gefunden, das du jagen kannst?"

„Nein", erwidere ich ihm. Ich halte einen Finger an meine Lippen und zeige auf die geschlossene Tür. Brokk schreckt auf, als er Stimmen hört.

„Wer ist da drin?"

Ich schüttle den Kopf und mache mich auf den Weg in die weitläufigen Gärten, in der Annahme, dass er mir folgen wird. Er tut es.

Als ich Brokk zum ersten Mal traf, klebte er an mir wie eine Klette an der Hose. Er verfolgte meine Schritte, aber es dauerte mehrere Jagden, bis er sich mir gegenüber bewährte. Jetzt ist er mein stellvertretender Befehlshaber. Doch kann ich ihm vertrauen?

„Slythiner?", frage ich, sobald wir weit genug von den anderen entfernt sind, um nicht belauscht zu werden.

Brokk seufzt. „Ja."

Ich warte auf eine Erklärung von ihm. Ich lehne mich gegen einen Baum und verschränke die Arme. Eine Ranke schlängelt sich um mich herum.

„Ein halbes Dutzend in den letzten Sonnenzyklen", sagt er. „Mehr oder weniger. Ich habe auf deine Rückkehr aus dem Wald gewartet, damit ich dir davon erzählen kann. Die Leute machen sich langsam Sorgen."

Ich strecke die Hand aus und streiche über die weichen Blütenblätter einer wunderschönen Kiya-Blume.

„Wer ist in deinem Quartier?", versucht er es erneut.

„Königin."

Brokks Kopf ruckt zurück. „Was?"

Ich knirsche mit den Zähnen, kann mir aber ein Grinsen nicht verkneifen. „Omega."

„Omega." Brokk haucht das Wort aus, als hätte ich ihm ein seltenes und kostbares Geheimnis verraten. Was ich auch getan habe. Wenn mir die Worte leicht fielen, würde ich ihm die Geschichte erzählen, wie ich auf der Jagd der Monde auf diese mythische Kreatur gestoßen bin und sie für mich beansprucht habe. Aber ich grunze nur. „Gefährtin. Mein."

Brokks Mund klappt auf. Er schließt ihn, dann fällt ihm die Kinnlade wieder runter. Der wortgewandte Alpha, der es so gut versteht, mit jeder Dame zu kommunizieren, ist sprachlos. Er zupft an seinem türkisfarbenen Bart, den er immer zu einem einzigen langen Zopf trägt, der mit kleinen Silberperlen verziert ist. „Das glaube ich nicht."

Ich zucke mit den Schultern.

„Soll ich dir wirklich abkaufen, dass du auf der Jagd eine Omega gefunden hast? Und sie für dich beanspruchst?"

Ich nicke erfreut. Brokk konnte mich immer besser lesen als jeder andere.

„Das ist eine wunderbare Nachricht!", sagt er. „Du hast eine Gefährtin. Eine Omega, nicht weniger." Er klatscht in die Hände und sieht eher aus wie ein Beta-Höfling als ein bulliger Alpha-Krieger. „Wir müssen die Feierlichkeiten planen. Wir müssen sie so schnell wie möglich offiziell deinen Untertanen vorstellen."

Ich knurre, bevor ich mich zurückhalten kann. Ich will nicht, dass irgendjemand außer mir meine Omega ansieht.

Brokk ist an mein Grunzen und Knurren gewöhnt. „Das Volk der Arborii verdient es, seine Königin kennenzulernen. Aber ich verstehe, dass du sie beschützen willst."

Ja.

„Es ist eine gefährliche Zeit", sagt Brokk. „Es werden jetzt mehr Slythiner gesichtet als beim ersten Mal, bevor du den Thron bestiegen hast. Und die letzte Königin, eine Omega, wurde gestohlen, als ihr Gefährte, der König, getötet wurde ... "

Meine Eckzähne werden schärfer, als hätte ich eine Bedrohung gespürt. Niemand wird meine Omega berühren und das überleben.

„Wir haben natürlich keine Beweise, aber wenn das der Fall ist, solltest du deine neue Königin so schnell wie möglich den Arborii vorstellen." Auf mein fragendes Grunzen hin fügt er hinzu: „Du kannst sie nicht ewig verstecken, und das würdest du auch nicht wollen."

Ich werfe ihm einen Blick zu. Haley für immer verborgen zu halten, ist genau das, was ich will.

„In Ordnung, dann eben anders." Brokk streckt die Hand aus. „Deine Omega wird sich nicht ewig verstecken wollen."

Das stimmt. Meiner kleinen Lysia-Blüte gefiel es in meiner Höhle, aber sie wurde bald unruhig.

„Außerdem", fährt Brokk fort. „Je mehr Arborii-Leute wissen, dass es sie gibt und dass sie hier ist, desto mehr sind da, um sie zu schützen."

Da hat er Recht. Aber nicht jeder ist vertrauenswürdig. Was, wenn sie verraten wird?

„Ich würde sie gerne kennenlernen", erklärt Brokk. „Ich glaube, ich habe noch nie eine Omega gesehen."

Das besitzergreifende Knurren dringt mir über die Lippen, bevor ich es stoppen kann.

„Frieden, mein König", sagt Brokk und hebt seine Hände, um mir zu zeigen, dass er unbewaffnet ist. „Sie ist deine Gefährtin. Ich würde sie niemals anrühren." Er senkt seine Stimme. „Wir haben die Leichen von Golzon und ein paar anderen im Wald gefunden. Dein Geruch war dort, zusammen mit einem fremdartigen Geruch. Die Omega hinterlässt eine starke Duftspur.“

Ich fletsche die Zähne. „Mein.“ Ich weigere mich zu erklären, warum ich Alphas aus meinem eigenen Reich getötet habe.

„Richtig“, sagt Brokk. „Wir dachten, es gab einen Streit um eine Frau. Das Gericht wird es verstehen.“ Er sieht mein Gesicht und zieht eine Grimasse. „Ich weiß, dass dir das Gericht scheißegal ist.“

Er hat recht. Es interessiert mich nicht. Ich halte seinem Blick stand, bis er seine Augen senkt.

„Wie ist das so? Die Brunft? Ist sie so unkontrollierbar, wie die Legenden sagen?“ Seine blauen Augen werden beinahe schwarz und sein Alpha-Moschus wird stärker. „Ich hätte nie gedacht, dass ich den Tag erleben würde, an dem es eine echte Omega in Arboron gibt. Ulf hat dich gesegnet.“

„Hmm.“ Ulf weiß, dass ich Glück habe, aber mit diesem immensen Glück kommt auch eine immense Verantwortung. Meine Bindung an meine Omega ist eine Last in meiner Brust - eine süße Last, dennoch eine Last. Sie ist so zerbrechlich. Dieser Mee-Nsch. Allein könnte sie auf diesem wilden Planeten nicht überleben.

Meine Zähne verbeißen sich in meine Lippe, und ich genieße den beißenden Geschmack meines eigenen Blutes. Sie wird nie allein sein, das schwöre ich.

„Also ... wie *ist* das so? Die Brunft?“ Brokk plappert nun einfach, gibt seiner ganzen Neugierde eine Stimme, obwohl er weiß, dass ich nicht antworten werde. Ich kann nicht antworten. Würde es auch nicht, selbst wenn ich es könnte. „Hast du sie beansprucht?" Als ich nicke, glänzen seine Augen. „Fühlst du jetzt die Bindung?"

Ich brumme zustimmend, lege eine Hand auf meine Brust und reibe an der Quelle des ständigen Ziehens. Ein unsichtbares Band knüpft mich an sie, es zwickt, wenn sie unglücklich ist, und durchflutet mein Herz mit Wärme, wenn sie Zufriedenheit und Freude empfindet.

„Ihr habt ein Band!" Brokks schwarze Pupillen haben das Blau in seinen Augen verschluckt. Er leckt sich die Eckzähne, als ob sie sich in die Kehle einer Omega bohren wollten. Ich kenne das Gefühl.

„Ich dachte, Omegas wären ein Mythos." Er zupft an seinem Bart und sieht verloren aus. „Glaubst du, dass es jetzt mehr werden? Man munkelt, dass der Goldene König nach einem Weg sucht, viele Omegas nach Ulfaria zu bringen."

Wäre ich nicht beim Rat des Königs gewesen, zu dem der Wandererkönig seine neue Gefährtin mitbrachte, um sie uns zu zeigen, hätte ich nicht geglaubt, dass Omegas existieren. Aber wird es genügend geben, damit Brokk ebenfalls eine Gefährtin bekommt?

Ich zucke mit den Schultern.

„Die Magier haben uns mitgeteilt, dass König Aurus mit seiner Mission, mehr Omegas auf unseren Planeten zu bringen, erfolgreich war - zumindest eine weitere. Seine neue Königin." Brokk spielt mit den Perlen in seinem Bart. „Glaubst du, dass deine neue Gefährtin von dort kommt? Vielleicht ist sie eine von Aurus' ... "

Ich knurre. „Meins." Wenn der Goldene König glaubt, er könne mir meine Omega wegnehmen, werde ich ihn von dieser Illusion befreien. Aurus hat bereits eine Omega-Gefährtin. Warum sollte er noch mehr wollen? Andererseits gibt es Gerüchte, dass er einen Harem hat ...

„Oder vielleicht war sie tatsächlich für dich bestimmt. Warum sonst sollte sie bei der Jagd erscheinen?"

Ich zucke wieder mit den Schultern.

„Zweifellos werden wir die Wahrheit mit der Zeit herausfinden." Brokk richtet sich auf und lässt die Hand sinken. „Was werden wir wegen der Slythiner unternehmen? Du solltest dich an das Volk wenden."

Jetzt bin ich an der Reihe, mir am Bart zu zupfen und das Gesicht zu reiben. Wozu, in Ulfs Namen, sind die Ratsherren gut, wenn sie mir keine unangenehmen Aufgaben abnehmen können? Wie diese hier? Ich knurre, während ich nicke.

„Ich werde einen Gerichtstermin vereinbaren, mein König." Brokk tritt zurück und verbeugt sich wie ein Beta-Höfling.

Ich zwinge meine Schultern nach unten, obwohl ich sie am liebsten hochziehen würde. Wenn es nach mir ginge, müsste Brokk mich nicht König nennen. Ich habe zwar keine Freunde, aber wenn ich welche hätte, dann wäre er einer.

Ich schiebe mich an ihm vorbei und bringe ihn damit aus dem Gleichgewicht, sodass er ins Wanken gerät.

„Dann geh", ruft er. „Ich bin sicher, du willst zurück zu deiner Omega. Was für ein Ulf-verdammtes Glück du hast."

Ich knurre ihn spöttisch an, aber er lacht nur. Ich drehe mich um und trotte in Richtung des Palastes.

Meine kleine Lysia-Blüte wartet. Der Kern ihres Duftes erfüllt meine Lungen. Ich kann mich keinen Augenblick länger von ihr fernhalten. Ihr Duft ist alles, was ich einatmen kann, und mein Herz schlägt als Echo des ihren.

ZWÖLF
HALEY

Die Badekammer ist mit einem blumig duftenden Nebel gefüllt. Ich liege in einer steinernen Wanne, die fünf Personen Platz bietet. Die Wanne füllte sich, als Sian die sieben Wasserhähne aufdrehte. Das Wasser hatte eine seltsame grüne Farbe, aber es roch göttlich, und als ich meine Hand hineinsteckte, war es warm.

Sian überließ mich dem Vergnügen, und ich schwelgte in dem angenehmen Nass, bis sich die Verspannungen in meinem Nacken und in den Schultern auflösten. Als sie wieder auftauchte, hatte sie mehrere Flaschen in unterschiedlichen Blau- und Grüntönen dabei, die sich als verschiedene Badeseifen, Peelings, Lotionen und Salben entpuppten.

Ich bestehe darauf, mich selbst zu waschen. Doch Sian sitzt neben mir und plaudert, während ich mich unter dem Schaum entspanne.

„Hier, probiere das." Sie gießt etwas rosa Flüssigkeit in meine Handfläche. Sie schäumt mit einem zarten, jasminartigen Duft.

„Das riecht fantastisch", bestätige ich.

„Nicht wahr? Das ist ein anderes Rezept, das ich in den Archiven gefunden habe. Sehr beliebt bei der ehemaligen Königin. Schade, dass die Omegas so gut wie ausgestorben sind."

„Gibt es niemanden, mit dem ich reden kann?"

„Hier gibt es keine mehr. Vor einer Generation existierten ein paar. Aber zu meiner Zeit ist keine geboren worden."

„Es ist einfach so seltsam." Ich lehne mich mit dem Rücken gegen den Wannenrand. Die glatten, abgerundeten Steine sind perfekt zum Entspannen. „Hat sich einer eurer Ärzte oder, äh, Heiler und Magier damit befasst?"

„Natürlich." Sian faltet ein großes Tuch, das wie ein türkisches Handtuch aussieht und legt es so hin, dass ich es erreichen kann, ohne aus dem Bad zu steigen. „Alphas reden manchmal darüber. Alphas sind besessen von Omegas." Sie wirft mir einen bedeutungsschweren Blick zu, und meine Wangen werden heiß.

„Ja, das habe ich nun mitbekommen." Ich lasse die Luftblasen durch meine Finger gleiten. „Zumindest sind sie davon besessen, eine zu beanspruchen."

„Nun, ja. Aber du solltest stolz sein. Der Jägerkönig ist wie kein anderer. Er ist ein geschickter Krieger, doch er zieht es vor, allein zu sein. Er verschwindet tagelang in den Wäldern. Er tut das Nötigste, um seinen königlichen Pflichten nachzukommen. Trotzdem er ist ein guter Anführer", sagt sie.

Das heißt aber nicht, dass er ein guter Partner sein wird.

Sian entschuldigt sich und ich spiele mit den Blasen. Nachdem ich weiß Gott wie lange im Wald war, in einer Höhle geschlafen, hinter Büsche gepinkelt und mich in einem Fluss gewaschen habe, fühlt sich ein warmes Bad fast so gut wie Sex an.

Fast.

Nichts ist vergleichbar mit dem Sex mit dem Jägerkönig. Mein Inneres ist wund von der Aufnahme seines Knotens, aber allein der Gedanke an ihn lässt die Hitze in mir aufsteigen.

Ich reibe meine Schulter mit einem Tuch, um mich abzulenken, als mich ein Stechen zusammenzucken lässt. Die Bisswunde an meinem Hals ist immer noch empfindlich. Ich drehe den Kopf - und plötzlich ist er da. Er schlendert in die Badekammer und vertreibt den Nebel aus dem heißen Bad. Er trägt seine übliche Kleidung, eine Reithose und dazu den entblößten Oberkörper. Wassertropfen rinnen über seine nackten Brustmuskeln und verleihen seiner grünen Haut Glanz. Die schlangenähnlichen kupfernen Markierungen kräuseln sich auf seiner Haut, und die lebhafte Blumentätowierung sticht deutlich hervor und zieht meinen Blick wie ein Magnet an.

Wie im Traum hebe ich meine Hand und winke ihn zu mir.

Seine Augen fixieren mich, während er sich seiner Kleidung entledigt. Er steigt in die Badewanne, die breite Eichel zeigt direkt auf mein Gesicht.

Ich denke nicht nach. Ich schiebe mich vor und schließe meinen Mund um den Schwanz meines Alphas.

DER KÖNIG *der Jagd*

MEINE OMEGA IST EIN TRAUM: Sie hat eine goldene Haut und leuchtet förmlich in der Badewanne. Ihr dunkles Haar fällt ihr wie ein Fluss über den Rücken. Sie geht auf die Knie, hält den Kopf ein wenig schief, während sie ihren Mund um mich legt. Ich greife mit den Fingern in ihr Haar und ziehe ihren Kopf etwas zurück, damit ich ihr Gesicht sehen kann. Ihre Augen sind geschlossen, Wasser perlt an ihren schwarzen Wimpern. Ihre kleinen Hände ruhen auf meinen Schenkeln. Während sie saugt, gleitet sie mit ihren Fingern über meine Haut, erkundet ihre verschlungenen Pfade an meinen Beinen auf und ab.

Mein Knoten pulsiert, und ich ziehe sie weg, drehe sie um und stelle sie auf die Füße. Vornübergebeugt stützt sie sich mit den Händen auf dem Badewannenrand ab. Ich schiebe ihre Beine auseinander und drücke meinen Schwanz zwischen ihre süßen Falten.

Sobald ich in ihren Eingang dringe, schnellt ihr Kopf zurück. Unser gemeinsames Stöhnen hallt in der Kammer wider. Ihre Haut ist mit neuer, zartduftender Lotion bedeckt, aber nichts ist vergleichbar mit ihrem persönlichen köstlichen Parfüm, das in der Luft liegt und mich in den Wahnsinn treibt. Sie ist so eng, dass ich meine Hüften wiege und langsam Zentimeter um Zentimeter gewinne, bis meine Stöße sie von den Füßen zu heben drohen.

Ich lege einen Arm um ihre Hüften und stütze meinen rechten Arm auf ihre Brust, um sie in der idealen Position für meinen Stoß zu halten. Sie lässt ihren Kopf nach hinten fallen und ruht sich an meinem neuesten Tattoo aus. Manchmal, bei Neumond, steche ich weitere Motive in meinen Körper, aber ich habe nie die Stelle über meinem Herzen markiert. Nicht, bis ich Haley traf. Meine Omega. Meine kleine Lysia-Blüte.

Sie ist mein Herz. Sie ist mein Ein und Alles.

Ich kann es ihr nicht sagen, also werde ich es ihr zeigen.

Ich wende mich um und ziehe sie über den Badewannenrand, wobei ich ihren Körper immer noch an meinen schmiege. Mein Knoten schwillt an, verhakt sich hinter ihrem Beckenknochen und verbindet uns miteinander. Sie dreht ihre Hüften und hebt ihr Bein an, um mehr von mir zu bekommen.

„Oh Gott", flüstert sie. „Ich war noch nie so ausgefüllt."

Meine Brust platzt beinahe vor der alles umfassenden Wärme. Wenn ich einfach für immer so bleiben könnte, meine Haley eng umarmend, mit meinem Knoten in ihr, dann wäre alles perfekt.

Ein zaghaftes Lächeln umspielt ihre Lippen. „Ich glaube, ich werde dich Hunter nennen", murmelt sie.

Ich lecke mir die Lippen. Ich darf sie nicht verlieren. Ich muss einen Weg finden, zu sprechen. Aber wenn ich in ihr Gesicht schaue, kann ich keine Worte formen. Es bleibt mir nichts anderes übrig, als zu schnurren und zu hoffen, dass sie meine Liebe zu ihr genauso stark spürt wie ich.

***

Haley

EIN HARTNÄCKIGES KLOPFEN lässt mich aufschrecken. Neben mir hantiert Hunter und rollt seinen warmen Körper aus dem Bett. Ich drehe mich um, spüre das Stechen zwischen meinen Schenkeln und wickle mich in eine Decke.

„Mein König", sagt eine sanfte Stimme. „Ich störe Euch nur ungern, aber Ihr seid spät dran ... "

Ein Grunzen von Hunter ertönt. Ich setze mich auf, als er denjenigen, der uns gestört hat, aus der Tür schiebt und sie schließt.

„Wer war das?", frage ich, ohne nachzudenken. Hunter

antwortet mir nicht und ich erwarte das auch nicht. Er geht zu einem hölzernen Schrank in der Ecke, in den eine Waldszene kunstvoll geschnitzt ist. Als er zurückkommt, ist sein Blick entschlossen, und er wirkt ein wenig verschlossen. Er war schon sehr grüblerisch, als wir allein im Wald waren. Ich hatte gehofft, dass wir jetzt, da ich etwas mehr über ihn erfahren habe, einen Draht zueinander finden könnten, aber im Moment ist die Spannung zwischen uns noch größer. Ich reibe mir die Brust, um die Anspannung zu lindern.

Hunter reicht mir gefalteten Stoff, den ich neugierig betrachte.

„Zieh dich an", sagt er schroff.

„Okay. Jetzt?"

Er starrt mich nur an, bis ich nachgebe und den schimmernden Stoff entfalte. Es ist ein bodenlanges Kleid in einem satten Aquamarin mit bronzefarbenen Akzenten an Saum und Manschetten. Es ist prächtig und fast königlich. Es wird auch meine Arme und Beine vollständig bedecken. Nackt klettere ich aus dem Bett - er hat inzwischen jeden Zentimeter von mir unbedeckt gesehen, es gibt also keinen Grund, schüchtern zu sein - und ziehe mir das Kleid über den Kopf. Es passt perfekt. Hat er es für mich anfertigen lassen?

Aber wie soll das gehen, ohne dass jemand Maß nimmt, und außerdem sind wir ja erst seit kurzem zurück …

In seinen haselnussbraunen Augen flackert Anerkennung auf, sobald ich das Kleid anhabe, und ich vernehme eine Welle der Lust. Hat das etwas mit dieser ganzen Alpha/Omega/Brunft/Östrus-Sache zu tun oder mit der Bindung, die mich so verzweifelt dazu bringt, ihm gefallen zu wollen? Ich tue es nicht bewusst, aber wenn er mir irgendwie seine Zustimmung signalisiert, bekomme ich ein flatterndes Gefühl tief in meinem Inneren.

„Komm", sagt er und dreht sich um, offensichtlich in der Erwartung, dass ich ihm folge. Mit einem letzten Blick auf das bequeme Bett voller Kissen setzte ich mich in Bewegung.

Er führt mich von seinen Schlafgemächern den Flur hinunter in einen riesigen Raum mit einem hochlehnigen, aus erstaunlich schönem Holz geschnitzten Stuhl. Ein Thron. Daneben befindet sich ein kleinerer Stuhl auf dem Podest, aber er passt nicht zu seinem größeren Gegenstück und wurde offensichtlich eilig dort platziert. Für mich.

Sobald wir beide Platz genommen haben, nickt er einem grün gekleideten Diener in der Ecke zu, der die riesigen Flügeltüren öffnet.

Ein wahres Meer von Menschen strömt herein. Der plötzliche Lärm ist überwältigend. Hunter muss meine Beunruhigung spüren, denn er nimmt meine Hand und drückt sie.

Um mich von dem Krach abzulenken, schaue ich über die Köpfe der Leute hinweg und bewundere die Kunstwerke an den Wänden. Ich weiß nicht, wie sie die Gemälde in Bewegung bringen, aber die Bilder sind atemberaubend - tosende Wasserfälle, Bäume mit raschelnden Blättern, schimmernde Seen ...

In einer Ecke befindet sich auf einem riesigen Ständer eine Skulptur, die wie ein Zahn aussieht. Ich erinnere mich an das, was Sian mir über die Slythiner erzählt hat, wie Hunter sie besiegte und mit einem gewaltigen Fangzahn zurückkehrte. *Das kann es nicht sein.* Es ist schwierig, das aus dieser Entfernung zu beurteilen, aber der Zahn in der Ecke muss etwa zwei Meter lang sein - vielleicht sogar mehr.

Ich schaue zu dem großen Mann hinüber, der neben mir sitzt. Seine Schultern sind gekrümmt, sein Gesicht ist teilnahmslos. Ich kann sein Unbehagen spüren. Er war ein Waisenkind, richtig? Sian sagte, er sei im Wald aufgewachsen. Wahrscheinlich hat er das Sprechen erst gelernt, als er schon älter war und selbst jetzt scheint es ihm schwerzufallen.

Er kann reden, meinte Sian. *Das wird er, wenn es für ihn wichtig ist.*

Eine unerträgliche Sehnsucht nach dem Wald, der Höhle, der weiten, wilden Freiheit breitet sich in mir aus. Ich weiß nicht, ob sie von Hunter oder von mir selbst kommt.

Ich bewege mich auf dem Sitz und versuche, es mir bequem zu machen. Als alle mich anzustarren scheinen, ergreife ich fest Hunters Hand.

Sobald der Saal voll ist, wird es still und ein weiterer riesiger Mann ergreift das Wort auf dem Podium. Er hat einen geflochtenen, türkisfarbenen Bart und ein autoritäres Auftreten.

„Der König ist zurückgekehrt", verkündet er, „und er hat unsere neue Königin mitgebracht: eine Omega."

Unzählige Augenpaare mustern mich, und ich senke den Blick, als würde mich der Boden direkt vor meinen Füßen brennend interessieren. Mein Gesicht wird von Sekunde zu Sekunde heißer. Ich bin so froh, dass man mir dieses lange Kleid gegeben hat, das ich nun trage. Ich wünschte nur, es gäbe auch eine Maske und eine Kapuze dazu.

„Hoch lebe der Jägerkönig und seine neue Königin!", ruft Zopfbart und alle wiederholen synchron seine Worte.

Meine Ohren klingeln.

Königin? Ist das so leicht? Einfach jemanden zur

Königin ausrufen und schon ist sie es? Keine Hochzeitszeremonie, keine Krönung ...

... kein verdammtes *Einverständnis?*

„Ich will keine Königin sein", murmle ich, aber mein Flüstern wird von dem Chor der aufgeregten Stimmen übertönt.

Dann wendet sich Zopfbart an mich. „Ihr seid hier in Arboron herzlich willkommen, *Majesta*", begrüßt er mich. „Ich bin Brokk, der Stellvertreter Eures Gefährten ... "

Mein Gefährte. *Gefährte.* Ich wiederhole das Wort in meinem Kopf und probiere seine Bedeutung aus. Im Moment bin ich zu überwältigt, um zu entscheiden, was ich von dem Gedanken halte, einen *Partner zu* haben, dessen Namen ich nicht einmal kenne. Der sich nur für eine Sache bei mir zu interessieren scheint - so erstaunlich diese Sache auch sein mag.

„Wir haben diese Audienz einberufen, damit einige der Bewohner ihre Beschwerden vorbringen und den König um Rat fragen können", so Brokk weiter.

Ich werfe einen neuerlichen Blick auf den gut aussehenden, aber mürrischen Mann neben mir. Ratschläge? Von ihm? Sie hätten mehr Chancen, goldene Eier von einer Gans zu bekommen.

„Würde der erste Petent bitte vortreten?" Brokk verlässt daraufhin das Podium und überlässt uns das Wort.

Die Ulfarri sind alle außergewöhnlich groß, viel größer als die Menschen. Außerdem scheinen sie alle eine leuchtend bunte Haut und seltsame, stammesbezogene Symbole in verschiedenen, kontrastreichen Farbtönen tätowiert zu haben. Nachdem ich Sian und dann den Jäger gesehen hatte, hatte ich angenommen, dass sie alle grün sein würden, aber weit gefehlt. Obwohl viele von ihnen Kapuzenmäntel über ihrer Kleidung tragen, entdecke ich eine

Reihe von prächtigen Farben - von Rosa bis Orange, Blau bis Lila und alles dazwischen.

„Es wurden noch mehr Slythiner gesichtet", beginnt eine Frau, die an den Fuß des Podests tritt und ihre Kapuze abnimmt, sodass ihr eisblaues Haar und ihre türkisfarbene Haut zum Vorschein kommen. „Ich habe Angst, meine Kinder zum Spielen rausgehen zu lassen. Was wird dagegen unternommen?"

Alle blicken erwartungsvoll zu Hunter, der neben mir sitzt. Das tue ich auch.

Er sieht aus, als wäre er lieber irgendwo anders auf der Welt. *Warum König sein, wenn man es so sehr hasst?*

Ich schaue hilfesuchend zu Brokk hinüber, der mich gnädigerweise bemerkt und mir zu Hilfe kommt. „Wir sind ziemlich sicher, dass es sich nicht um einen Angriff handelt", sagt er laut. „Wir gehen der Sache nach und werden euch in Kürze aufklären."

Was für eine vage, leicht beruhigende Antwort. Auf der Erde könnte er ein Politiker sein.

Doch das, was er gesagt hat, scheint der Frau zu genügen, die leicht nickt und einen Schritt zurücktritt.

Ein weiterer Petent meldet sich zu Wort. „Woher kommt die Omega? In Arboron hat es seit Jahren keine Omega-Königin mehr gegeben!"

„Aye, ich dachte, die wären ausgestorben", ruft jemand anderes und ein Chor von Gemurmel ertönt.

Wieder schaue ich zu meinem so genannten Gefährten, um ihm zu antworten, doch er hasst es so offensichtlich, derart im Rampenlicht zu stehen, dass mich plötzlich ein Anfall von Beschützerinstinkt überkommt.

„Das dachtet ihr, aber hier bin ich!", erkläre ich spielerisch in die Runde und ernte dafür schallendes Gelächter. „Ich fühle mich ganz sicher nicht wie ausgestorben!"

Irgendetwas lässt mich zu Brokk schauen, der mir aufmunternd zunickt.

„Der König hat mich in der Nacht der Mondjagd gefangen", fahre ich fort. Die Leute wollen mehr Informationen, und Hunter wird sie ihnen sicherlich nicht geben. „Es war ein Omen." Ich erzähle nach, was Sian mir gesagt hat, denn was soll ich sonst sagen, wenn ich die Antworten nicht einmal selbst kenne?

„Ein Omen!" Jetzt skandieren die Leute und wiederholen meine Worte. Scheiße, das macht mich wahnsinnig. Erneut schaue ich hilfesuchend zu Hunter. Erneut schaut er weg. Verdammt noch mal.

Mein Mitgefühl für sein starkes Unbehagen in dieser Situation wird durch mein *eigenes* verflucht extremes Unbehagen in dieser Situation auf eine harte Probe gestellt. *Bitte, hilf mir.*

Ein sanftes Vibrieren durchfährt mich. Hunter schnurrt. Er führt meine Hand zu seinem Mund und drückt mir einen Kuss auf den Handrücken. „Mein", verkündet er der Menge. Ein paar Dorfbewohner stupsen sich gegenseitig mit wissendem Lächeln an. Einige Frauen sehen aus, als würden sie gleich in Ohnmacht fallen.

Hunter und ich tauschen einen Blick aus, und in meinem Herzen keimt ein wenig Hoffnung auf. Vielleicht *haben* wir es geschafft. Gemeinsam.

Das nackte Verlangen, gemischt mit Bewunderung in seinen Haselnuss-Augen, durchströmt meinen ganzen Körper und ich wende mich mit etwas mehr Mut der Menge zu. Seine Hand findet meine, sein breiter Daumen malt Kreise in meiner Handfläche.

Das, zusammen mit einem weiteren berauschenden Hauch seines Duftes, erinnert mich daran, wie sich sein Daumen an anderen Stellen meines Körpers anfühlt, also schlucke ich hart und verdränge die unanständigen Gedanken.

Konzentrier dich, Mädchen, mahne ich mich selbst. *Du hast ein Königreich zu leiten.*

Und ich hätte nie gedacht, dass ich diesen Satz einmal sagen würde ...

„Nächstes Anliegen?", ruft Brokk aus.

Eine Gruppe bedürftig aussehender Personen in staubiger Kleidung schlurft nach vorne. Die anderen besser gekleideten Dorfbewohner und Höflinge machen einen großen Bogen um sie. Ein leises Knurren grollt tief in Hunters Brust, zu leise, als dass es jemand außer mir hören könnte. Er schiebt sich an den Rand des Throns, als ob er jeden Moment aufspringen würde. Ich bin mir nicht sicher, warum. Diese Leute sehen nicht wie Bedrohungen aus. Sie wirken, als bräuchten sie ein Bad, neue Kleidung und eine gute Mahlzeit.

Ein säuerlicher Geruch steigt von der angeschlagenen Gruppe auf. Ich schlucke gegen meine Übelkeit an.

Der vorderste Bittsteller ist ein weißhäutiger Mann in einer graugrünen Tunika in der Farbe von Schimmel. Er lässt die Hand eines kleinen, weißhäutigen Kindes los und tritt vor. „Bitte, Eure Majestät. Wir sind Flüchtlinge aus dem Steinreich. Wir sind gekommen, um Euch um Euer Eingreifen in unserem Land zu bitten."

Hunter hat aufgehört zu knurren. Er ist völlig still.

„Unser Land ist ruiniert", fährt der Flüchtling fort. „Wir sind am Verhungern. Es gibt keine Nahrung, keinen Wald mehr. Das Land ist ausgetrocknet. Es ist zu einer Wüste geworden. Der König zwingt uns, in den Minen zu arbeiten. Sogar unsere Kinder werden versklavt."

Ein Beta-Mann in einem violetten Gewand tritt vor. „Genug. Wir können uns nicht einmischen. Das Steinkönigreich gehört dem König, der damit machen kann, was er will." Er streicht sich mit der Hand über den Bart. „Die Domäne des Steinkönigs zu verletzen, wäre ein kriegerischer Akt."

„Er ist ein Usurpator. Wir sind die rechtmäßigen Besitzer des Landes. Habt Ihr vergessen, wie er Euer Königreich angegriffen hat?"

„Das wurde nie bewiesen", sagt der Ratsherr und wendet sich von dem Flüchtling ab. „Es muss Frieden zwischen unseren Königreichen herrschen, damit das unsere gedeihen kann", verkündet er uns.

Ein erneutes Knurren grollt in Hunters Brust wie tiefer Donner.

Alle im Raum erstarren.

Ich beiße mir auf die Lippe. Was soll ich nur sagen?

„Ratsherr Mikkan", beginnt Brokk, aber der purpurrothaarige Höfling winkt ihn ab.

„Bitte." Der Flüchtling ignoriert die beiden, tritt näher an den Thron heran und wendet sich direkt an uns. „Die Gier des Steinkönigs kennt keine Grenzen. Bald wird er sich nicht mehr damit begnügen, seinem eigenen Land das Leben auszusaugen, sondern auch dem Euren. Es ist nur eine Frage der Zeit!"

Der Saal erhebt sich in Protest. „Hört, hört", ruft jemand in den hinteren Reihen, aber mehrere Dorfbewohner antworten mit „Nein!" In der Nähe des Throns murmeln Ratsmitglieder miteinander. Die grau-grün gekleideten Flüchtlinge stehen in der Mitte des Trubels vollkommen still. Die fahlen, totenblassen Gesichter der Kinder brechen mir das Herz.

Jemand rempelt den Flüchtlingsredner an, und Brokk greift ein, um ihn zu schützen.

Hunter erhebt sich.

„Mein König." Mikkan dreht sich um, die Hände erhoben. Seine sanfte Stimme klingt gut und die Leute um ihn herum verstummen. Er ist derjenige, den ich draußen vor der Tür gehört habe - er hat alle zur Audienz gerufen. „Ihr wisst, dass ein Eingreifen unmöglich ist. Wir können nicht riskieren, den Steinkönig zu beleidigen." Er gibt mehreren Alpha-Wachen ein Zeichen. „Schafft diese Störenfriede aus dem Palast."

„Nein!" Ich will schreien, aber es kommt nur ein Flüstern heraus. Der Lärm der Menge bricht über mich herein. Meine Brust verkrampft sich. Ich kippe um, weil mir schwindlig wird. Ich schwanke am Rande des Throns, als Hunter herumwirbelt, mich hochhebt und aus dem Zuschauerraum stürmt.

DREIZEHN
DER KÖNIG DER JAGD

Nach einem Tag im Palast - und der königlichen Audienz - möchte ich verschwinden und nie wieder zurückkehren. Sogar Brokks Stimme geht mir auf die Nerven und bereitet mir Kopfschmerzen. Ich nehme meine kleine Lysia-Blüte für eine kurze Zeit mit in den Wald.

Ich möchte mit ihr allein sein.

Ich habe die Betas etwas Essen in einem Korb zusammenstellen und mein Tyrlee satteln lassen, damit wir reiten konnten. Einen Moment lang erwog ich, meiner neuen Gefährtin ihren eigenen Tyrlee zu geben, entschied mich aber dagegen. Ich genieße es, sie an mich zu drücken, in meinen Armen zu wiegen, während ihr Duft meine Sinne zum Prickeln bringt.

Während wir zu einem meiner Lieblingsplätze reiten - einem tiefen, abgelegenen Teich, der reich an Wildtieren ist - denke ich darüber nach, wie sich meine Omega bisher im Palast und in Arboron im Allgemeinen eingelebt hat. Sie hat sich vorhin gut geschlagen und die Audienz, die wir ertragen mussten, gut gemeistert. Es lief gut bis zum Ende.

Die Arborii scheinen erfreut zu sein, sie als ihre neue Königin zu haben.

Sie ist in jeder Hinsicht perfekt.

Und doch ist sie unglücklich, das spüre ich durch unsere Verbindung. Nachdem ich sie vor der königlichen Audienz rettete, fragte sie mich: „Warum können wir diesen Flüchtenden nicht helfen?"

Ich habe ihr nicht geantwortet. Die Wahrheit ist, ich weiß es nicht. Seitdem ich König bin, haben die Ratsmitglieder dazu geraten, Frieden mit unseren Grenzkönigreichen zu halten. Wäre ich geschickter im Umgang mit Worten, könnte ich erklären, dass die Slythiner durch seine verfluchte Magie irgendwie an den Steinkönig gebunden sind - vielleicht könnte ich die Bewohner von der Gefahr überzeugen. Aber ich wusste nicht, wie ich es schaffen sollte, es selbst Brokk verständlich zu machen. Die Bevölkerung glaubt, was sie glauben will, und sie verschließt ihre Ohren vor allem anderen. Warum sollte ich um Worte ringen, wenn niemand zuhört?

Es ist leicht, sich zu weigern, mit den Ratsmitgliedern zu sprechen. Schwerer ist es, ein Gespräch mit meiner Omega abzulehnen. Seit dem Beginn der königlichen Audienz hat sie nicht viel mit mir geredet. Sie hat auch kein einziges Wort gesagt, seit wir aufgebrochen sind, was nicht zu ihr passt.

Meine Brust zieht sich krampfhaft zusammen. Ich sehne mich danach, mit ihr zu reden, mich ihr anzuvertrauen, aber ich finde keine Worte. Ich weiß nicht, wo ich anfangen soll. Das hier - sich einem anderen so nahe zu fühlen - ist so neu für mich, und ich versuche immer noch, mich daran zu gewöhnen. Ich hätte nie gedacht, dass mir das einmal passieren würde.

Ich dachte, Omegas seien so gut wie ausgestorben, und

selbst als Khan und Aurus einen Weg fanden, sie hierherzu-bringen, nahm ich an, dass sie alles in ihrer Macht Stehende tun würden, um ihre Neuerwerbungen zu schützen.

Und doch, sind wir hier. Ich sitze auf einem Tyrlee mit meiner eigenen Omega-Königin in den Armen.

Ich werfe den Kopf zurück. Ich hasse Menschenmassen, aber das ist ein Moment, den mein ganzes Königreich gerne sehen würde. Obwohl ich immer meine eigene Gesellschaft und Einsamkeit bevorzugt habe, hat Ulf es für angebracht gehalten, mir eine Gefährtin zu gewähren - und sie ist alles, was ich mir wünschen konnte.

Meine Haley.

Wir haben die Lichtung erreicht, und ich gleite vom Tyrlee herunter, bevor ich meiner Gefährtin beim Absteigen helfe. Den Tyrlee binde ich lose an einen Baum und beginne mit dem Aufbau. Ich werfe ein Fell auf das Gras und öffne den Korb, um zu sehen, was die Diener uns mitgegeben haben.

„Es ist wunderschön hier." Endlich spricht meine Lysia-Blüte, und ein kleiner Schauer der Freude durchfährt mich beim Klang ihrer Stimme. „Machen wir ein Picknick?"

Ich nicke und fahre mit der Vorbereitung fort, lege Obst, Brot, Käse und den starken, würzigen Wein bereit, den alle bei Hofe trinken. Die Sonnen beginnen, sich über den Hügeln in der Ferne zu senken. Die Hitze des Tages wird mit ihnen verschwinden. Perfekt. Wir essen, und dann geht es zurück zum Palast. Ins Bett.

Haley trägt wieder eine Tunika und weiche, kniehohe Stiefel, um ihre Füße hier draußen im Wald zu schützen. Obwohl sie in dem Kleid, das ich für sie genäht hatte, herr-lich königlich und einfach umwerfend aussah, ist es kein praktisches Kleidungsstück zum Reiten oder für den

Aufenthalt im Freien. Die meiste Arborii-Mode ist unpraktisch, vor allem die Entwürfe für Frauen. Deshalb weigere ich mich auch, die zeremoniellen Gewänder zu tragen, auf die die Ratsherren bestehen. Sogar Brokk hat sich gegen mich gestellt und gesagt, er verstehe meine Bedenken, doch in meinen üblichen Lederhosen und meiner Weste wäre ich eine Lachnummer. Das Volk würde mich einen barbarischen König nennen.

Er hatte Recht. Man nennt mich tatsächlich einen Barbaren. Aber ich werde niemals die zeremoniellen Gewänder tragen oder das plumpe, schlecht gewichtete Zeremonienschwert und Zepter.

In ihrer juwelenbesetzten Tunika sieht Haley mehr wie eine Herrscherin aus, als ich es je sein werde. Betrachtet sie mich als Barbar, als den Wilden, wie mein Volk es tut?

Während ich ihre nackten Schenkel bewundere, spüre ich, wie ich wieder hart werde. Der Barbar in mir möchte ihre Tunika in zwei Teile reißen und die Hälften an ihrem bloßen Körper zu Boden gleiten lassen. Ich könnte sie im Handumdrehen nackt unter mir haben.

Aber das wird sie nicht davon überzeugen, dass ich kein Barbar bin.

Es gab eine Zeit, in der ich sprach und jeder mich verstehen konnte. Es war vor Mondzyklen, beim Konzil des Königs, als ich zum ersten Mal das süße Parfüm eines mythischen Wesens roch. Einer Omega. Ich verschaffte mir Gehör, weil ich es musste. Ich hatte nur eine Chance, mich zu erkundigen und zu sehen, ob ich eine Omega für mich finden konnte.

Und jetzt ist sie hier, ein Geschenk von Ulf. Ich muss sie nur noch behalten.

Brokk ist gut im Umgang mit Frauen. Er spricht viele schmeichelhafte Worte. Ich werde sie bei ihr ausprobieren.

„Hübsch", sage ich und strecke meine Hand aus, um ihr Haar zu streicheln. Meine große Hand wirkt unbeholfen an ihrem kleinen Kopf.

Haleys lange Wimpern flattern. Sie berührt ihr Haar. „Oh, gefällt dir mein Zopf?"

„Ja." Ich weiß nicht, was ich noch sagen soll. Meine Omega ist so schön wie ein Sonnenaufgang, wie die Abenddämmerung, wenn die Mondblumen in voller Blüte stehen. Ihr Duft steigt auf, und mein Schwanz reagiert sofort darauf. Mir fehlen die Worte, um ihr zu schildern, was sie für mich bedeutet. Aber ich kann es ihr zeigen. Ich rücke näher an sie heran, bereit, ihre Lippen zu erobern und sie auf den Rücken zu legen.

Sie dreht ihren Kopf. „Hunter? Wollen wir essen?"

Richtig. Nahrung. Wenn wir gegessen haben, werde ich sie vielleicht hier auf dem Fell im Schein der untergehenden Sonne besteigen.

Bei dem Gedanken an ihr wunderschönes Gesicht, das sich vor Vergnügen verzerrt, an die Atemzüge, die sie ausstößt, wenn ich sie zum Höhepunkt bringe, bin ich versucht, es jetzt zu tun. Aber dann entdeckt sie das Essen, das ich vorbereitet habe.

„Oh gut, ich bin am Verhungern." Sie lässt sich im Schneidersitz auf dem Fell nieder und beginnt, die verschiedenen Gerichte zu probieren. Sie bricht ein Stück Brot ab und knabbert daran, bevor sie sich an ein paar Lehbeeren bedient.

Ich sollte etwas zu ihr sagen. Irgendetwas. Aber wenn ich den Mund aufmache, bleiben mir die Worte im Hals stecken.

Einmal, als ich noch jung war, versuchte eine ältere Frau aus dem Dorf, mich bei sich aufzunehmen. Sie war allein und hatte keine Kinder. Sie lockte mich mit geröstetem Getreide und den warmen Steinen ihres Herdfeuers an. Ich hatte mich schon so lange im Dorf herumgetrieben und probiert, mich wie ein Dorfbewohner zu verhalten. Jemand hatte ein mit Flöhen übersätes Fellgewand weggeworfen, und das trug ich.

Die Frau kettete mich in ihrem Garten an. Sie hielt mir das Essen vor der Nase, aber nicht nah genug, damit ich es greifen konnte, und schrie mich in einer Sprache an, die ich nicht verstand. Ich musste in ihrer Sprache antworten, oder sie warf das Essen in den Dreck, zu weit entfernt, um es zu erreichen. Manchmal wiederholte ich, was sie sagte und sie war zufrieden. In diesen Nächten bekam ich zu essen. In anderen Nächten ...

„Hunter? Geht es dir gut?" Haley runzelt die Stirn. Sie reibt sich die Brust. Meine Seite der Bindung ist ein aufgewühlter Sturm roher Gefühle. Ich muss daran denken, dass sie fühlen kann, was ich empfinde.

Ich grunze und berühre ihre Stirn, streiche über die weiche Haut, bis ich ihre Sorgenfalten geglättet habe. Ich will sie nicht verzweifeln lassen.

Ich kümmere mich um den Wein, schenke ihr einen Becher ein und reiche ihn ihr. Sie nimmt einen Schluck, dann verzieht sie das Gesicht auf eine Art und Weise, die urkomisch und liebenswert ist. „Mein Gott, was ist das?", fragt sie. „Das schmeckt wie Balsamico-Essig! Als wäre es in einem alten Schuh schal geworden!"

Ich grunze und nehme ihn ihr weg. Meine Höflinge sagen, der Wein sei ein anerzogener Geschmack, und ich kann nicht behaupten, dass ich ihn mir anerzogen habe.

Haley zieht immer noch eine Grimasse und wischt sich den Mund ab. „Gibt es sonst noch etwas?"

Ich schüttle den Kopf und stehe auf. Sie mag die Druralfrüchte sehr gerne. Ich kann ein paar davon finden, damit sie daraus trinken kann. Ich strecke die Hand aus, um sie am Aufstehen zu hindern, und zeige auf die Decken.

„Bleib hier."

Sie nickt. „Verstanden."

Ich mache mich auf den Weg zu den Bäumen.

Ich habe gerade einen Trommelbaum gefunden, als ich einen Schrei höre, und der Schmerz mein Herz durchzuckt. Ich wirble herum. Vor mir erzittert das Gebüsch und der Tyrlee, auf dem wir hierhergeritten sind, stürzt durch das Dornengestrüpp, wirft den Kopf und schreit. Er rollt mit den Augen, während die zerrissenen Zügel an seinem Hals baumeln. Ich springe aus dem Weg und lasse ihn vorbeirauschen. Er bringt einen kalten, grauen Geruch mit sich, der nach Verwesung, Fäulnis, Schimmel und morschen Knochen riecht. Ich kenne diesen Gestank gut.

Über uns erheben sich die Vögel von den Bäumen, krächzen und rufen, fliegen schnell, um zu entkommen. Wie der Tyrlee spüren sie, dass der Tod in den Wald gekommen ist.

Ein bitterer, kalkhaltiger Geschmack erfüllt meinen Mund. Ich renne durch einen Dornenbusch, um schneller zu Haley zu gelangen.

Sie ist auf den Beinen und starrt regungslos auf den Slythiner, der sich in einer typischen Angriffshaltung aufgerichtet hat. Sie befindet sich in seiner tödlichen Reichweite. Ein kalter, grauenvoller Schmerz durchdringt meine Brust.

Die Augen der Kreatur sind schwarz, ihre Schuppen sind mit einer schuppigen grauen Substanz überzogen. Sie wirkt wie ein Zahnschmelz und verhärtet die Schuppen zu einer Panzerung. Slythiner sind allgemein nicht leicht zu töten, doch dieser Schmelz macht es unmöglich.

Panik schreit durch unsere Verbindung. In Haleys Augen blitzt das Weiß so wie beim Tyrlee.

Ich strecke eine Hand aus, um ihr zu signalisieren, still zu sein. Die Bewegung sollte die Aufmerksamkeit des Slythiners erregen, und für einen Moment tut sie das auch. Die kalten Augen flackern zu mir, doch allzu schnell richten sie sich wieder auf Haley. Ich versuche verzweifelt, mit der Kreatur Kontakt aufzunehmen, aber ihr Geist ist eine undurchdringliche Mauer.

Für diesen Kampf werde ich eine Waffe brauchen. Ich renne vorwärts und reiße einen jungen Schössling an den Wurzeln aus dem Boden, während ich auf die Schlange zustürme. Die Ranken der nächstgelegenen Cex-Bäume schnappen hervor und halten der Slythiner auf. Er windet sich und zappelt, um sich von den Ranken zu befreien. Solange er abgelenkt ist, schiebe ich Haley aus dem Weg und stoße dem Tier das Wurzelende des Bäumchens in die Schnauze. Dreck regnet herunter, als ich es zurückziehe.

Der Slythiner bäumt sich auf und weicht vor meinem plumpen Angriff zurück. Er öffnet sein Maul. Die Fangzähne blitzen über meinem Kopf auf. Eine Perle aus leuchtend rotem Gift tropft aus einem der Zähne. Ich springe aus dem Weg, und das saure Gift fällt zischend auf den Boden. Es brennt sich durch die herabgefallenen Zweige und Blätter, keine Faustlänge von meinem Stiefel entfernt.

Ich bin es gewohnt zu kämpfen, Adrenalin durch mein Blut fließen zu lassen, aber dieses Mal ist es anders. Eine kalte Angst erfüllt mich und droht, meine Kampfkraft zu beeinträchtigen. Es ist keine Angst um mich selbst. Haley ist mein Ein und Alles. Ich würde es nicht überleben, sie zu verlieren.

Ich werde sie also auf jeden Fall beschützen, auch wenn es mich das Leben kostet.

VIERZEHN
HALEY

Oh mein Gott! Mit den Händen vor dem Mund weiche ich zurück und stolpere über eine Felsengruppe. Meine blöde Tunika reißt, als ich hinter dem größten Felsbrocken Schutz suche.

Das Ding kam einfach aus dem Nichts. Sein gewundener Körper schlängelte sich lautlos durch das Gebüsch, bis es mich erreichte.

Mit einem Kieferschnappen könnte er ein ganzes Motorrad verschlucken.

Der Geruch von Schimmel erfüllt die Luft. Speichel sammelt sich in meinem Mund, als müsste ich gleich kotzen. Ich schlucke schwer.

Die riesige graue Schlange hat winzige verschrumpelte Flügel auf ihrem Rücken. Wenn dieses Ding fliegen könnte, wäre es furchterregend. Obwohl ... Es ist jetzt schon furchterregend.

Sein Kopf stößt immer wieder nach vorne, sein Maul schnappt zu. Der Jäger schwingt einen kleinen Baum wie eine Keule. Die Schlange beißt in die Waffe und schleudert sie zur Seite. Mit einer blitzschnellen Bewegung hechtet Hunter in das Maul der Kreatur.

„Nein!" Ich springe hinter dem Felsen auf die Beine und schreie. Meine Nägel bohren sich in meine Handflächen. Irgendwie taucht Hunter auf und springt mit einem weißen Fangzahn in der Faust aus dem Maul des Dings. Gift regnet in einem roten Vorhang herab. Hunter duckt sich und weicht aus, tanzt aus dem Weg.

Er hält immer noch den Fangzahn in der Hand, eine knochenweiße, massive Nadel, die aussieht wie die, die im Thronsaal ausgestellt ist. Wie hat Sian diese Kreatur genannt? Einen Slythiner? Wenn das ein Slythiner ist, dann hat Hunter schon mal einen besiegt. Der Fangzahn von diesem Ding ist nicht so groß wie der im Thronsaal. Er ist kleiner. Vielleicht ist es ein Baby? Ist das Gift einer Babyviper nicht tödlicher als das eines Erwachsenen? Oder ist das ein Mythos?

Hunter läuft um den Slythiner herum, doch er dreht und schlittert mühelos auf seinen glitschigen Körper hin und her. Sein Schwanz beginnt zu zischen, als er über eine Art Säurepfütze gleitet, und die wächsernen Schuppen rauchen, wo das Gift sie berührt, aber das Ding scheint sich nicht darum zu kümmern.

Hunter rennt geradewegs auf eine Pfütze mit brodelnder Säure zu.

„Pass auf", schreie ich. Von einem Baum in der Nähe gleiten Lianen herab. Hunter greift danach und lässt sich von ihnen hochziehen, während er sich wie Tarzan über die Pfützen schwingt.

Wie eine Idiotin komme ich mir vor, weil ich hier rumstehe und die Hände ringe. Was kann ich tun? Ich kann mich nicht mehr an meinen Lebenslauf erinnern, aber ich bin mir ziemlich sicher, dass große außerirdische Schlangen nicht zu meinen Stärken gehören. Bei diesem Kampf bin ich völlig wertlos.

Hunter hat die Kreatur von den Säurebecken weggezogen. Jetzt hängt er auf dem Rücken der Schlange und klettert die Schuppen hinauf, während das Ungeheuer sich aufbäumt und den Kopf hin und her wirft. Dabei bewegt es seinen Schwanz mit atemberaubender Geschwindigkeit und versucht, ihn abzuschütteln. Weiße Flecken lösen sich von den grauen Schuppen, fast so, als würde sich die Schlange häuten, oder als wäre sie krank oder so. Der Verwesungsgeruch intensiviert sich. Ich muss würgen.

Die Schlange wirbelt ihren Kopf herum und schleudert Hunter in die Bäume. Die Ranken fliegen aus, um ihn zu fangen, verfehlen ihn allerdings.

Das Schlangenwesen dreht sich um und schaut mich an.

Scheiße!

Ich hebe meine Tunika und ducke mich ins Dickicht. Dornen reißen an meiner Haut, aber vielleicht verlangsamen sie die Schlange. Oder auch nicht, denn ihre Schuppen scheinen undurchdringlich zu sein.

Ich strample und rutsche auf den Blättern, rase durch den Wald, während mir die Äste ins Gesicht peitschen. So schnell bin ich nicht mehr gelaufen, seit Hunter mich erwischt hat. Vielleicht ist das ein Zeichen, dass ich mit dem Marathonlauf anfangen sollte.

Die Schlange bricht durch das Dickicht und zerquetscht die Büsche unter ihrer schuppigen Masse. Sie bäumt sich über mir auf, mit geöffnetem rosa Maul. Lautes Gebrüll lässt die Bäume erzittern. Hunter kommt aus dem Wald geflogen und segelt an einer Liane heran. Die Liane schlägt einen Bogen und schleudert ihn auf den Kopf der Schlange zu. Hunter stürzt sich auf den Kopf des Tieres und umklammert den Fangzahn wie einen Speer. Er stößt ihn in das Auge der Schlange.

Die Schlange dreht nun vollkommen durch und windet sich in einer Art Todeskampf, zumindest hoffe ich, dass es sowas ist. Das schuppige Herumgewälze entwurzelt Büsche, lässt Stämme knacken und reißt Schösslinge an der Wurzel aus. Ich werfe mich hinter einen Baumstamm, die Arme über dem Kopf.

Der Wald verstummt.

Meine Beine sind zu unsicher, um mich zu tragen. Ich spähe über den Baumstamm. Hunter steht über der gefällten Schlange. Der Fangzahn ragt noch aus dem rechten Auge. Der verbliebene Fangzahn sondert Gift ab, das zischend auf das Gras spritzt. Die Kreatur hört auf zu zucken, und sie liegt still in den Trümmern des Waldes. Der Verwesungsgeruch verfliegt.

Hunter geht um die Schlange herum und streicht mit den Händen über ihren unbeweglichen Körper. Der grauweiße Film, der die Schuppen bedeckt, löst sich unter seiner Berührung. Die papierartige äußere Hülle fällt ab und gibt den Blick auf die leuchtend roten Schuppen darunter frei.

Vorsichtig kniet sich Hunter vor dem keilförmigen Kopf der Kreatur und weicht der Säure aus. Eine Ranke kriecht von einem nahen Baum. An ihrer Spitze entfaltet sich ein breites Blatt. Hunter reißt das Blatt behutsam ab und bedeckt damit das linke Auge der Schlange. Er neigt seinen Kopf.

Die Emotionen in meinem Herzen spielen verrückt. Hunters sanfte Bewegungen erinnern mich daran, wie er das Baby-Tier gerettet hat, von dem ich dachte, es würde mich angreifen. Er behandelt die Kreaturen des Waldes mit Respekt. Sogar diejenigen, die versuchen, uns zu töten.

„Hunter." Ich hasse es, dass meine Stimme so zittrig klingt, aber ich bebe immer noch innerlich. Ich muss ihn berühren, um mich zu versichern, dass wir beide überlebt haben.

Er steht auf und eilt herbei. Seine Hände umschließen mein Gesicht, während er mich mustert.

„Hey", flüstere ich. Meine Unterlippe zittert.

Er hebt mich hoch und ich schmiege mich an ihn. Seine Brust brummt und schnurrt, als er sich in den Wald stürzt und den Ort der Zerstörung hinter sich lässt. Ich drücke mein Gesicht in seine Halsbeuge und atme seinen waldigen Duft ein. Ich streiche mit einer Wange über seine schimmernde, tätowierte Haut, als wollte ich in ihm baden.

Der Jäger trägt mich zu einem Farnwald. Die riesigen Wedel teilen sich, als er vorbeigeht. Die Luft hier ist reich an Lehm und einem kiefernartigen, rosmarinartigen Kräuterduft.

„Sollen wir zurück zum Palast gehen?" Ich will nicht, dass noch mehr Schlangen aus den Bäumen kommen.

Hunter grunzt, und ich höre einen ganzen Absatz an Erklärungen in dem gutturalen Geräusch. Der Wald ist still, ruhig. Die Luft ist warm und sauber. Nichts mehr von dem fauligen Geruch, der dem Slythiner vorausging.

Hier, in den Wäldern, ist Hunter in seinem Element. Er mag den Wald lieber als den Palast. Ich bin mir nicht sicher, ob ich das nicht auch tue.

Er legt mich auf einen weichen Laubhaufen.

„Es ist okay", keuche ich und greife nach seinen großen Händen, die über mich gleiten. Ich brauche seine Haut auf meiner. „Ich bin nicht verletzt. Es hat mir nicht wehgetan."

Hunter streicht mir mit einer schweren Hand über den Kopf und lässt mich zurückweichen.

„Zeigen", grunzt er. Das Ende des Wortes geht in ein

Knurren über, das in mir widerhallt. Mein verspannter Rücken wird locker. Ich lehne mich zurück und erbebe. Der zerrissene Saum meiner Tunika wird hochgezogen.

Hunter kniet zwischen meinen Beinen und schiebt die Tunika nach oben. In den Falten des Stoffes stecken Stacheln, er zupft sie weg und wirft sie beiseite. Sanft streicht er mir die Haare aus dem Gesicht. Sein Daumen berührt meinen Kiefer nicht, aber ich zucke trotzdem zusammen. Dort ist eine Schramme.

„Es ist okay", flüstere ich. „Nur ein Kratzer."

Er krallt seine kräftigen Finger in den Halssaum meiner Tunika und reißt sie in der Mitte durch. Ich schrecke auf, als das Reißen ertönt, aber er hat die Hälften meines Kleides zur Seite gezogen und entblößt mich vor seinen Blicken. Ein wohliger Schauer durchfährt mein Unterleib.

Hunter streckt sich über mir aus, wobei er darauf achtet, dass sein riesiger Körper nicht auf dem meinen aufliegt. Er knabbert an meiner Schulter, wo die rote Schramme meine Haut verunstaltet. Seine Lippen streichen über die unverletzte Haut oberhalb der Schramme. Bei seiner schmetterlingsleichten Berührung spannt sich jeder Muskel zwischen meinen Beinen mit einem scharfen, köstlichen Ziehen an. Mit einem Wimmern schmiege ich mich an ihn, unfähig, mich an ihm zu reiben, weil er mich festhält. Er streicht mit seiner Nase über meinen Hals und hinterlässt eine Gänsehaut. So vorsichtig, so sanft. Er lässt sich viel Zeit.

Als ich die Augen schließe, sehe ich die Schlange wieder über mir aufsteigen. Mir stockt der Atem.

Hunter vergräbt die Finger in meinem Haar, wiegt meinen Kopf und kratzt mit seinem Bart an meinem Gesicht, bis ich die Augen öffne.

Ich streiche über die Falten in seiner Stirn. „Das Ding war riesig. Du hättest sterben können."

„Nein." Er klingt nicht arrogant. Er klingt traurig.

„Tut mir leid, dass ich keine größere Hilfe war", sage ich. „Ich habe nach einem Dolch oder etwas anderem zum Kämpfen gesucht, aber ..." Meine Kampffähigkeiten sind ungefähr so gut wie seine Redefähigkeiten.

„Nein", bekräftigt Hunter wieder. Sein Knurren vibriert in mir und bringt mich erneut zum Pochen. Zwischen meinen Beinen sammelt sich heißes Gleitmittel.

„Du hast mich gerettet", flüstere ich.

Er dreht seinen Kopf und küsst meine Handfläche. So süß. Er zieht meine Finger in seinen Mund und saugt kräftig daran. Mein Kitzler pocht, als hätte er seinen Mund darauf gelegt.

„Mir geht es gut", keuche ich, als er seine Aufmerksamkeit auf einen Kratzer an meinem Schlüsselbein richtet. Ich greife nach seinem Kopf, um ihn wegzuziehen. „Du musst nicht ... "

Mit einem Knurren drückt er meine Handgelenke auf den Boden. Meine Hüften beben, als ein neuer Schwall Flüssigkeit meine Mitte durchnässt.

Lianen schlängeln sich über den Boden und winden sich um meine Hand- und Fußgelenke, um mich zu fixieren. Ich liege mit gespreizten Beinen da und bin offen für Hunters Streicheleinheiten. Er küsst meinen Brustkorb hinunter und hält an einem roten Fleck auf meiner Hüfte inne. Er beugt sich vor und haucht Küsse um die Stelle herum. Mehr Flüssigkeit rinnt aus mir heraus. Mein Parfüm bleibt schwer in der Luft hängen. Die Kombination aus Hunters Duft und meinem lässt meine Augenlider flattern.

Ich wehre mich gegen die Ranken und dränge mich näher an ihn heran. Ich spreize meine Schenkel weit und hebe meine Hüften, um seine zu finden. „Hunter, ich brauche ... "

Er bäumt sich über mir auf, öffnet seine Hose so weit, dass sein Schwanz herausspringt und senkt dann seine Hüften, um gegen meine zu reiben. Ein neuerliches Knurren löst ein scharfes Pochen und einen Schwall von Gleitmittel aus. Er stößt hinein, schiebt sich immer tiefer, bis sein Schaft ganz in mir ist und mich bis zum Rand ausfüllt.

Die Ranken, die meine Arme halten, lassen mich los. Ich kralle mich an seinem Rücken fest, während wir uns bebend bewegen. Ich brauche ihn näher. Ich brauche mehr von ihm. Als er mich festhält und seinen Schwanz mit harten Stößen in mich treibt, explodiere ich in Ekstase. Die Lust lässt meine Glieder weich werden. Hunter knurrt wieder und wieder und lässt eine Welle der Lust nach der anderen meinen Körper umspülen. Mein Inneres zieht sich zusammen, melkt seinen Schwanz. Die Farne um uns herum zittern und rascheln unter seinem Gebrüll. ER knabbert an meiner nackten Schulter und weckt die Erinnerung an das erste Mal, als er mich gebissen hat. Wärme strömt durch meinen Körper, während mein Höhepunkt in einer kontinuierlichen, wogenden Flut an- und abschwillt.

DER KÖNIG *der Jagd*

DIE KRAFT meines Gebrülls hallt durch den Hain. Haley zieht sich so fest zusammen wie eine geballte Faust. Noch ein paar wiegende Stöße, dann streife ich ihre Schulter mit meinen Zähnen und lasse die Lust in meinem Rücken auflodern. Mein Knoten füllt die perfekte Muschi meiner Omega und pulsiert im Takt meines donnernden Herzschlags.

Die Dämmerung hat sich über den Wald gelegt. Der erste Mond ist über die Bäume geklettert und wird bald von seinen Schwestern begleitet.

Die Farnwedel tanzen in der Brise. Ich lege mich über meine kleine Lysia-Blüte, schütze sie vor der kühlen Luft und lasse zu, dass mein Samen und ihr Nektar uns zusammenschweißen. Ihre Augen sind halb geschlossen, ihre Wimpern werfen kleine Schatten auf ihrem Gesicht.

Ich küsse ihre weiche Wange und streichele ihren Hals. Ihre Augenlider flattern auf.

„Ein Farnwäldchen wäre nicht meine erste Wahl für ein intimes Treffen, aber es ist irgendwie perfekt." Ihre Finger gleiten über mein Gesicht, finden meine Narben und zeichnen sie nach, als ob sie sich vergewissern wollte, dass ich hier bin. Sie stockt, und ich stupse ihre Hand an, bis sie mich weiter berührt.

Eine Denkfalte erscheint zwischen ihren Brauen. „Was war das für ein Ding?", fragt sie. „War das ein Slythiner? Sian hat mir von ihnen erzählt."

Ich nicke.

„Sind sie aus dem Wald?"

Ich schüttele den Kopf.

„Woher kommen sie dann?"

Ich könnte ihr antworten. Ich habe einen Verdacht. Der weißliche Film, der die Schuppen der Slythiner überzieht, riecht nach Magie. Die Kreaturen sind Wüstenbewohner und nur ein Königreich, an das wir grenzen, hat eine große Wüste - das Steinreich, das vom Steinkönig regiert wird. Ich traue keinem der Könige von Ulfaria, aber dem Steinkönig traue ich am wenigsten. Wenn dieser boshafte Usurpator glaubt, seine dreckigen, rissigen Krallen in meine Omega schlagen zu können, werde ich ihm zeigen, warum mich die Höflinge hinter meinem Rücken immer noch den „Wilden" nennen.

Haley weicht zurück. Ich knurre mit gefletschten Zähnen. Dann streiche ich ihr entschuldigend durchs Haar, aber sie neigt den Kopf und wendet ihren Blick von mir ab. Ich umfasse ihre Wangen, um sie zu zwingen, mich anzusehen, doch ich kann sie nur festhalten.

„Macht nichts", flüstert sie. „Ich werde Sian bitten, es mir zu sagen."

Ich möchte, dass sie mit mir spricht. Ich möchte, dass sie mich versteht. Ich möchte ihr sagen, dass sie mich ansehen soll, dass sie mich bei meinem Namen ansprechen soll. Nicht mit dem Namen, den sie mir gegeben hat, sondern mit dem Namen, an den ich mich langsam wieder erinnere, weil die Erinnerungen, die sie für mich freigeschaltet hat, mir helfen.

Ich streichele sie. Ich bin immer noch tief in ihrem Körper, aber sie könnte nicht weiter entfernt von mir sein.

Wie erkläre ich ihr, dass ich mit ihr reden möchte, doch meine Worte sind abgehackt und unbeholfen, eher das Geheul eines Tieres als eine schöne Unterhaltung?

Wenn ich das Falsche sage, werde ich sie verlieren. Sie wird mich hassen. Die Dorfbewohner haben mich mit Stöcken und Steinen vertrieben. Der einzige Grund, warum die Arborii mich akzeptiert haben, ist, dass ich so viele Slythiner getötet habe. Speere und Schwerter prallen von ihren schuppigen Häuten ab, was sie zu perfekten Jägern macht.

Ich habe mehr mit den Slythinern gemeinsam als mit meinem eigenen Volk.

„Es ist schon spät", sagt Haley. Ich bewege mich in ihr

und ziehe mich langsam aus ihrem Körper zurück. Nach dem Rückzug breitet sich Schmerz in meiner Brust aus. Ein melancholisches Echo pocht in der Verbindung.

Ich neige den Kopf und fange ihre Lippen ein, lasse meine Zunge in ihren Mund gleiten. Schmecken, erobern. Bringe sie zurück zu mir. Die Traurigkeit verschwindet, verdrängt von der Hitze.

Aber ich kann sie nicht ewig küssen. Als ich fertig bin, legt Haley ihre Hand an meine Wange. Mit ihren kleinen Zähnen verbeißt sie sich in ihrer Unterlippe, und über ihren Augenbrauen bilden sich weitere Falten.

„Wir sollten zum Palast zurückkehren", ist alles, was sie sagt.

Ich nicke und hebe sie in meine Arme. Die Yaknos-Farne streifen mich im Vorbeigehen, als ob ihre zarte Liebkosung mir Trost spenden könnte. Doch ich bin wie ein sterbender Baum - hoch aufragend, aber unfruchtbar, innen hohl.

Ich muss die richtigen Worte finden, um sie zu umwerben, damit sie sich mir nahe fühlt. Ich könnte sie verlieren, wenn ich sie unbeholfen benutze. Nur verliere ich sie schon jetzt.

FÜNFZEHN

DER KÖNIG DER JAGD

Vier der fünf Monde sind bereits aufgegangen, als ich auf die kurzen Gräser vor dem Palast trete. Nachtinsekten zirpen und singen, glühen rot. Meine Omega liegt beschützt in meinen Armen, eingewickelt in die Fetzen ihres schönen Gewandes. Unser Haar ist voller Blätter, unsere Stiefel sind schlammig. Ich bin ganz und gar der Barbar, der von einem ruinierten Ausflug mit seiner Gefährtin zurückkehrt.

Ich hatte gehofft, mich unbemerkt in den Palast schleichen zu können, aber eine Gruppe von Höflingen hat ein Feuer in der Steingrube auf dem Rasen vor dem Palast entfachen lassen. Der Schein der Flammen tanzt auf ihren lachenden Gesichtern. Sie tragen ihre langen, reich verzierten Gewänder und trinken bitteren Wein.

Für einen Moment bin ich wieder der Ausgestoßene am Rande des Feuers. Aber Haley seufzt - sie ist im Halbschlaf und ihre nackten Glieder sind von der Nachtluft kühl geworden. Ich beschleunige meine Schritte.

Die Glocke läutet und kündigt meine Ankunft an. Die Höflinge schauen sich um und erheben sich in unbeholfenen Bewegungen, als sie uns sehen. Ich ignoriere sie und ihre Grüße, aber Mikkan erscheint an meiner Seite.

„Eure Majestät, was ist geschehen?"

„Slythiner", grunze ich und erhöhe mein Tempo. Ausnahmsweise bin ich dankbar für den Palast, die robuste Struktur und die Verteidigungsanlagen, die meine Gefährtin in Sicherheit wiegen.

„Ich wusste es. Die Kreaturen sind zurück, und sie werden nicht aufhören, uns anzugreifen, bis sie uns von Haus und Hof vertrieben haben!" Mikkan trottet neben mir her und ringt die Hände. Seine Angst hat einen sauren Beigeschmack.

Ich erreiche die Stufen des Palastes und nehme zwei auf einmal.

Brokk erscheint auf der Schwelle, wirft einen Blick auf mich und schickt den Höfling fort. „Nicht jetzt, Mikkan. Holt Essen und Wasser für ein Bad."

Ich gehe weiter, Brokk folgt mir im Gleichschritt. Ich kann es ihm nicht sagen, doch ich weiß es zu schätzen, dass er mir den Rücken freihält, während ich meine Gefährtin in den Armen halte. Die Alphawachen beschützen die Bewohner ziemlich gut, aber ich traue nicht allen von ihnen.

„Irgendwelche Verletzungen?", fragt Brokk.

Ich schüttele den Kopf.

„Was ist passiert? Ein Slythin-Angriff?"

Ich nicke. Ich habe den Flur zu unserem Quartier erreicht. Brokk schreitet voraus, um die Tür zu öffnen.

„Kümmere dich um deine Gefährtin. Wir reden später."

Ich trete hinein und trage Haley direkt in die Wanne. Sie mag es, sauber zu sein. Die Diener haben bereits ein heißes Bad eingelassen, und ich setze sie ab, um ihr die

Stiefel und die zerrissenen Reste ihrer Tunika auszuziehen. Sie ergreift meine Hand, als sie einsteigt und zischt, als ihre Füße das Wasser berühren.

Ich trete zurück und hinterlasse schlammige Stiefelabdrücke auf dem Boden. Ich gehöre nicht hierher. Im Wald fühle ich mich wohl. Hier erdrückt mich die Luft und raubt mir den Atem. So viele Schritte hallen in den steinernen Gängen und rauben mir die Ruhe. Die verschiedenen Gerüche sind zu stark und konzentriert.

„Hunter?" Haleys Wangen sind gerötet. Sie ist mit dem Wannenrand verschmolzen, streckt aber ihre Finger nach mir aus. „Willst du dich auch waschen?"

Ich nehme einen Lappen, tauche ihn in die Wanne und streiche damit über die schlammigsten Stellen an mir. Wenn ich zu lange auf den Körper meiner Omega im Wasser starre, werde ich sie wieder beanspruchen wollen.

Mein Schwanz schwillt an. Vielleicht sollte ich ...

Das Wasser schwappt über, und als ich mich umdrehe, hat Haley die Wanne bereits verlassen. Sie hat ein Tuch um sich gewickelt, aber viel von ihrer hellgoldenen Haut ist zu sehen, nass und schimmernd.

„Was ist los?" Sie zieht die durchnässten Locken ihres dunklen Haares zu einem Strang zusammen und beugt sich über die Wanne, um das Wasser aus ihnen herauszudrücken. Es wäre so einfach, sie hochzureißen und sie über die Wanne zu beugen, aber ... nein. Sie will reden.

Sie will immer reden, und ich habe keine Worte für sie.

„Du gibst dir nicht die Schuld an dem Angriff?", fragt sie.

Ich zucke mit den Schultern. Ein König schützt sein Reich. Sein Volk. Und vor allem seine Omega.

Ich stapfe vor ihr von der Wanne weg und schnappe mir eine Tunika, die die Diener für sie bereitgelegt haben.

Haley folgt mir. Das Band zwischen uns ist schwer, so als wäre es mit Flussschlamm beladen. Sie nimmt die Tunika und wendet sich ab, während sie vor sich hinmurmelt: „Ich wünschte, ich könnte dich verstehen."

Sie glaubt, sie habe zu leise gesprochen, als dass ich sie hören könnte, aber ich habe sie verstanden. Ohne nachzudenken, schreite ich zur Außenwand, wo große Fenster den Wald zeigen. Jede zweite Scheibe lässt sich nach außen klappen. Eine ist offen, um die Nachtluft hereinzulassen. Es wäre so einfach zu fliehen.

Sie möchte, dass ich mich ihren Fragen stelle. Was soll ich sagen? Ich erinnere mich kaum an ein paar Kleinigkeiten aus meiner Kindheit. Ich erinnere mich an die Wärme meiner Mutter, gefolgt von Angst und Verlust. Meine Mutter und mein Vater sind tot, da bin ich mir sicher, aber ich weiß nicht mehr, wie es dazu kam. Der Wald wurde mein Zuhause. Ich lernte die Sprache der Ranken und Bäume, bevor ich sprechen lernte. Ich wurde neugierig auf meine Mit-Ulfarri, doch die Dorfbewohner warfen mit Steinen nach mir, und ich begriff, mich von ihnen fernzuhalten.

Ich hätte im Wald bleiben sollen.

Eine kleine Hand legt sich in die Mitte meines Rückens. Ich schweige. Haley schiebt sich an mich heran und drückt sich gegen mein Kreuz. Ihre Hand gleitet herum, bis sie sie über meine Brust hält. Trotz des düsteren, schwarzen Echos in der Verbindung zwischen uns, ergreife ich ihre Hand und drücke sie an mein Herz.

„Es ist nicht deine Schuld, Hunter." Ihr Atem kitzelt zwischen meinen Schulterblättern. „Du hast uns gerettet. Du hast mich gerettet."

Ich fädele meine großen Finger zwischen ihre kleinen.

Sie ist mir näher als alle anderen. Vielleicht kann ich sie dazu bringen, mich zu verstehen.

Stiefel schlurfen vor der Tür, und ein säuerlicher Geruch ist wahrzunehmen. Mein Kopf schnellt in diese Richtung, kurz bevor ein beharrliches Klopfen auf dem Holz ertönt.

„Mein König", vernehme ich Mikkans gedämpfte Stimme. „Bitte. Es gibt einen Notfall im Thronsaal. Ihr müsst kommen und es Euch ansehen."

Haley

WIR SIND WIEDER in dem Audienzsaal. Es ist noch nicht lange her, dass sich diese grässliche Riesenschlange vor uns aufgerichtet hat. Aber anstatt ins Bett zu gehen und von Hunter in den Armen gehalten zu werden, müssen wir uns dem wütenden Mob stellen, der vom König verlangt, etwas gegen die Slythiner zu unternehmen.

Nachdem ich diese Monstren aus nächster Nähe gesehen habe, kann ich das jetzt mehr denn je verstehen. Ich hatte noch nie Angst vor Schlangen, aber diese war größer als ein Auto. Sie hätte meinen ganzen Körper in ihr Maul stopfen können.

Ich erschaudere.

Die Art und Weise, wie Hunter mich gerettet hat, war heldenhaft und sexy, und wieder einmal fällt mir der Kontrast zwischen dem, was er sagt und dem, was er tut, auf. Er ist schwer zu lesen und hat Schwierigkeiten, sich mitzuteilen - wahrscheinlich wegen einer verzögerten Sprachentwicklung, aber er behandelt mich so gut ... er organisiert ein romantisches Picknick, rettet mich vor einem Monster und sieht mich an, als wäre ich das Wertvollste auf der Welt für ihn.

Jetzt sitzt er auf dem Thron neben mir und blickt auf die aufgeregte Meute herab. Ich hatte nicht einmal die Gelegenheit, mir eine andere Tunika zu besorgen, deshalb sitze ich mit gekreuzten Beinen auf diesem Thron. Die Tunika geht nur bis zur Mitte meiner Oberschenkel, ich will dem Arborii keinen freien Blick auf meinen Unterleib gewähren.

Der Mob im Saal beruhigt sich. Das wütende Gemurmel wird leiser. Ein paar Dorfbewohner haben ihre Kinder mitgebracht, und im hinteren Teil des Raumes weint ein Baby. Das Geräusch lässt mich die Zähne zusammenbeißen.

Es ist, als ob sie Angst hätten.

Die Gruppe der Ratsmitglieder, die sich wie ein Schwarm Krähen um Hunter schart, wenn wir hier im Palast sind, steht links von uns. Mikkan befindet sich in der Mitte des Haufens. Er hat die Kapuze seines violetten Gewandes zurückgeschlagen und streicht sich über seinen langen, struppigen Bart.

Brokk erscheint und klettert auf das Podium, um Hunter etwas ins Ohr zu flüstern.

Hunters grüne Augenbrauen ziehen sich zusammen. Sein Kiefer verkrampft sich, sein ganzer Körper wird starr. Er blickt mich an, bevor er knapp nickt.

Auf der rechten Seite erscheint ein vermummter Beta, der sich mit ausgestreckten Händen vorwärtsbewegt. Vor seinen Händen schwebt eine leuchtende Kugel, die größer als mein Kopf ist. Erläuft bis zur Mitte des Raumes und stellt sich vor den Thron, während die Kugel in der Luft gleitet.

Die Kugel des Magiers scheint mit einem weißen Nebel gefüllt zu sein. Jeder starrt sie an, als wäre sie die Wiederkunft des Herrn.

Ich schaue Hunter an und wünsche mir, er würde meine Hand halten. Ich bin nervös, und ich kann nicht einmal sagen, warum. Die Kugel pulsiert in grau-weißem Licht und alle zucken zusammen. Alle außer Hunter. Ich beuge mich zu ihm hinüber, doch er bemerkt es nicht.

Der Nebel im Inneren der Kugel lichtet sich, und eine Gestalt erscheint. Sie trägt eine tiefe Kapuze, aber die Hände, die vor ihr gefaltet sind, sind blass und von wulstigen blauen Adern bedeckt, mit spitzen Nägeln, die entsetzlich lang sind, wie unförmige Krallen. Glühende, rosafarbene Augen leuchten aus dem Schatten der Kapuze.

„Jägerkönig. Ich grüssse dich. Essss sssscheint, als hättessst du etwasss, wasss mir gehört", sagt die Gestalt. Sie zischt bei den Konsonanten, und mir läuft ein Schauer über den Rücken. Das ist verdammt unheimlich.

Hunter grunzt. Wenn es jemals einen geeigneten Zeitpunkt für ihn gab, die Sprache wiederzuerlangen, dann jetzt. Aber er wendet nur den Kopf in Richtung Brokk. Der große Alpha tritt vor und lässt seine Stimme erklingen.

„Seid gegrüßt, Steinkönig. Wonach sucht Ihr?"

Hunters Gesicht ist ausdruckslos, er lehnt sich jedoch nach vorne, seine Muskeln sind angespannt und verkrampft. Ich presse meine Hände so fest zusammen, dass ich mir weh tue. Ich zwinge mich, sie ein wenig zu lockern. Das ist also der Steinkönig. Noch schrecklicher, als ich es mir vorgestellt habe.

„Die Omega", zischt der furchterregende König, und alle Augen im Raum richten sich auf mich. Ich wünschte, ich könnte in der Sitzfläche des Stuhls versinken und einfach verschwinden.

Hunter ist der Einzige, der nicht in meine Richtung schaut. Ich knete wieder meine Finger. Seine ganze Aufmerksamkeit ist auf den schwebenden Bildschirm gerichtet. Er ist hundertprozentig konzentriert, wie vorhin, als er sich der Riesenschlange stellte.

„Ssie gehört mir", fährt der Steinkönig fort, als er merkt, dass er keine Antwort bekommt. „Ich habe einen ... Gehilfen ... beauftragt, die Ogsul-Technologie zu nutzen. Warum sssollten Aurus und Khan die Einzigen sein, die eine Omega an ihrer Ssseite haben? Zunächst lief allesss gut, und esss gelang ihnen tatsächlich, einen Mee-Nschen nach Ulfaria zu holen. Leider arbeite ich mit inkompetenten Tölpeln zusssammen, denn während der Übergabe haben sie etwasss falsch konfiguriert", er winkt mit einer krallenbewehrten Hand ab, „lange Rede, kurzer Sssinn, ssie landete in Arboron und nicht in *meinem* Königreich. Nicht Hier. Bei *mir*. Ich will ssie zurückhaben."

Ich werfe einen Blick auf Hunter. In seinem Kiefer zuckt ein Muskel, und es sieht aus, als würde er darüber nachdenken.

Sicherlich nicht.

„Wenn du ssie nicht zurückgibst, werde ich die Slythiner-Armee auf dein Königreich loslassen."

Gemurmel geht durch den Raum. Der Steinkönig hat bestätigt, dass er für die Slythiner-Angriffe verantwortlich ist.

„Die Kreaturen werden eure Grenzen überrennen. Eure Kinder töten. Eure Ernten schänden. Das ist ssie doch sssicher nicht wert", erklärt der unheimliche Steinkönig.

Das Gemurmel erklingt weiterhin, aber Hunter schweigt.

„Der Jägerkönig hat so viel für sein Volk getan", ruft

Brokk, dessen tiefe, grollende Stimme in krassem Gegensatz zu den schleimigen, zischenden Tönen des Steinkönigs steht. „Sicherlich verdient er eine eigene Omega? Außerdem hat er Anspruch auf sie erhoben. Sie sind aneinander gebunden."

Ein seltsamer Schluckauf ist zu hören, begleitet von einem Keuchen. Der Steinkönig lacht. Irgendwie. „Sssie ist keine Ulfarri. Anspruch zu erheben hat keine Bedeutung mehr wie in den alten Tagen. Ich kann sssie immer besitzen."

„Moment mal", unterbreche ich, „ich bin doch kein Gegenstand, den man herumreicht!"

Brokk blickt zu mir, dann wieder auf den Bildschirm. Er ist der Einzige, der überhaupt zur Kenntnis nimmt, dass ich etwas gesagt habe. Die Leute sind still. Die Ratsmitglieder starren alle auf den Boden.

Ich schaue Hunter an, der gerade eine großartige Nachahmung von Rodins *Der Denker* zum Besten gibt. Das Einzige, was sich in seinem ganzen Körper bewegt, ist immer noch der Muskel in seinem Kiefer. Er nimmt nicht einmal zur Kenntnis, dass ich da bin. Eine Welle von gemischten Gefühlen durchströmt mich - Verzweiflung, Angst, Frustration, aber vor allem Enttäuschung. Ich dachte, ich bedeute ihm etwas. Und hier sitzt er und denkt tatsächlich über den Vorschlag der unheimlichen Kreatur nach? Erwägt er, *mich gehen zu lassen?*

„Wir bitten um Bedenkzeit", sagt Brokk und bricht das unangenehme Schweigen.

Eine Pause entsteht. Dann: „Ich habe lange, lange Zeit auf eine Omega gewartet", zischt der Steinkönig. „Ich kann noch einen Tag warten. Ihr habt Zeit, bis die Sonne morgen untergeht. Dann werde ich die Slythiner entfesseln und die

Arborii - ja, Arboron selbst - wird dem Erdboden gleich-
gemacht."

Hunter steht auf. Der Raum wird still. Die Reihen der
Menschen, die dem Thron am nächsten sind, schauen zu
seinem Gesicht auf und weichen zurück. Eine Gänsehaut
überzieht meine Arme. Ein helles, brennendes Gefühl
rauscht durch das Band. Ich beiße die Zähne zusammen
gegen den anschwellenden Schmerz unter meinen Rippen.
Ich kann mich nicht bewegen.

Mit einem Schritt überwindet Hunter die Stufen und
springt auf die Kugel zu. Als der Diener die Kugel des
Magiers hereinbrachte, hatte er deren Oberfläche nicht
berührt. Hunter muss sich durch ein unsichtbares Kraftfeld
kämpfen, das die Kugel umgibt. Sein Gebrüll übertönt die
Schreie von Brokk und Mikkan.

„Nein! Das wirst du nicht tun!"

Hunter ergreift die Kugel. Das Licht leuchtet um seine
Hände herum, hell genug, um zu blenden. Ich schreie auf,
ebenso wie mehrere Mitglieder der Menge. Hunter springt in
die Luft, hebt die Arme und schmettert die Kugel zu Boden.
Sie zerschellt auf den Steinplatten zu seinen Füßen. Es gibt
einen weiteren Lichtblitz und chemischer Geruch steigt auf.

Was zum Teufel?

Der Raum bricht in Panik aus. Die Leute in den
hinteren Reihen nehmen ihre weinenden Kinder in die
Arme, und alle stürmen auf den Ausgang zu. Die Alpha-
Wächter brüllen durcheinander.

Die vermummten Ratsmitglieder und Höflinge drängen
sich um den Thron und versuchen, so nah wie möglich an
das Podium zu gelangen, ohne in die Nähe der zerbrochenen Kugel zu kommen, aus der eine übelriechende Flüssigkeit auf den Boden tropft.

„Das ist eine Ungeheuerlichkeit", schreit einer. „Ihr habt dem Steinkönig Schaden zugefügt!"

„Das könnte Krieg bedeuten!"

„Es gibt nur eine Antwort", bekräftigt Mikkan. „Wir müssen die Omega an den Steinkönig ausliefern." Seine Augen huschen über mich, bevor er sich an den Rest der Ratsmitglieder wendet, von denen einige zustimmend nicken. „Sie gehört rechtmäßig ihm. Er hat alles arrangiert - und wahrscheinlich viel dafür bezahlt, dass sie hierhergebracht wird."

„Er hat die Ogsul-Technologie *gestohlen*", argumentiert Brokk und drängt sich durch die Menge. „Ich bezweifle, dass er etwas bezahlt hat. Außerdem ist das nicht von Bedeutung. Nach allem, was der Jägerkönig für unser Volk getan hat, hat er doch sicher eine Omega verdient. Er hat uns einmal vor den Slythinern gerettet, er kann es wieder tun. Du solltest ihm zur Seite stehen." Er blickt in den chaotischen Raum. „Ihr alle! Wir sollten unseren König unterstützen!"

Ich sitze wie erstarrt auf dem Thron. Ich empfinde einen tiefen, pochenden Schmerz in meiner Brust. Entmutigt scheint kein gutes Wort für das zu sein, was ich fühle. Am Boden zerstört trifft es wohl eher.

Hunter steht über der Kugel. Er stößt mit dem Fuß gegen eine Glasscherbe, und es sieht so aus, als würde er sich wünschen, sie wäre nicht zerbrochen, damit er sie wieder zerschlagen kann.

Da ich es nicht ertrage, ihn noch einen Moment länger anzusehen, rutsche ich von meinem Stuhl und verlasse eilig den Raum. Niemand folgt mir.

Er kann mir nicht folgen.

Die brennenden Tränen behindern meine Sicht, aber ich weiß nicht, warum ich weine. Meine Füße führen mich geradewegs zu unseren Privatquartieren - seit wann betrachte ich sie als unsere? -, aber ich komme nicht hinein, weil die blöden Zaubertüren in der Wand verborgen sind.

Ich stehe davor und starre sie an.

Zum Glück taucht eine Beta auf.

„Öffne sie", sage ich und meine Stimme klingt befehlend. Ich wusste nicht einmal, dass ich dazu fähig bin.

Der Dienerin bewegt sich zu einer Fliese und sobald sie darauf steht, gleiten die dicken Türen sanft auf.

„Danke. Ich möchte nicht gestört werden." Mit so viel Würde, wie jemand aufbringen kann, der gerade an einer Tür gescheitert ist, marschiere ich ins Schlafgemach.

Dann werfe ich mich auf die Felle des riesigen Bettes, kneife die Augen zusammen, um die Tränen zu unterdrücken, und versuche, meine Gedanken zu sammeln. Am liebsten würde ich aus all den Kissen eine Kissenburg bauen, aber ich bin zu aufgeregt. Das Zimmer ist stickig und wirkt seltsam. Ohne Hunter fühle ich mich hier nicht sicher.

Das ist die zweite Hofaudienz, die einem Reinfall gleicht. Diese ganze Sache ist verrückt. Ich bin auf einem fremden Planeten, und ich bin eine besondere Omega, die so wertvoll ist, dass ich wie eine Pokémon-Karte herumgereicht werde?

Was ist, wenn die Ratsmitglieder ihren Willen bekommen und ich dem Steinkönig übergeben werde?

Und Hunter zerschlägt die Kugel - bedeutet das, dass wir uns im Krieg befinden? Was zum Teufel wird jetzt passieren? Wenn die Ratsmitglieder ihren Willen bekommen, was zum Teufel soll ich dann tun?

Das Schlimmste ist, dass ich Hunter mehr denn je brauche, aber zwischen uns stimmt etwas nicht. Warum hat mich sein Verhalten derart verletzt? Was bedeutet er mir?

Es ist ja nicht so, als hätte ich ihn mir ausgesucht. Als wären wir zusammen ausgegangen und er hätte mich umworben. Als ob irgendetwas davon so gelaufen wäre, wie es normalerweise läuft, wenn zwei Menschen entdecken, dass sie Gefühle füreinander haben. Als ob ich seinen verdammten Namen überhaupt wüsste.

Ein Grunzen ertönt, und ich blicke auf, um ihn vor mir stehen zu sehen. Seine haselnussbraunen Augen mustern mich.

In meiner Brust herrscht eine Enge, die mir das Atmen erschwert. Das muss das Band sein, von dem Sian mir erzählt hat. Ich weiß nicht, ob das, was ich fühle, von ihm oder von mir kommt. Ich spüre Verzweiflung ... und Wut. Das Verlangen, den Steinkönig zu töten. Diese Emotion ist wahrscheinlich von Hunter.

„Hey-leah", sagt er, und obwohl es ihm schwerfällt, meinen Namen auszusprechen, lässt sein Klang mein Inneres flattern.

„Geh weg", murmle ich. „Ich will allein sein."

Er ignoriert mich, auch wenn ich genau weiß, dass er mich gehört hat, kommt zu mir aufs Bett und legt besitzergreifend eine große Hand auf meinen Hintern.

Sein rauchiger, sirupartiger Duft erfüllt mich, und als seine Hand nach unten gleitet, um die Rückseite meines Oberschenkels zu streicheln, bevor sie zwischen meine Beine taucht, raubt mir der plötzliche Schwall flüssiger Hitze fast den Atem.

Verdammt noch mal, warum muss ich auf diese Weise auf ihn reagieren? Es ist, als ob mein Körper einen eigenen Willen hat.

Jeden Moment wird er mich in seine Arme ziehen. Er wird anfangen zu schnurren. Dann wird er knurren. Ich werde feucht werden, und er wird mich nehmen und sich mit mir verknoten, und es wird sich gut anfühlen, doch keins unserer Probleme wird dadurch gelöst sein.

„Nein", sage ich, schüttle ihn ab und setzte mich aufrecht zwischen die Felle. Es kostet mich jedes Quäntchen Willenskraft, das ich besitze, doch ich schaffe es. „Ich will nicht ficken. Das wird nichts bringen."

Als ich es wage, ihn anzuschauen, ist sein Gesicht von einem verletzten, aber sturen Ausdruck geprägt. Wie bei einem bockigen Kind, dem man gesagt hat, dass es keinen weiteren Keks bekommen darf.

„Ich bin am Durchdrehen, Hunter. Ich muss wissen, was los ist, und", meine Kehle ist von Tränen zugeschnürt, „du musst mit mir reden. Ich weiß, dass es dir schwerfällt. Aber ich weiß nicht, was los ist, und ich habe schreckliche Angst." Ich schlinge meine Arme um meine Mitte und drücke fest zu. Wenn ich fest genug drücke, werde ich vielleicht nicht weinen.

Hunter rückt näher an mich heran, und ich weiche weiter zurück. „Nein. Wenn du mich anfasst, führt das nur zu einer Sache, und ich kann jetzt nicht, Hunter. Ich kann nicht." Ich drehe mich um. Sein Duft ist so intensiv, dass ich ihn schmecken kann. Der Schmerz in meiner Brust ist fast lähmend. „Kannst du bitte einfach Sian holen? Ich muss mit jemandem reden."

Meinen Kampf gegen die Tränen verliere ich. Ich blinzle, als Hunter sich mit seiner üblichen katzenhaften Anmut vom Bett erhebt. Er macht einen Schritt auf mich zu, die Hand ausgestreckt. Eine weitere Welle seines Duftes durchströmt mich und lässt mich nach ihm verlangen. „Hey-leah."

Ein Teil von mir entspannt sich. Seine Hand schließt sich um meinen Nacken und beruhigt mich. Ich möchte mich wieder an ihn schmiegen. Mit einem Gefühl, als würde ich mich in zwei Teile zerfetzen, reiße ich mich los. „Lass mich los, du Barbar."

Hunter hält mit der Hand in der Luft inne, sein ausdrucksloses Gesicht steht im Widerspruch zu dem Stich, der mir durch die Brust fährt.

„Es tut mir leid", stottere ich und weiche zurück. „Ich wollte nicht ... Ich will nur allein sein." Ich stürme in die Badekammer, die Gott sei Dank eine normale Tür hat. Ich schließe sie hinter mir, sinke auf den Boden und stütze mein Gesicht in die Hände. Der Schmerz nagt an meinen Rippen. Endlich kann ich die Tränen fließen lassen.

Mein Schluchzen hallt in dem Raum wider. Ich weine und weine, bis ich keine Tränen mehr vergießen kann. Ich habe gar nicht gemerkt, wie viel ich unterdrückt habe, aber es war offensichtlich eine Menge. Ich bin auf einem fremden Planeten, und ich habe niemanden, mit dem ich reden kann. Ich sorge mich um jemanden, dessen Namen ich nicht einmal kenne und der meine Gefühle nicht zu erwidern scheint. Und morgen könnte ich diesem unheimlichen Steinkönig übergeben werden - und wenn ich nicht gehe, könnte er einem Haufen unschuldiger Bewohner den Krieg erklären. Bin ich bereit, mich für ein Königreich zu opfern? Werde ich überhaupt eine Wahl haben?

Ich wünschte, ich hätte jemanden, mit dem ich reden könnte. Wenn ich weggehen könnte, um die anderen Menschen zu treffen, würde das sicher helfen. Aber im Moment ist die einzige Person, die mir einfällt, die mir einen Rat geben könnte, Sian.

Ich weiß nicht, wie lange ich im Badezimmer war, doch als ich ins Schlafzimmer zurückkehre, ist es leer.

Hunter ist gegangen, genau wie ich es von ihm verlangt habe.

Warum fühle ich mich dann so leer?

SECHZEHN
DER KÖNIG DER JAGD

Als ich den Schmerz auf dem Gesicht meiner kleinen Lysia-Blüte sah, hatte ich das Gefühl, dass meine Brust explodieren würde. Zu wissen, dass ich diesen Schmerz verursacht habe ... Ich glaube, der Tod wäre weniger qualvoll.

Doch als ich mein Verhalten erklären wollte, konnte ich es nicht.

Wie könnte ich ihr sagen, dass sie mir alles bedeutet? Dass ich, als der Steinkönig davon sprach, sie mitzunehmen, geschworen habe, ihm auf der Stelle den Kopf abzureißen?

Der Steinkönig. Was für eine erbärmliche Anrede für einen Alpha. Für einen König. Für einen Ulfarri. Ich fürchte weder diese elende, abscheuliche Kreatur noch seine Schlangenarmee.

Ich habe das Volk von Arboron beschützt, als ich kaum erwachsen war. Ich werde es wieder tun, wenn es nötig ist, und wieder und wieder ... bis zu meinem letzten Atemzug. Nein, der Gedanke an einen Slythiner-Angriff macht mir keine Angst.

Aber der Gedanke, meine Haley zu verlieren ...

Der ist unerträglich.

Ich könnte fliehen und sie im Wald behalten. Das Königreich sich selbst überlassen. Doch sie würde nicht gerne in der Wildnis leben.

Barbar, hat sie mich genannt.

Ich muss die Dinge in Ordnung bringen. Die Sorgenfalten aus ihrem schönen Gesicht vertreiben. Ich habe Sian herbeigerufen, wie sie es verlangt hat, und nun halte ich vor dem Palast Wache.

Brokk findet mich an einer Feuerstelle stehend und in die Flammen starrend. Der Rauch wirbelt um mich herum und vernebelt mir die Sinne. Ich habe seine Annäherung gehört, aber nicht gerochen.

Mein Stellvertreter hockt neben dem Feuer. Er holt eine Flasche Wein und ein großes Horn hervor. Ausnahmsweise ist mir der Geschmack egal, den meine Omega als abgestandenen Essig in alten Schuhen beschreibt. Ich leere das Horn in einem Zug, das Brokk mir reicht, und akzeptiere das bittere Brennen in meiner Kehle. Sobald es leer ist, gebe ich es ihm zurück, und er füllt es wieder auf.

Bis ich meiner Omega begegnet bin, habe ich nie eine echte Bindung zu einem anderen Wesen in dem Sinne gespürt, dass es meine Welt, meine Sterne und meine Monde ist. Aber in Brokk habe ich immer einen echten Unterstützer gehabt. Er spricht zu viel, doch im Gegensatz zu den Ratsmitgliedern, die zu viel reden und so wenig sagen, haben seine Worte Gewicht und Bedeutung. Er ist einer der wenigen, denen ich zuhöre.

„Lass mich raten", sagt er, sobald wir allein sind, „die Königin ist verärgert."

Ich nicke und starre ins Feuer.

„Kannst du es ihr verdenken? Der Vorschlag des Steinkönigs hat uns alle erschüttert. Mikkan will, dass wir sie ausliefern. Viele der Ratsmitglieder stimmen zu."

Ich knurre als Antwort.

„Ich bin auf deiner Seite", bekräftigt Brokk. „Deine Omega auszuliefern ist undenkbar. Außerdem ist es nicht der richtige Weg, diese Kreatur zu beschwichtigen." Er nippt an seinem Horn und rollt es zwischen seinen Handflächen, wie er es immer tut, wenn er nachdenkt. „Als Alpha weiß ich, wie tief die Bindung zwischen dir und deiner angeblichen Gefährtin ist. Das Gleiche kann man jedoch nicht von ihr behaupten. Für sie ist das alles neu - unsere Welt, unser Volk, die Art und Weise, wie wir uns paaren. Sie war noch nicht einmal eine Omega, bevor sie hier ankam. Wie soll sie verstehen, was du für sie empfindest?"

Ich schließe die Augen, als jedes seiner Worte wie ein vergifteter Pfeil in meine Brust einschlägt.

„Sie ist neu hier und allein. Und verletzt."

Ich stöhne. Haley ist nicht allein. Ich sollte an ihrer Seite sein. Aber sie will mich nicht.

Der Wein verätzt mir die Kehle, wenn ich ihn schlucke.

„Willst du, dass ich mit ihr rede?", fragt Brokk.

Eine plötzliche Welle besitzergreifender Eifersucht bei der bloßen Vorstellung lässt mich fast körperlich erschaudern. „Nein", schaffe ich zu erwidern. Würde meine kleine Lysia-Blüte nicht besser zu einem Alpha wie Brokk passen? Einem, der sich leicht ausdrücken kann, der seine Gedanken und sein Lachen teilen kann ...

Ich verdränge den Gedanken. Er bereitet mir zu große Schmerzen.

„Was machen wir jetzt mit diesem gruseligen Arschloch?" Brokk wechselt das Thema. „Die Leute sind fast zu

Tode erschrocken, und das ist verständlich. Wir müssen sie beschützen."

Ich nicke.

„Willst du, dass ich die Kämpfer rufe?"

Arboron hat keine offizielle Armee, wie Aurus oder Khan sie haben. Wir Arborii sind ein friedliches, naturverbundenes Volk, das sich aus territorialen Streitigkeiten oder Kämpfen lieber heraushält. Aber wir werden uns und unsere Heimat verteidigen, wenn es nötig ist. Und wir haben genügend Alphas und starke Betas, die sich bereit erklärt haben, im Bedarfsfall einzugreifen. Sie haben vielleicht keine schicken Uniformen oder eine strenge militärische Ausbildung, doch spielt das eine Rolle, wenn Leben auf dem Spiel stehen?

Ich sehe Brokk in die Augen.

„Richtig. Wir sollten auch Vorkehrungen treffen, dass diejenigen, die nicht kämpfen werden, an einem sicheren Ort unterkommen. Wir können ein paar hundert hier im Palast unterbringen. Die anderen ... einige haben Bunker. Andere werden sich Höhlen suchen. Ich werde die Leute anweisen, sich bereit zu machen."

Ich nehme das Horn, leere es und gebe es mit einem Nicken zurück.

„Vielleicht sollte ich hier der König sein", brummt Brokk und trotz meiner schlechten Laune verkneife ich mir ein Lächeln. Wir wissen beide, dass er gerne meinen Thron übernehmen kann, wenn er das möchte.

Ulf weiß, dass ich den Thron nicht will. Er wurde mir als „Belohnung" für den Sieg über die Slythiner vor all den Monden aufgezwungen. Es war als Anerkennung gemeint, ich weiß es, aber ich war noch nie dazu geeignet, König zu sein. Ich habe oft gedacht, es ist eine Schande, dass Brokk kein König sein kann. Allerdings weiß ich nicht, ob die Arborii ihn in dieser Rolle akzeptieren würden.

Brokk verstaut das Horn an seinen Gürtel und erhebt sich. „Wie wahrscheinlich ist es, dass wir gegen die Slythiner kämpfen?", fragt er. „Ich meine, ich weiß, dass du die Königin nicht aufgeben willst. Aber hast du vor, dass wir uns verteidigen, oder willst du in den Wald reiten und sie wieder im Alleingang besiegen?"

Ich streiche mir über den Bart und denke über seine Frage nach. Es gibt Geheimnisse, die ich über die Slythiner weiß. Geheimnisse, die ich noch nie jemandem erzählt habe. Sie waren nicht immer durch die Magie des Steinkönigs versklavt. Aber wie soll ich das meinem Volk erklären?

„Überleg es dir", sagt Brokk. „Ich werde die Alpha-Kämpfer bereithalten." Der Blick aus seinen blauen Augen ist offen, ernst und vertrauenswürdig.

Ich klopfe ihm auf die Schulter.

„Wenn wir schon über Taktik reden, möchte ich dir etwas vorschlagen." Er senkt seine Stimme, wie er es immer tut, sobald er sensible Informationen preisgibt, selbst wenn wir allein sind. „Deine Ratsherren, vor allem der Oberste Ratsherr, Mikkan ... "

Ein Knurren entkommt mir und überrascht uns beide.

„Genau", sagt Brokk und beugt sich näher. „Ich finde ihn immer weniger vertrauenswürdig. Es wurde geflüstert, dass er sich fragwürdig verhält. Ich weiß nicht, ob es besser wäre, ihn direkt zu entlassen oder ihn lieber im Auge zu behalten, ohne dass er Verdacht schöpft. Nur glaube ich, du solltest etwas unternehmen."

„Das werde ich." Ich habe nie eines meiner Ratsmitglieder gemocht - sie flattern immer um mich herum und krächzen mich an wie die nervigsten Vögel der Welt, aber ich toleriere sie. Denn sie übernehmen so viel von der

Arbeit, die ich am wenigsten mag, wenn ich ein Königreich regiere: Verhandlungen, Papierkram, Umgang mit trivialen Beschwerden und Streitigkeiten. Da ich sie immer als einen Schwarm gesehen habe, hat sich nie einer von den anderen abgehoben. Für mich sind sie alle gleich lästig.

„Vielleicht ist es nichts", fährt Brokk fort, „doch wie ich bereits sagte, habe ich es raunen gehört. Hattest du irgendwelche Meinungsverschiedenheiten mit Mikkan oder einem von ihnen?"

Ich denke über die Frage nach. Nichts fällt mir auf. Manchmal zeige ich offen meine Verärgerung über die Ratsherren, aber das ist schon seit Jahren der Fall.

Ich schüttele den Kopf.

„Hm. Na ja, solange du Bescheid weißt."

Ich stoße ein anerkennendes Grunzen aus. Da ist ein hämmernder Schmerz in meinem Schädel, und als ich zaghaft meine Verbindung zu meiner Gefährtin erforsche, ist da eine andere Art von Schmerz: eine tiefe, unerträgliche Trauer. Sind das ihre Gefühle oder meine? Ich schließe meine Augen.

„Mach dir keine Sorgen", sagt Brokk. „Wir werden das schon hinkriegen und diesen Scheißkerl besiegen." Er klopft mir auf die Schulter. „Geh zurück zu deiner Königin und tröste sie. Erkläre ihr alles. Ulf weiß, wenn ich an deiner Stelle wäre und das Glück hätte, eine Omega-Gefährtin zu haben, würde ich keine Sekunde von ihrer Seite weichen und alles in meiner Macht Stehende tun, um sie glücklich zu sehen."

Meine Fäuste sind so fest geballt, dass sich die Nägel in die Handflächen graben. Ich zwinge meine Finger, sich zu entspannen. Brokk ist von der Idee der Schicksalsgefährten besessen, seit wir jung waren. Die meisten Alphas haben sich mit der Tatsache abgefunden, dass es auf Ulfaria einen

Mangel an Omegas gibt und dass sie niemals die Brunft, das Beanspruchen, das Verknoten und so weiter erleben werden, wie es ihre Vorfahren taten. Dass sie niemals Nachkommen zeugen werden. Ich selbst habe das schon vor langer Zeit akzeptiert.

Aber nicht Brokk. Er hat die Hoffnung nie aufgegeben und jetzt, da es drei Omega-Königinnen auf unserem Planeten gibt, wird er zweifellos nur noch entschlossener sein, eine eigene zu finden. Wenn ich ihm dabei helfen könnte, würde ich es tun. Er hat das Glück verdient.

„Bald", sage ich.

„Ah." Er klopft mir auf den Rücken. „Dann auf in die Trinkhalle. Eure Königin wird in Sicherheit bleiben."

Ich folge ihm zurück in den Palast. Ich möchte zu meiner Lysia-Blüte zurückkehren, aber ihre abweisenden Worte schmerzen noch immer. Ich werde ihr den Raum geben, den sie braucht, bevor ich wieder zu ihr gehe. In der Zwischenzeit werde ich weitere Alphawachen aufstellen, um sicherzustellen, dass sie in keinerlei Gefahr schwebt.

Wenn ihr jemals etwas zustoßen sollte ...

Ich kann diesen Gedanken nicht einmal zu Ende denken.

Ich gehe im Zimmer auf und ab, als es an der Tür klopft. Ich drehe mich im Kreis und versuche, mir über die Situation klar zu werden und werde langsam verrückt. Das Ulfarri-Kingsize-Bett und all die süßen kleinen Kissen rufen nach mir, aber ich widerstehe.

Ein Teil von mir wünscht sich, wir hätten die Höhle nie verlassen.

„Meine Königin?", ruft Sian und streckt ihren Kopf herein. „Du hast nach mir geschickt?"

„Komm rein." Ich lasse mich in einen Stuhl sinken. Hunter hat mir zugehört und Sian für mich gefunden. Vielleicht ist er zu mehr fähig, als mich zu vögeln und zu knurren.

Sians Blick ist voller Sorge, als sie meine geschwollenen, vom Weinen geröteten Augen sieht. „Wie geht es dir?"

„Mir geht's gut." Ich drücke ein Kissen an mich.

„Das sagen die Leute meistens, wenn es nicht so ist." Als sie sich zu mir beugt, um mich zu umarmen, breche ich fast wieder zusammen. Ich lasse das Kissen los und umarme sie zurück.

„Alles ist so beschissen", flüstere ich. „Und Hunter und ich ..." Ich kneife die Augen zu.

„Der König verehrt dich", sagt Sian, lässt mich los und setzt sich neben mich auf einen Stuhl.

Selbst als mein Verstand sie als Lügnerin bezeichnet, durchflutet eine lächerliche Welle der Hoffnung mein Herz. „Wie kannst du dir da so sicher sein? Warst du vorhin im Publikum?" Ich habe sie dort nicht gesehen, aber meine Aufmerksamkeit lag auch tatsächlich woanders.

„Ich war da."

„Ich weiß nicht, was ich tun soll. Sie halten mich für Hab und Gut, das sie ohne Rücksicht auf meine verdammten Gefühle herumreichen ..." Meine Stimme wird lauter, aber das ist mir egal. „Hunter ist keine Hilfe. Seine Ratsherren tun so, als wäre er ein großes Kind - und dann zertrümmert er die Kugel und macht alles noch schlimmer!" *Und er hat mich nicht einmal angesehen.*

„Es wird alles gut."

„Du hast leicht reden. Keiner verlangt, dass du dem Steinkönig geopfert wirst." Ich erschaudere, und sie reicht mir eines der Felle. Dankbar lege ich ihn mir um die Schultern.

„Du wirst nicht an den Steinkönig übergeben ... "

Ich blende sie aus und vergrabe mich im weichen Fell. Es riecht nach Hunter und dem Wald.

Im Wald war alles einfacher. Schade, dass wir nicht dortbleiben konnten. Vielleicht könnte ich fliehen ... woanders hingehen, irgendwie. Einen Weg finden, zu einem der anderen Menschen zu gelangen.

Der Gedanke, Hunter zu verlassen, schmerzt wie ein Dolch in meinem Bauch, aber ich schiebe die Pein beiseite. Er würde darüber hinwegkommen. Manchmal scheint es, als wolle er mich nur wegen meines Körpers.

„Meine Königin?" Sian sitzt mit in ihrem Schoß gefalteten Händen da und wartet, dass ich ihr wieder meine Aufmerksamkeit schenke. „Wie kommst du darauf, dass wir diesen schrecklichen König besänftigen könnten?"

„Du hast die Ratsherren gehört ... "

„Aber du hast den König nicht gesehen, verzeih mir. Ich habe genau sein Gesicht beobachtet." Sie lacht leise. „Du standst neben ihm. Ich war in der Menge - womöglich konnte ich so seinen Gesichtsausdruck besser erkennen?" Sie fragt so, als hätte sie Angst, mich zu kränken. Nach ihren anklagenden Fragen bei unserem letzten Gespräch hat sie sich offenbar beruhigt. Vielleicht hatte sie mich nur ausquetschen wollen, weil sie sich irgendwie verantwortlich für König McGrüngesicht hält. „Ich habe seine Miene gesehen", fährt sie sanft fort. „Am Anfang zwang er sich, ruhig zu bleiben, weil er den Steinkönig am liebsten umgebracht hätte, weil der es gewagt hat, so etwas überhaupt vorzuschlagen."

„Meinst du?" Ich drücke drei Finger auf meine Brust, wo sich ein schmerzhaftes Pochen festgesetzt hat.

„Der König wird dich niemals gehen lassen", betont Sian.

„Ich weiß nicht, was ich hier mache", vertraue ich ihr an. „Ich habe niemanden, mit dem ich reden kann, außer dir. Hunter - er will nicht mit mir sprechen oder in irgendeiner Weise kommunizieren. Ich weiß, dass es schwer für ihn ist, aber ..." Ich schließe meine Augen. „Ich habe mir das nicht ausgesucht. Vielleicht sollte ich gehen, dann wird alles gut."

Sian setzt sich aufrechter hin. „Das würde der König niemals erlauben."

Ich reibe mir die Brust. Der anschwellende Druck unter meinen Rippen hat zugenommen, mein Magen dreht sich. „Ich könnte mich wegschleichen und verstecken."

„Er ist der Jägerkönig. Er würde dich finden."

„Ja, das würde er." Der Druck in meiner Brust lässt nach. *Hunter würde mich nie gehen lassen.* Ist es bescheuert, dass ich erleichtert bin? Ich reibe mir über das Gesicht. „Was zum Teufel soll ich nur tun?"

Sian will gerade etwas erwidern, als die Tür auffliegt und Mikkan hereinstürmt. Seine Augen sind wild, und er streicht sich zwanghaft über den Bart. Er wird von zwei Wachen flankiert, die ich nicht erkenne.

Sian springt auf. „Was hat das zu bedeuten?"

Mikkan zeigt auf mich. „Ergreift sie."

Ich springe auf, doch es ist zu spät - die Wächter packen mich, einer an jedem Arm, und zerren mich unter dem Fell hervor. Ich wehre mich mit aller Kraft und versuche, sie abzuschütteln. Es sind zwar Betas, aber sie sind immer noch viel stärker als ich.

„Lass sie los!" Sian tritt vor mich, Mikkan winkt jedoch nur mit der Hand, und sie hält inne. Ihre Augen werden seltsam unscharf. Ist da irgendeine Art von Magie im Spiel? Es gibt immerhin Magie auf diesem Planeten: Was Hunter mit den Ranken gemacht hat, war Beweis genug dafür.

„Wenn der König davon erfährt ... ", beginne ich, doch ich werde von einem ohrenbetäubenden Knirschen unterbrochen, gefolgt von einem Zischen, das mir das Blut in den Adern gefrieren lässt. Es ist wie das Geräusch, das der Slythiner im Wald machte, nur eine Million Mal lauter.

Eine riesige Schlange - mindestens fünfmal so groß wie die, der wir zuvor begegnet sind - ist durch die Fensterwand gebrochen.

Die verdammten Fenster!

Das Wesen fixiert mich mit einem kalten, berechnenden Auge. Seine Schuppen sind gespenstisch blass und ein riesiger Fangzahn glitzert in seinem Maul.

Ein Fangzahn, der zufällig genau die gleiche Größe hat wie der, der im Thronsaal angebracht ist. Es tropft kein Gift - ein kleiner Trost -, aber er ist größer als ich.

Ist das die Schlange, gegen die Hunter vor so langer Zeit gekämpft hat? Ist sie noch am Leben?

„Sperrt sie in den Käfig!", bellt der Stadtrat. „Er wird jeden Moment zurückkommen!"

„Und was glaubst du, wird der König mit dir machen, wenn er zurückkommt und mich nicht mehr vorfindet?" Ich erobere meine Stimme zurück. Die Wachen zerren mich zu der zischenden, spuckenden Kreatur. Meine Schuhe kratzen über den Boden, knirschen auf dem zerbrochenen Glas. „Er wird dich töten, bevor du blinzeln kannst!"

„Er wird nicht wissen, dass ich es war." Mikkan fasst sich an den Bart. „Hältst du mich für so dumm?"

„Sieht ganz so aus", murmele ich und schreie auf, als eine der Wachen mich loslässt, um die Tür zu einem Metall-käfig zu öffnen, der um den Hals der Schlange befestigt ist.

Passiert das hier gerade wirklich?

Die Scharniere des Käfigs knarren so sehr, dass meine Ohren wehtun. Er ist mit einer Art weißem, abblätterndem Zeug beschichtet, das nach Schimmel stinkt.

Warum, oh warum habe ich Hunter weggeschickt? Das Band zwickt in meiner Brust. Ich taste es ab und versuche, mit ihm zu kommunizieren. *Bitte komm*, flehe ich leise und verzweifelt. *Bitte komm und rette mich.*

Ich erhalte keine Antwort. Alles, was ich fühle, ist Panik.

„Warum tust du das?", rufe ich, als die Wachen mich in den Käfig schieben. Die Gitterstäbe sind kalt und schleimig an meinen nackten Beinen. Ich habe immer noch die verdammte kurze Tunika an. Ich zittere heftig, zwinge mich aber, das Gespräch aufrechtzuerhalten. Vielleicht kann ich dieses Arschloch noch zum Einlenken bewegen. „Der König erwägt, mich auszuliefern."

Der bärtige Ratsherr bricht in ein kurzes, unangenehmes Gelächter aus. „Tut er nicht! Er hat dich beansprucht. Er ist ein Alpha. Du bist seine Omega. Er würde für dich sterben. Er würde das Königreich niederbrennen, bevor er dich aufgibt. Ich hingegen muss an die Bedürfnisse von Arboron denken. An das Volk der Arborii."

„Der *König* denkt an die Bedürfnisse seines Volkes! Hat er es nicht schon einmal gerettet?" Erst Sian, jetzt dieser Kerl. Beide scheinen todsicher zu sein, dass Hunter mich niemals wegschicken würde.

„Das war, bevor er eine Gefährtin hatte. Du verstehst unsere Welt nicht. Aber der Steinkönig hat dich gefordert - er ist derjenige, der dich überhaupt erst nach Ulfaria geholt hat - und du gehörst rechtmäßig ihm. Gute Reise."

„Fick dich!", schreie ich aus vollem Halse, als die Schlange beginnt, ihren massigen Kopf aus der Fensterbank zu ziehen und noch mehr der zerklüfteten Glasscherben am Rahmen zu zerschmettern. Ich bin froh über den Käfig, sonst wäre ich in Stücke gerissen worden. „SIAN! Verdammt, *wach auf!*"

„Sie kann dich nicht hören", spottet der Oberste Ratsherr. „Mach dir keine Sorgen. Sie wird aufwachen, sobald du sicher weg bist. Und sie wird sich nicht mehr an dieses Ereignis erinnern - oder an ein Gespräch, das ihr vorher geführt habt ... "

Seine Stimme verstummt, als die Schlange sich herumdreht und davonschlittert, während ich in dem kalten, weißrostigen Käfig, der um ihren Hals hängt, herumgeschleudert werde.

Sie bewegt sich mit unglaublicher Geschwindigkeit durch die Dunkelheit. Die Szenerie verschwimmt, während sie hurtig dahingleitet. Eine ferne Erinnerung erscheint vor meinem geistigen Auge. Ein ... Karussell. Verschnörkelte, hübsch geschnitzte Pferde auf langen Stangen, die auf und ab wippen und sich gleichzeitig drehen, immer schneller und schneller ... während die Landschaft im Hintergrund zu einer ununterscheidbaren Unschärfe verblasste.

Das Adrenalin ebbt ein wenig ab, und ich beginne, unkontrolliert zu zittern. Aber im Moment kann ich nichts tun. Die Tür des Käfigs ist fest verschlossen, und bis wir an unser Ziel kommen, sitze ich hier fest. Also stöbere ich weiter in meinem Gehirn, denke nach und versuche, mich an irgendetwas aus meiner Vergangenheit zu erinnern, bevor ich im Wald aufgewacht bin. Die Erinnerung an das Karussell war lebhaft, sie fühlte sich wie etwas an, das ich tatsächlich erlebt habe und nicht wie etwas, das ich mir einbilde. Also setze ich dort an, tauche wieder ein, schließe die Augen und versuche, die Menschen um mich herum zu sehen.

Nichts.

Tränen laufen mir über die Wangen, aber ich habe nicht einmal die Kraft, sie mir aus dem Gesicht zu wischen. Stattdessen schiebe ich meine Hände in die Taschen der Tunika und ziehe dann mit einem Schrei meine rechte heraus. Ein Blutstropfen glänzt an meinem Finger. Ich habe mich gerade geschnitten ... nur woran? Ich greife viel, viel vorsichtiger hinein und hole dieselbe Schneeflockenwaffe mit Klingen heraus, mit der Hunter dieses Tier zu Fall gebracht hat.

Wenn ich daran denke, wie er mir gezeigt hat, wie ich

sie halten soll, tut es weh. Bedächtig schiebe ich sie zurück in meine Tasche - das Ding ist ein Risiko, auch wenn ich nicht gerade in einem Käfig herumgeschleudert werde. Gott weiß, warum es da ist, aber es tröstet mich wenig. Es ist ja nicht so, dass ich wüsste, wie man das Ding benutzt.

Ich wünschte, ich hätte besser aufgepasst. Ich wünschte, ich hätte es mir von ihm zeigen lassen.

Aber jetzt ist es zu spät.

Diese ganze Situation ist einfach hoffnungslos. Und es gibt absolut nichts, was ich dagegen tun kann.

DER KÖNIG *der Jagd*

DIE PANIK ERREICHTE mich zu spät. Als Haleys stummer Hilferuf durch unser Seelenband vibrierte, als ich gewissermaßen von der Trinkhalle zu meinen Gemächern flog, als hätten meine Füße Flügel, war sie schon weg.

Ich nehme alles mit einem einzigen Blick auf: die zerbrochene Fensterwand, die umgestürzten Möbel, das kaputte Glas - und Sian. Sie sieht benommen aus.

Ich knurre.

Brokk schlittert hinter mir in den Raum. „Was ist passiert?"

Die Beta schüttelt den Kopf und blinzelt. „Ich weiß es nicht."

„Wo ist sie?"

Als Sian nicht antwortet, stapfe ich zu ihr und schüttle sie heftig an den Schultern und stoße ein Brüllen aus. Ich kann die Angst in den Augen der Beta erkennen, doch ihre Antwort bleibt die gleiche.

„Ich erinnere mich nicht!"

„Hör auf! Lass sie los!" Brokks Hand auf meinem Arm genügt, um mich dazu zu bringen, Sian loszulassen.

Ein saurer, schimmliger Geruch erfüllt die Luft und verdrängt Haleys süßen Duft.

„Steinkönig", knurre ich. Er hat sie. Ich werde ihn töten.

„Der Steinkönig?", fragt Brokk.

Ich nicke. Ich weiß es tief in meiner Seele.

„Wir haben keine Beweise. Er sagte, er würde uns bis morgen Zeit geben ... "

Ich wende mich an meinen Stellvertreter, und Brokk hebt die Hände. „Er lügt."

Sian reibt sich die Stirn. „Wir waren hier. Haben geredet. Dann ... nein, mein Geist ist leer. Mir ist schwindlig." Sie setzt sich schwer auf einen Stuhl.

Ich bin mir jedes einzelnen Staubkorns in der Luft sehr bewusst. Das Flüstern einer Brise auf meiner Haut. Das Zwitschern der Nachtvögel in der Ferne. Der Geruch meiner Gefährtin bleibt - schwach, aber ich kann ihn immer noch auf meiner Zunge schmecken wie Honig. Ich balle die Fäuste und stöhne auf.

„Wir werden sie finden", bekräftigt Brokk. „Er wird ihr nichts antun, wenn er sie als ..." Er unterbricht sich selbst mitten im Satz, doch es ist zu spät. In meinem Kopf habe ich ihn bereits beendet.

Wenn er sie als seine Gefährtin will.

Der Gedanke daran bringt mich zum Brüllen.

Ich bin bereits bei der Truhe, in der ich meine Waffen aufbewahre, werfe mir einen Bogen über die Schulter und lege verschiedene Klingen an meinen Gürtel. Als ich ein Inxi in die Hand nehme, kommt mir plötzlich ein Gedanke. Ich habe versucht, Haley beizubringen, wie man so ein Ding wirft - eine mehrschneidige, handtellergroße Waffe.

Es hat ihr keinen Spaß gemacht, und sie war nicht in der Lage, die Waffe zu werfen, als ich es ihr zeigen wollte.

Ich hätte mich mehr bemühen müssen, eine Verbindung zu ihr herzustellen. Ich hätte die Worte finden müssen, um es zu erklären. *Um Ulfs willen, bitte lass sie in Sicherheit sein.*

„Eure Majestät." Eine andere Stimme unterbricht meine Gedanken.

Ich drehe mich um und sehe meinen Obersten Ratsherr Mikkan. Er ringt mit den Händen.

„Ist alles in Ordnung?", stammelt er.

Ich knurre ihn an und nehme meine Tätigkeit wieder auf, schnappe mir ein Fell und werfe es mir über die Schultern. Wenn ich meine Omega rette - nicht falls, sondern *wenn* - könnte *ihr* kalt sein.

„Die Königin ist verschwunden", teilt Brokk ihm mit. „Ich vermute, du hast nichts gehört?"

„N-nein, natürlich nicht."

Irgendetwas am Tonfall des Ratsherren ist falsch. Ich schaue ihn an. Er streicht sich nicht über den Bart. Stattdessen presst er die Hände zusammen. Er weigert sich, meinen Blick zu erwidern. Er verbirgt etwas. Ich begegne Brokks Blick und nicke ihm auf seine stumme Frage hin fast unmerklich zu.

Eine meiner „magischen" Fähigkeiten ist es, meine Gedanken an andere Wesen zu senden und zu spüren, was sie denken. Normalerweise beschränke ich diese Fähigkeit auf die wilde Natur - Lianen und Bäume und einige Tiere wie den Tyrlees - doch wenn ich mich konzentriere, kann ich das auch mit anderen Ulfarri tun. Mein Kopf schmerzt dabei, und es fühlt sich wie ein Eingriff in die Privatsphäre an, also mache ich es nicht oft.

Aber jetzt tue ich es.

Brokks Augen weiten sich verständnisvoll. Er blickt zu Mikkan, dann wieder zu mir und zieht die Augenbrauen hoch.

Ich schüttle den Kopf. *Nein, nehmt ihn noch nicht mit. Doch wir werden ihn beobachten.*

Brokk nickt.

Als ich mich umschaue, stelle ich verärgert fest, dass kein einziger Diener in Sicht ist. Ich hatte gehofft, jemanden zu rufen, der Sian etwas zu trinken bringt. Sie wirkt verängstigt. Ich glaube ihr, dass sie nicht weiß, was passiert ist. Wahrscheinlich wurde sie verzaubert, und der Steinkönig benutzt Magie. Gerüchten zufolge sieht er deshalb so aus, als wäre er schon hundert Jahre tot, weil er einen Zauber gesprochen hat, um sein eigenes Leben zu verlängern. Die Abscheu schmeckt bitter auf meiner Zunge.

Nachdem ich alles zusammengetragen habe, was ich brauchen könnte, wende ich mich an Brokk. „Gehst du?", fragt er.

Ich nicke. „Kommst du mit?"

Er sieht zu Sian und dann wieder zu mir. „Ja, Mikkan, kümmere dich darum, dass Sian versorgt wird und etwas zu trinken bekommt", weist er an.

„Ja, natürlich. Aber darf ich fragen, wohin ihr geht?" Die Sorge ist in das blassblaue Gesicht des Ratsherren eingebrannt. Er ringt immer noch mit den Händen.

„Die Königin retten", antwortet Brokk.

Ich habe es eilig, zu verschwinden, und nehme mir trotzdem einen Augenblick Zeit, um Mikkans Reaktion zu beobachten. Genau wie ich dachte. Er wird noch blasser, und ich merke, dass er Widerworte geben will - aber was könnte er sagen, ohne sich zu verraten?

Ich werde mich nach meiner Rückkehr um ihn kümmern. Im Moment steht Haley an erster Stelle.

Ich werde sie finden, dem Steinkönig den Kopf abreißen, und dann werde ich meine Gefährtin nie wieder gehen lassen.

Stundenlang sitze ich in dem übelriechenden Käfig, die Finger um die Gitterstäbe geschlungen, um mich aufrecht zu halten. Die Schlange gleitet erst durch den Wald, dann durch eine mondbeschienene Wüste. Ich döse immer wieder ein, bin dennoch erschöpft, als wir an unserem Ziel ankommen: einer riesigen, unheimlichen Festung. Bröckelnde weiße Steine bilden ein gotisches Bauwerk mit hohen, verdrehten Türmchen. Die Schlange steuert direkt auf den am weitesten entfernten Turm zu und passt problemlos durch das klaffende, leere Loch, an dessen Stelle sich früher ein Fenster befand.

Staub wirbelt auf, als die Schlange in einen großen, düsteren Raum schlüpft. Grauweißer Schimmel bedeckt die Steinwände und blättert von der Decke ab. Kleine Käfer krabbeln an den Wänden entlang und verschwinden in Ritzen im Boden. Der Raum stinkt. Ich kippe um, huste und halte mir Nase und Mund mit der Hand zu.

Die Schlange hält in der Mitte des Raumes inne, rollt sich dann zusammen und bewegt sich nicht. Als ob sie auf etwas warten würde. Hier gibt es nichts außer einem

Haufen alter, staubiger Möbel, kalten, gepflasterten Boden, ein paar der leuchtenden Kugeln, die Hunter in seinem Palast hat - aber nicht annähernd genug, um vernünftiges Licht zu spenden - und, zu meinem Entsetzen, eine große, vermummte Gestalt, die auf einem Podest vor einem schmutzigen Thron steht.

Die Gestalt bewegt sich und gleitet auf mich zu. Ich ziehe mich in meinem Käfig zurück und drücke mich gegen die schleimigen Gitterstäbe. Grausiger Schrecken kriecht mir den Rücken hinauf, als die riesige, schattenhafte Kreatur näher kommt, bis sie genau vor mir steht.

„Endlich. Meine Omega", zischt das Wesen, und ich beiße mir auf die Lippe. Meine Befürchtungen haben sich bestätigt. Es ist der Steinkönig.

„Ich gehöre *dir* nicht", sage ich, hebe mein Kinn und starre direkt auf die Stelle, an der ich sein Gesicht vermute, das unter dem Schatten der Kapuze verborgen ist. „Ich wurde vom Jägerkönig beansprucht."

Der Steinkönig stößt wieder dieses seltsame, keuchende Lachen aus, das er beim letzten Mal schon vernehmen ließ. „Keine Sssorge. Wenn ich seinen Biss zu hässlich finde, kann ich ihn herausssschneiden." Die Kapuze bewegt sich ein wenig nach hinten, als würde er nach oben schauen und dann höre ich ihn tief einatmen. „Du bist zurzeit nicht im Össstrusss?"

Igitt. Instinktiv schlage ich meine Beine übereinander. „Lasst mich hier raus", befehle ich in demselben herrischen Ton, den ich schon in Arboron versucht habe.

„Schade", fährt er fort, „ich hatte mich auf die Brunft gefreut. Aber egal. Esss gibt Tränke, die ihn aussssslössssen." Ein knirschendes Geräusch ertönt, das in meinen Ohren schmerzt, als er mit seinen langen, spitzen Fingern am

Verschluss der Käfigtür herumfummelt, dann öffnet sich die Tür knarrend.

Jetzt, da ich mein Gefängnis verlassen könnte, bin ich mir nicht sicher, ob ich das will.

„Komm jetzt", sagt er, als er merkt, dass ich nicht rauskommen werde. „Du wirsssst freundlich behandelt werden. Du bissst meine neue Königin."

„Bin ich nicht", murmle ich, aber ich klettere trotzdem aus dem Käfig. Wenn ich da raus bin, kann ich wenigstens rennen.

„Geh! Mach dich auf den Weg insss Waldreich und töte alle Arborii, die du finden kannst!", wendet sich der Steinkönig an die riesige Schlange. „Vor allem den König."

Mir läuft es kalt den Rücken herunter. „Das kannst du nicht machen!"

Der Slythiner dreht sich um und kriecht zum Fenster. Wie betäubt beobachte ich ihn, bis er verschwunden ist. Mein Magen fühlt sich an, als hätte jemand Beton hineingegossen und eine eisige Faust drückt mein Herz zusammen. In meinen Ohren dröhnt es und es dauert einen Moment, bis ich das zischende Keuchen höre, das das Lachen des elenden Königs darstellt.

Bitte, Gott, bete ich, während ich mich zwinge, dem Steinkönig ins Gesicht zu sehen, *bitte lass Hunter und seine Leute unverletzt bleiben. Ich bitte dich.* Gott sei Dank ist der Jägerkönig ein guter Kämpfer. Er hat die Slythiner schon besiegt. Erst vor kurzem hat er mich vor einem gerettet. Der war allerdings viel kleiner.

Als er das letzte Mal mit dieser ganz speziellen Schlange konfrontiert wurde, überlebte die Kreatur - auch wenn sie einen Fangzahn verlor.

Oh Gott. Ich atme tief durch und schiebe diese Gedanken beiseite. Ich kann im Moment nichts tun, um

Hunter zu helfen. Ich muss mich auf das konzentrieren, was ich tun kann.

„Hmmm." Die Kapuze ist jetzt zu einer Seite gerutscht, und ich weiß, dass Gruselbert McFinsterfratze mich genau mustert. Igitt, igitt, igitt. „Nicht so schlank, wie ich esss mir vorgestellt habe. Nicht ssso zierlich wie die andere. Ein bisschen ... stämmiger. Aber nichtssssdestotrotz gefällig. Dein Duft macht meine Rute hart."

Galle steigt in meiner Kehle auf, und ich schlucke dagegen an. Ich muss bei klarem Verstand bleiben. Sowohl Sian als auch Mikkan haben gesagt, dass Hunter mich niemals freiwillig gehen lassen würde. Vielleicht ist er schon auf dem Weg, um mich zu retten. Und selbst wenn nicht, kann ich noch irgendwo hin flüchten, falls ich hier rauskomme. Nein, korrigiere ich mich entschieden, nicht falls, sondern *wenn*. Andererseits, sollte ich in Panik geraten und damit Gruselbert wütend machen, könnte er mich verletzen. Ich muss so lange wie möglich mitspielen, bis ich mich zurechtgefunden habe und einen Fluchtweg entdecke.

Als Klauenfritz McWiderwärtig also die Pfote ausstreckt und den nackten Teil meines Oberschenkels streichelt, der unter dem Saum der Tunika hervorblitzt, balle ich die Fäuste und zwinge mich, seine Berührung zu akzeptieren. Er begutachtet mich, wie jemand, der gerade ein Pferd gekauft hat. Ein fauliger Geruch strömt mir entgegen. Ich möchte schreien und wegrennen. Doch im Moment kann ich ihn nur über mich ergehen lassen.

Es ist so anders als Hunters Berührung - wie Tag und Nacht. Ich möchte in mich zusammenschrumpfen, ich zwinge mich jedoch, ruhig zu bleiben.

Werde ich Hunter jemals wiedersehen? Seine Hände auf meinem Körper spüren?

McWiderwärtig spricht wieder und unterbricht so meine Gedanken. „So weichesss Fleisch. Fühlen sich alle Omegas ssso ... weich an, frage ich mich? Diala schon, aber dann ... "

„Wer?" Ich ahne, dass es einen Ausweg gibt: Er muss weiterreden.

„Die letzte Omega-Königin von Arboron." Er spottet ein wenig verächtlich. „Sssie war eine Schönheit. Bissss ... "

„Bis du mich ruiniert hast", sagt eine weibliche Stimme. Ein zerlumpter Stapel Decken in der Ecke bewegt sich, und eine Kapuzengestalt erhebt sich aus dem Dreck. Ein zarter Jasminduft durchdringt den Schimmel. „Diala?", frage ich.

„Höchstpersönlich." Sie klingt müde, aber ihre Körperhaltung ist gerade.

„Warum versteckst du dich dort?", zischt der Steinkönig.

„Ich habe mich nicht versteckt. Ich kam hierher, um Licht zu finden. Wärme. Dies ist der einzige Teil des Palastes, den du beleuchtest."

Mein Gott, ich kann mir kaum vorstellen, wie dunkel der Rest dieses Ortes sein muss.

„Hüte deine Zunge", knurrt McFinsterfratze. Er bewegt seine langen Finger mit den groben Nägeln. Kann er zaubern, wie Mikkan es konnte?

Ich muss von hier verschwinden.

Die Omega-Königin taumelt vorwärts und bringt den frischen Jasminduft mit sich. Diala ist größer als ich, aber kleiner als Sian. Während die Männchen hier im Durchschnitt leicht über zwei Meter werden, sind die Frauen kleiner. Diese hier ist die kleinste, die ich bisher getroffen habe - näher an meiner Größe als an der von Sian. Sie zieht ihre Kapuze herunter. Ihre Haut ist zartrosa und ihr Haar, ihre Markierungen und ihre Wimpern haben das tiefe

Karminrot einer roten Rose. Sie trägt ein zerrissenes und zerfleddertes Gewand, ist mit Staub und Schmutz bedeckt und ihr Haar sieht aus, als hätte es seit einem Jahrhundert keinen Kamm mehr gesehen. Aber trotzdem ist sie atemberaubend schön.

„Du bist so jung!", platze ich heraus. „Wie kann das sein?" Immerhin hat mir Sian erzählt, dass sie vor Jahrzehnten vom Steinkönig verwundet und entführt wurde. Sie scheint nicht einen Tag älter als dreißig.

Diala späht mit ihrem violetten Blick zu dem Gruselbert McFinsterfratze hinüber und ihre Lippen verziehen sich seltsam. „Soll ich es ihr erzählen, Eure Majestät? Wie ich verwundet wurde, als du meinen Gefährten ermordet hast und gekommen bist, um mich zu stehlen? Wie du Magie benutzt hast, um mich in der Zeit auszusetzen, bis du ein Heilmittel finden konntest? Was geschah, als du ein Heilmittel gefunden hast und erschienen bist, um mich zu wecken?" Ihre Stimme ist brüchig, aber sie wird immer lauter. Der Schmerz in ihr ist so offensichtlich, dass sich mein Inneres verdreht.

„Ich hätte dich töten ssssollen", knurrt der Steinkönig. „Was bissst du doch für eine erbärmliche Kreatur, die in den Schatten herumschleicht und ssssich immer einmischt ..."

„Das hättest du besser! Warum hast du es nicht getan?" Sie hebt ihr Kinn.

Sie ist verdammt mutig, aber ich zucke zusammen. Sie provoziert ihn mit Absicht. Nur warum?

„Weil du essss wolltest", schnauzt er. „Wessshalb sssollte ich dich belohnen, wenn du mir nicht gibssst, wasss ich brauche? Außerdem wusste ich, dass ich eine Omega von einem anderen Planeten beschaffen würde. Ich dachte, ssssie bräuchte vielleicht ... Anleitung."

Meint er das tatsächlich ernst? „Was soll sie mir beibringen?", frage ich, bevor ich mich zurückhalten kann.

„Wie man eine gute Omega ist. Eine gute Königin. Diesssse hier war ssssehr beliebt, ehe sie in Ungnade fiel."

„In Ungnade fiel?" Dialas schlanker Körper zittert wie ein Schilfrohr im Wind. „Du bist ein Ungeheuer! Ein krankes, verdammtes Ungeheuer!"

Noch mehr ekelhaftes, keuchendes Gelächter von dem vermummten Widerling ertönt. „Ich gebe zu, dass ich nicht beabsichtigt hatte, dass meine lebensssssverlängernden Zaubersprüche diesssse unbeabsichtigten Folgen haben ssssollten." Er deutet auf den Schatten, in dem sein Gesicht liegen müsste. „Aber ich bin immer noch ein Alpha. Ich habe immer noch Begierden. Und ich kann immer noch Nachkommen zeugen. Allessss, was ich brauche, ist eine funktionierende Omega."

„Niemals", sage ich. „Ich werde mich dir niemals hingeben." Schimmeliger Staub regnet von der Decke herab, als meine Stimme daran abprallt. „Ich werde nie deine Gefährtin sein!" So viel dazu, ruhig und vernünftig zu bleiben.

„So wie es Tränke gibt, die den Össstrus hervorrufen, gibt es auch Magie, die dich ... williger macht", fährt der Steinkönig unbeirrt fort. Mein Trotz scheint ihn kein bisschen zu kümmern. Er ist es gewohnt, von potenziellen Partnerinnen abgewiesen zu werden. Ich lasse meine Hand - sehr vorsichtig - in meine Tasche gleiten.

„Ist das so?", fragt Diala mit einer hochgezogenen Augenbraue. Da hat sie recht. Wenn es einen Zaubertrank gäbe, hätte er ihn bei ihr benutzt. Wieder einmal bin ich von ihrem Mut beeindruckt. Atemberaubend schön und verdammt mutig: Sie muss eine erstaunliche Königin gewesen sein.

„Das mit deinem Gefährten tut mir sehr leid“, teile ich ihr mit. Offensichtlich bin ich gut darin, das Falsche zur genau falschen Zeit zu sagen.

Ihr Gesicht verzieht sich, und ich verfluche mich dafür, es erwähnt zu haben. „Er war alles für mich. Ohne ihn hat das Leben keinen Sinn. *Töte mich ...*“ Sie flüstert die letzten beiden Worte so leise, dass ich nicht sicher bin, ob ich sie gehört habe.

„Was?“, stottere ich.

Sie wiederholt es nicht, aber ihre tränenüberströmten Augen, die auf meine gerichtet sind, drücken alles aus.

Der Gedanke, dass jemand so verzweifelt sein könnte, tut mir im Herzen weh. Andererseits, wenn ich mich in ihre Lage versetze, kann ich genau verstehen, warum sie unbedingt will.

Verdammt, ich stecke bald in denselben Schuhen, und ich fühle genauso. Nur, dass ich nicht sterben will. Ich will ...

„Genug von diesem Melodrama! Diala, verschwinde - oder lass essss, es ist mir egal. Ich muss mich um meine neue Omega kümmern. Geh mir einfach aussss dem Weg.“ Die schleimigen Töne von McFinsterfratze unterbrechen meine Gedanken. „Wenn du dasss immer noch willst, dann kümmere ich mich sssspäter um dich. Ich würde mich freuen, wenn ich ...“ Seine Worte werden durch abrupt durch ein Gurgeln unterbrochen. Dann hustet er und eine schwärzliche Flüssigkeit schießt aus seiner Kapuze hervor.

„Was hast du getan?“, flüstert Diala.

Mein Herz klopft wie wild. Was *habe* ich getan?

Die hochgewachsene Kapuzengestalt bricht zusammen, bis sie wie ein Gewand aussieht, aus dessen Ärmeln zwei krallenbewehrte, blau geäderte Hände ragen.

„Du hast ihn umgebracht!“, stellt Diala fest.

Ich schnaufe ein wenig ungläubig und reiße meine ausgestreckte Hand zurück. Diala nähert sich der Pfütze und zieht die Kapuze fort, sodass Kopf und Hals des Widerlings zum Vorschein kommen.

Die Schneeflockenwaffe ragt aus seiner Kehle, genau dort, wo sonst sein Adamsapfel sitzt. Aus der Wunde rinnt weißliche Flüssigkeit.

„Habe ich das getan?" Meine Stimme klingt, als käme sie aus weiter Ferne.

„Ja! Ich habe dich beobachtet!"

„Ich kann es nicht glauben." Ich muss in meine Tasche gegriffen, die Waffe gepackt, ohne mich in Stücke zu schneiden, und sie dann - zielgerichtet - auf den Steinkönig geworfen haben. „Wie habe ich das gemacht?"

„Magie?", schlägt sie vor.

Ich verschlucke mich an einem Lachen. Vielleicht bin ich besser im Kämpfen, als ich dachte.

„Du musst gehen." Diala packt mich an den Schultern. „Du musst hier weg." Die Wände beginnen zu wackeln, Käfer und schmieriger Schlamm regnet auf uns nieder.

Ich streiche mir mit den Händen über den Kopf und bürste den Dreck weg. Diala stößt mich in Richtung Tür. Ein entferntes Grollen ertönt, und der Raum erbebt.

„Verschwinde sofort von hier, solange du es noch kannst", beschwört sie mich.

„Was ist mit dir?", rufe ich über das Erdbeben hinweg zurück.

„Diese ganze Burg wurde durch seine Magie erschaffen. Sie wird mit seinem Tod fallen."

Deshalb stinkt es hier drinnen. „Ich gehe nicht ohne dich", sage ich. Ich packe ihren Arm und ziehe sie mit. Verglichen mit ihr bin ich erstaunlich stark. Oder vielleicht ist die Königin, schön und statuenhaft wie sie ist, nicht in bester Verfassung. Was Sinn ergibt, da sie jahrzehntelang mit Mr. Ekelhafter-Schlangenmagier gelebt hat.

„Ich kann nicht", keucht Diala, während ich sie zur Tür zerre. „Er hat einen Fluch auf mich und dieses Land gelegt."

„Er ist tot." Ich ducke mich. Ein neuerliches Rumpeln rüttelt an einem Stein an der Decke. „Du hast überlebt, er nicht. Aber wir müssen weiter."

Hinter uns liegt der Steinkönig mit weit aufgerissenen Augen und starrt in den Tod. Ein unscharfer weißer Film hat ihn bereits überzogen. *Asche zu Asche, Staub zu Staub. Pilz zu Pilz.*

Ich ziehe Diala nach vorne und schiebe sie in den dahinter liegenden Flur. „Ich brauche deine Hilfe, um rauszukommen."

Die Steine knacken unter unseren Füßen. Diala lehnt sich gegen eine Wand. „Ich kann nicht. Ich habe noch nie über diese Burgmauern hinausgesehen."

Hinter uns stürzt die Decke des Thronsaals ein.

„Ich werde nicht ohne dich gehen", brülle ich ihr ins Ohr. „Wenn du willst, dass ich lebe, solltest du besser anfangen zu rennen."

„Warum sollte es mich kümmern, ob du lebst oder stirbst?", schießt sie zurück, aber sie lässt sich von mir weiterzerren. Es ist nicht ihre Schuld, dass sie so zickig ist. Ich wäre auch ziemlich sauer, wenn mein Mann durch die Hand unseres Feindes gestorben wäre und der Feind mich jahrzehntelang gefangen gehalten hätte.

Die ganze Halle wackelt. Diala packt mich und schleudert mich aus dem Weg, bevor ein Stein auf die Stelle kracht, an der ich eben noch gestanden habe. Helles Sonnenlicht blitzt durch den Riss im Dach.

Ich zeige darauf. „Es gibt so viel, wofür es sich zu leben lohnt.“

„Nicht für mich. Du schaffst das. Ich kann es nicht.“ Aber sie bewegt sich weiter.

Schutt fällt auf ihr Kleid und hält sie fest und ich helfe ihr, es zu lösen und darunter hervorzuziehen. Wir klettern über schmutzige Steine. Wolken aus modrigem Staub wehen vor uns her.

Diala kämpft jetzt genauso um ihr eigenes Überleben wie ich um das meine. Als wir an eine Gabelung im Gang kommen, ergreift sie meinen Ellbogen und führt mich zur Wand. Sie drückt auf einen abgenutzten, quadratisch geschnittenen Stein und eine Geheimtür öffnet sich, die zu einem Tunnel führt.

„Hier entlang.“ Der Tunnel ist dunkel, aber breit genug, dass wir beide nebeneinander Platz haben. Diala muss ihren Kopf einziehen. „Hier geht es raus aus dem Schloss.“

„Siehst du?“, verdeutliche ich. „Ich könnte das nicht ohne dich schaffen.“

Sie antwortet nicht, doch als ich ihre Hand ergreife, hält sie meine fest und lässt nicht mehr los.

Die Tunnelluft ist sauberer als die des Schlosses. Der Boden bebt noch immer, aber die glatten Erdwände halten stand. Der schimmelige Geruch verschwindet, als die kühle, saubere Luft einströmt. Wir bewegen uns auf einen Ausgang zu. Der Tunnel wird breiter und gibt uns mehr köstliche frische Luft frei. Ich sauge einen Lungenzug nach dem anderen ein.

Wir kommen aus dem Tunnel heraus und laufen Hand in Hand ins Licht.

Wir halten erst an, als wir weit von der Burg entfernt sind. Brennende Schmerzen ziehen meine Beine rauf und runter. Meine Hüfte pocht an der Stelle, an der die Türöffnung sie aufgeschürft hat. Diala hat einen dunklen Fleck auf der Stirn, ein blauer Fleck auf ihrer rosa Haut.

Die Burg erhebt sich hinter uns, ihre Türme stechen durch die Wolken. Grauer Smog hängt über dem Land und verwandelt den Himmel in einen Dunst, der die Sonne auslöscht. Mein Fuß stößt gegen einen Stein, und Diala bewahrt mich vor dem Hinfallen. Wir taumeln noch ein paar Schritte und bleiben stehen.

Ich drehe mich um.

„Was nun?", fragt Diala.

Ich halte einen Zeigefinger hoch, meine Lungen sind zu überlastet, um zu antworten.

Die Welt bebt wieder, und wir halten uns gegenseitig fest, um aufrecht zu bleiben.

„Der Steinkönig war ein mächtiger Magier", murmelt Diala. „Dies ist das Ergebnis seines Todesfluchs."

„Dieser Planet ist so seltsam."

Diala beginnt: „Du bist nicht von hier?"

„Nö. Ich bin ein Mensch von einem anderen Planeten. Lange Geschichte. Komm mit!" Ich finde wieder ihre Hand. Ihre Handfläche fühlt sich vertraut an nach unserer langen gemeinsamen Flucht. Sie lässt sich von mir den Hügel hinaufziehen, der eine endlose felsige Ebene überblickt.

Vor uns erstreckt sich eine weiß-graue Wüste. Bis zum dunstigen lavendelfarbenen Himmel gibt es nichts als Schlamm, Sand und Steine. Hier und da durchbrechen Felsbrocken die Monotonie des Sandes, gelegentlich auch ein verdrehter, blattloser Baum.

„Dieser Ort ist eine Einöde." Ich kratze mit dem Fuß über den Boden. Er ist mit demselben weißlich-grauen, flockigen Zeug bedeckt, das auch die Burgmauern überzieht. „Ist das von dem Zauber?"

Diala dreht sich mit hängenden Schultern im Kreis. „Einem davon, ja. Der Steinkönig war mächtig, aber seine Magie verlangte ihren Preis. Er gab dem Land nichts, er nahm nur. Er hat sein Reich in eine Todeslandschaft verwandelt."

„Das ganze Königreich ist so?"

Sie zuckt mit den Schultern.

„Was ist mit den Menschen?" Ich erinnere mich an die Flüchtlinge in Hunters Thronsaal.

„Sie sind geflohen oder gestorben."

Ich wische mir den Mund ab. Er ist staubtrocken. Ich bin außerdem schmutzig, und es gibt kein Wasser. „Wir müssen auch weg."

Es dröhnt wie Donner, und vor uns öffnet sich ein Riss in der Wüste. Diala zerrt mich zurück über die Hügelkuppe. Wir stürzen uns in den Sand hinunter. Hinter uns kracht die Burg in sich zusammen. Schlamm regnet herab. Wir bedecken unsere Köpfe.

„Was ist los?", flüstere ich.

Weißer Staub bedeckt Dialas Wimpern. Sie schüttelt den Kopf. Wir umarmen beide den Boden und lassen uns von der verfluchten Staubwolke überziehen.

Das Erdbeben lässt nach. Ein einzelner Turm des Schlosses bleibt übrig. Ich erhebe mich, aber Diala reißt mich wieder herunter.

Über dem Hügel ertönt ein knirschendes Geräusch, wie Feuerstein auf Feuerstein, hundertfach verstärkt.

In Deckung bleibend kriechen Diala und ich die Anhöhe hinauf. Wir sind mit dem ekligen Staub bedeckt, sodass wir mit dem Boden verschmelzen.

Dieser schimmelige Geruch ist wieder da. Meine Beine verkrampfen sich, und mein Magen rebelliert. Der Anblick ist so ekelhaft. Speichel sammelt sich in meinem Mund, als müsste ich mich übergeben. Ich schlucke hart und recke den Hals, um durch die Felsen zu spähen, hinter denen wir uns verstecken.

Die Erde hat sich aufgetan und Reihen von Statuen hervorgebracht, die mit flockigem Staub bedeckt sind. Sie halten Speere in der Hand, und ihre Beine bewegen sich mit einem Geräusch wie Zähneknirschen. In der Ferne bebt der Boden noch immer und weitere Statuen tauchen auf, die in ordentlicher Formation marschieren. Kolonne um Kolonne, soweit das Auge reicht. Es müssen Tausende von ihnen sein.

„Das habe ich befürchtet", sagt Diala atemlos flüsternd.

„Was ist los?" Ich spreche so leise, dass man es kaum hört.

„Es ist seine Armee. Deshalb nannten sie ihn auch den Steinkönig." Diala klingt so traurig. Ich halte ihre Hand fest, kann aber meinen Blick nicht von den Statuen abwenden. Die Schnitzereien sind detailliert und erstaunlich lebensecht. Eine gruselige Alien-Version der Terrakotta-Krieger des Ersten Kaisers von China.

„Besitzen alle Könige Magie?", murmle ich.

„Manche mehr als andere. Es kommt auf das Land an." Staubige Falten erscheinen auf ihrer Stirn. „Der Steinkönig hat jeden Tag seines langen Lebens damit verbracht, diese Armee aufzubauen und seine Magie zu verstärken."

Und diese Omega gefangen zu halten. Ich drücke ihre Hand. „Wie kommen wir hier raus?"

Etwas funkelt im Augenwinkel von Diala. Eine Träne läuft über ihr staubiges Gesicht und hinterlässt eine rosa Spur. „Das können wir nicht. Bald werden die Krieger marschieren und alles töten, was sich bewegt. Das ist das Ende."

Scheiß drauf. „Ich werde hier nicht sterben."

Diala legt den Kopf schräg. „Du klingst wie mein Gefährte."

Das Licht schwindet, während wir uns auf dem Hügel zusammenkauern. Was können wir tun? Wieder zur Burg hochschleichen? Einen Weg drum herum finden? Uns Flügel wachsen lassen und fliegen?

Ich will gerade meine beste Idee mitteilen, nämlich den Weg, den wir gekommen sind, langsam zurückzukriechen und uns auf höherem Boden neu zu formieren, als Diala meinen Arm packt.

In den fernen Hügeln bewegt sich etwas. Das Blasen eines Horns ertönt.

Die Statuen, die uns nahe sind, stehen still. Die Schwadron, die den Hügeln am nächsten ist, erhebt ihre steinernen Füße und marschiert gemeinsam vorwärts, wobei jeder vervielfachte Schritt wie Steine klingt, die in einem Trockner purzeln.

Eine riesige Schlange schlittert über den Hügel. Ihre Windungen schimmern rosa zwischen den grauen Felsen. Ihr Körper ist mit einer weißlichen, wachsartigen Substanz überzogen, die jedoch abblättert und ganze Flecken mit leuchtend karminroten Schuppen freigibt.

„Slythiner", murmle ich. Das wird ja immer schlimmer. „Okay, wenn das Ding noch näher kommt, rennen wir zurück zum Schloss und suchen uns ein Versteck." Nicht die beste Idee, aber es ist alles, was ich habe.

„Was ist mit den Steinsoldaten?"

„Vielleicht werden sie von der Schlange abgelenkt." Komm schon, ich brauche jetzt etwas Glück.

„Nun gut", sagt Diala. „Wenn wir sterben, sterben wir zusammen."

„Das ist die richtige Einstellung", flüstere ich zurück. „Deine positive Sicht der Dinge inspiriert mich."

Ihr Mund verzieht sich, als ob sie versuchen würde, sich daran zu erinnern, wie man lächelt. Wenigstens ist noch etwas Leben in dieser Königin.

Die Schlange kriecht weiter durch die Wüste. Von unserem Aussichtspunkt wirkt sie wie ein sich windendes rotes Band aus, ein Banner, das sich im Wind wellt. Sie hat fast das erste Regiment erreicht, das unter einer Staubwolke auf sie zumarschiert.

„Okay", sage ich, aber Diala starrt die Schlange an.

„Wer ist das?", fragt sie.

Ich schütze meine Augen vor der Helligkeit, auch wenn das bei dem dunstigen Licht nicht hilft. Die Schuppen der Schlange sind jetzt vollständig rot. Der weiße Belag ist komplett abgeblättert. An ihrem Hals, direkt unter dem keilförmigen Kopf der Schlange, sitzt eine dunkle Gestalt.

„Jemand reitet darauf." Mist, noch ein Soldatentyp?

„Schau." Diala zeigt auf sie. Eine weitere Schlange hat sich über den Hügel gewunden. Sie ist leuchtend orange, wie ein Verkehrskegel. Sie ist riesig, aber nicht so groß wie die rote Schlange. Die orangefarbene Schlange bewegt sich auf einer Flut von etwas vorwärts, das aussieht wie ... grünes Moos? Eine helle, grasfarbene Flut bewegt sich vor ihr und rollt die staubigen Felsen hinunter. Als hätte jemand einen Kunstrasen über den Hügeln ausgerollt. Es geschieht alles auf einmal.

„Was zum ..." Ich vergesse zu flüstern. Zum Glück übertönt ein Knall wie ein Donnerschlag meine Stimme.

Die karmesinrote Schlange hat das erste Regiment der Steinsoldaten erreicht. Die Gestalt auf ihrem Rücken erhebt sich und zwei Töne schallen über die Wüste. Eine Gänsehaut kriecht meine Armen hinauf.

Die Schlange laviert über den Sand, bis hin zu den Steinstatuen ... und sie hält nicht an. Mit einem Krachen, das an den Aufprall von Autos erinnert, schleudert sie ihre riesigen Windungen in die erste Reihe von Kriegern.

Diala und ich unterdrücken beide ein Keuchen.

Die Schlange wirft sich über eine weitere Reihe des Regiments. Steinerne Gliedmaßen fliegen mit schallendem Getöse. Die Schlange rollt sich hin und her und bahnt sich ihren Weg durch die Formation. Die Soldaten stürzen, schlagen sich gegenseitig nieder mit einem Geräusch wie Feuerstein auf Feuerstein.

Die orangefarbene Schlange hat den Fuß des Hügels erreicht. Sie schlängelt sich schneller und folgt dem roten Anführer, wobei sie die noch stehenden Statuen umwirft.

Diala und ich sind jetzt auf den Füßen. Für uns ist es sicher - die Statuen in unserer Nähe haben sich umgedreht, und die ganze Armee marschiert auf die Schlangen zu.

Aber immer mehr Slythiner tauchen über den grünen Hügeln auf. Grün und blau, violett und schwarz, silbern und golden schimmernd - sie schimmern in allen Farben des Regenbogens. Die Reste der wächsernen Substanz, mit der sie überzogen sind, reiben sich ab, wenn sie den Sand erreichen.

Die Anführerschlange ist bei weitem die größte. Ihre Farben sind so leuchtend karminrot wie ein saftiger Granatapfelkern, und auf ihrem Rücken reitet eine Gestalt, ein grüner Punkt auf den intensiv roten Schuppen.

„Hunter", hauche ich. Er reitet den roten Slythiner, seine Hüften halten sich mit Leichtigkeit drauf. Die schlängelnde Kreatur gleitet von Regiment zu Regiment und vernichtet die Soldaten mit jeder ihrer anmutigen Bewegung.

Diala ist erstarrt. „Wer ist das?"

„Das ist der Jägerkönig. Er ist gekommen, um uns zu retten."

„Nein", sagt sie und reißt ihre Hand von meiner weg. „Ich kann nicht gehen."

Sie macht ein paar Schritte, bleibt aber stehen. Sie kann nirgendwo hinlaufen. Und hier kann sie nicht bleiben.

Die verbliebenen Truppen marschieren los, eine üble Staubwolke steigt unter ihren steinernen Stiefeln auf. Das Horn ertönt wieder und wieder, und weitere Slythiner erscheinen und verwandeln die Hügel in eine brodelnde Regenbogenmasse. Die Neuankömmlinge schwärmen über die Wüste aus und erdrücken die einzelnen Schwadronen, sodass keine einzige Statue übrigbleibt.

Die grüne Flut ist ebenfalls fortgeschritten und hat den Sand mit Moos und Gras bedeckt. Hier und da sprießen grün verzweigte Sträucher aus dem Boden. Die purpurnen Falten des Slythin-Anführers schimmern im hellen Gras.

Der orangefarbene Slythiner hat das Regiment, das uns am nächsten ist, zerquetscht. Die Windungen knirschen über die Statuen wie Stiefel, die auf zerbrochenen Tonscherben trampeln. Die Schlange kriecht sich vorwärts. Diala wimmert.

„Omega", ruft jemand. Es ist Brokk, der auf dem Rücken des orangefarbenen Slythiners reitet.

„Ich bin hier", rufe ich zurück.

Die Schlange senkt ihren Kopf, bis ihre juwelenfunkelnden Augen auf gleicher Höhe mit unseren sind. „Du bist es", ruft Brokk und schirmt seine Augen gegen die hellen Sonnenstrahlen ab. Der Dunst hat sich vom Land gelöst. „Bist du verletzt?"

„Mir geht es gut." Wo ist Hunter?, will ich fragen, aber die große karmesinrote Schlange ist weit weg auf der linken Seite und zerstört die Statuen in der Nähe des Horizonts. „Was ist passiert?"

„So etwas habe ich noch nie gesehen. Wir kamen, um

dich zu retten. Die Slythiner haben uns angegriffen, aber Hunter konnte mit ihnen reden. Er erklärte ihnen, sie stünden unter dem Fluch des Steinkönigs."

„Wie hat er es ihnen erklärt?", frage ich.

Brokk zuckt mit den Schultern. „Du kennst ihn. *Fluch. Los*", grunzt er in Nachahmung von Hunter. „Dann hat er mich aufgefordert, ich soll auf diesen großen Kerl steigen." Brokk streichelt den schuppigen Hals. „Indem er kurz gegrunzt und auf mich gezeigt hat. Also habe ich zu Ulf gebetet und bin hochgeklettert. Und da sind wir nun. Die mutigsten Alphas schlossen sich uns an, um die Armee des Steinkönigs zu besiegen. Ich weiß nicht, woher der König das wusste, aber er so ist es."

„Und der Wald dahinter?" Ich zeige auf die Hügel, wo am Rande der ehemaligen Wüste nun Bäume sprießen.

Brokk reckt den Hals zurück. Als er das frisch gesprossene Grünzeug sieht, zuckt er in seinem Sitz zusammen. „Ulf verdammt. So einen Anblick bekommt man nicht jeden Tag."

„Die Magie des Waldkönigs", murmelt Diala. „Seit vielen Jahren hat es keine Aufzeichnungen mehr darüber gegeben."

Brokks Blick schnellt zu Diala. Der Ausdruck in seinen Augen wird weicher, und er legt eine Hand auf sein Herz. „Ich hatte noch nicht das Vergnügen, Euch kennenzulernen, Lady." Seine Stimme ist ein leises Schnurren.

Diala schnieft und schaut weg, doch ich spüre, wie sie ein Zittern durchfährt.

Jenseits unseres Aussichtspunkts greifen belebte Steinstatuen die Slythiner mit ihren Speeren an. Mit genügend Stößen könnten sie einer Schlange den Kopf vom Hals reißen. Aber soweit ich aus den Trümmern der meisten

Regimenter erkennen kann, sind die schuppigen Biester am Gewinnen.

Brokk starrt immer noch auf Diala, die sich weigert, ihn anzuschauen. Die Schuppen der purpurnen Schlange schimmern in meinem Augenwinkel.

„Hey, kannst du uns helfen?", frage ich. „Eine von uns mitnehmen?"

„Nein", keucht Diala und tritt zurück.

Ich ziehe sie zu mir. „Es ist Zeit zu gehen."

„Mit ihm?"

„In der Not frisst der Teufel Fliegen." Ich schiebe sie näher an den Slythiner heran. „Sie wird mit dir reiten."

„Ich kann dich nicht verlassen, *Majesta*", sagt Brokk. Diala bebt erneut.

„Doch, das kannst du." Ich zeige auf Hunter und den größten Slythiner, der sich auf uns zubewegt. „Mein König ist dabei, mich abzuholen."

„Sehr gut. Schnell." Brokk greift nach unten.

„Geh mit ihm." Ich schiebe Diala vor. „Er ist nett, ich verspreche es." Brokk und ich helfen dabei, Diala vor ihm auf dem Hals der Schlange niederzulassen. Sie sieht winzig aus im Vergleich zu dem übermäßig bemuskelten Alpha. Oder vielleicht ist es nur ihr gesenkter Kopf, der sie so klein erscheinen lässt.

Brokk schaut auf sie herab, seine Faszination ist offensichtlich.

„Wir sehen uns dann im Schloss", sage ich.

Diala hebt den Kopf. Ihr Blick ist gequält, aber ihre Haltung ist perfekt. Sie sieht aus wie eine Königin.

Sie *ist* eine Königin. Die Königin des Waldkönigreichs. „Verdammt", flüstere ich. Ich habe vielleicht gerade einen Schraubenschlüssel in die komplizierten Abläufe der Arborii-Regierung geworfen.

Ich reibe mir die Stirn. Wenn Diala regieren will, kann sie meinen Platz einnehmen. Ich bin nicht dazu geschaffen, Königin zu sein.

Hunter führt den roten Slythiner zu mir heran. Diese Schlange ist so monströs groß, dass sie die Schlange, die uns bei unserem Picknick angegriffen hat, wie ein Baby aussehen lässt. Ihr fehlt nicht nur der weiße Schleim auf den Schuppen, sondern es tropft auch kein Gift aus ihren Fangzähnen. Aber sie hat nur einen einzigen Zahn - das ist dieselbe Kreatur, die mich hierhergebracht hat.

Ich schlendere den Hügel hinauf, um ihn zu begrüßen, während meine Stiefel im dicken Moos versinken. Die wogende grüne Grasnarbe bedeckt den Hügel und bewegt sich auf die Burg zu.

„Wie ist das möglich?", flüstere ich. Die Antwort ist ein angenehmes Gewicht in meiner Brust, ein freudiges Anschwellen des Bandes. Hunter ist der Waldkönig. Er ist wirklich eins mit dem Land.

Was bedeutet das für mich?

Ich schwanke, aber ein neu gewachsener Baum erscheint, um mich zu stützen. Ich halte mich an ihm fest, als Hunter näherkommt.

Hunter trägt wie immer Reithosen. Die Muskeln seines Oberkörpers schimmern bronzefarben und grün im Licht der Sonne.

Ich hebe meine Arme zu ihm hoch und er reißt mich nach oben, schwingt mich vor sich her und drückt mich an seine tätowierte Brust. Er stützt mich, während ich auf den glatten, rot glänzenden Schuppen sitze. Seine riesigen Schenkel drücken sich um meine. Sein Moschus umgibt mich und mir läuft das Wasser im Mund zusammen, als hätte ich in eine saftige Frucht gebissen. Benommen lehne ich mich gegen seinen massiven Körper.

Der Slythiner dreht seinen gewundenen Körper und schlängelt auf die Hügel zu, während der Boden ein weiteres Mal rumpelt. Hinter uns bedeckt Moos nun die Trümmerhaufen bis hinauf zur Burg. Der einzige verbliebene Turm sinkt in den Boden ein. Wind weht über die grüne Ebene, und die Gräser rauschen mit einem leisen Geräusch. Vor uns liegt ein Hain von Bäumen. Der Wald hat sich dieses Land zurückerobert. Die Heilung hat begonnen.

Hunter greift mit den Fingern in mein staubiges Haar und zieht mein Gesicht zurück. Aus seiner Brust dröhnt ein Knurren. „Mein."

Ich drehe mich so weit wie möglich, umarme und küsse ihn.

Als wir den Palast erreichen, ist es bereits dunkel. In jeder Feuerstelle auf dem Rasen brennen Lagerfeuer. Der Duft von gewürztem Wein und gebratenem Fleisch schlägt mir entgegen und ich umklammere Hunter, während mein Magen knurrt. Ich brauche ein Bad und eine Mahlzeit. Vielleicht zwei oder drei Runden von beidem.

Die Glocke ertönt, und auf den Stufen des Palastes versammeln sich die Bewohner. Noch mehr Personen drängen zu den Feuern. Die dunklen Gestalten der Arborii weichen aus dem Weg, als die Slythiner direkt auf den Palast zuschlittern.

Brokk reitet auf seiner Schlangenbestie neben uns her. Diala sitzt starr vor ihm, die Hände angespannt vor sich gefaltet.

„Keine Spur von Mikkan und den anderen", ruft er Hunter zu. „Ich habe Wachen geschickt, um sie zu verhaften. Wir werden es dem Volk verkünden und es auffordern, nach den Verrätern Ausschau zu halten."

Hunter grunzt.

Einer der Flüchtlinge aus dem Steinreich rennt auf uns

zu und stellt sich in unseren Weg. Der Jäger verspannt sich um mich und umgreift mich fester, als der Slythiner zurückweicht und kurz darauf anhält. Es ist derselbe Ulfarri, der den Jägerkönig angefleht hatte, seinem Volk zu helfen. Er fällt auf die Knie. „König der Jagd, du hast uns gerettet."

Die Menge bricht in Jubel aus. Ein paar von ihnen haben diese Tröten in die Hand bekommen, und ich muss mir die Ohren zuhalten. Der Sound dröhnt über uns hinweg. Ich drücke mich an Hunter.

Die Menschen schreien und weinen, heben ihre Hände und verbeugen sich. „Jägerkönig! Jägerkönig!", skandieren sie.

Hunter drückt seine Knie zusammen und der Slythiner macht eine sanfte Kurve um den knienden Flüchtling und bewegt sich auf die Palasttreppe zu. Sobald die beiden Slythiner vorbei sind, strömen weitere Menschen auf den Rasen. „Jägerkönig! Der Wilde!"

Hunters Schultern sind starr. Ich drücke meine Hand auf seinen breiten Oberschenkel. Er hasst die Aufmerksamkeit, ich weiß es. Seine Abneigung zeigt sich deutlich in seinem versteiften Körper und unserer Verbindung.

Brokk zieht voran. Sein Grinsen ist breit genug für zwei Alphas. Auf seinem Schoß sitzt Diala mit großen Augen und starrt umher wie ein gejagtes Kaninchen. Es ist das erste Mal seit so vielen Jahren, dass sie ihren Palast sieht.

„Lass mich runter." Ich greife nach Hunters Unterarmen. „Lass mich ihr helfen." Ich kann mich in eine Omega hineinversetzen, die keine Ahnung hat, was los ist oder was aus ihrem Leben geworden ist.

Doch Brokk gleitet hinunter und hebt die erstarrte Königin in seine Arme. „Es ist alles in Ordnung", murmelt er. „Du bist jetzt in Sicherheit."

Diala sieht immer noch benommen aus.

„Haley!" Sian stürzt die Treppe hinunter, überquert den Rasen und verbeugt sich. „Meine Königin."

Ich zappele, bis Hunter mich endlich runterlässt, und renne zu ihr. Ich werfe meine Arme um sie. „Du bist in Sicherheit! Gott sei Dank!"

Sie hat eine gelb-schwarze Beule auf ihrem grünen Kopf, aber ansonsten sieht sie ganz gut aus.

„Geht es dir gut?" Sie fasst mich an den Schultern und schaut mir in die Augen. „Ich habe mir solche Sorgen gemacht! Was ist passiert?"

„Ich werde dir alles erzählen. Aber zuerst ... hilf mir." Ich glätte meine schmutzige Tunika. Hunter ist abgestiegen und blickt zu mir. „Ich muss ihr helfen", rufe ich ihm zu und drehe mich um, um Brokk zu folgen, wobei Sian direkt neben mir ist.

„Wohin gehen wir?", fragt sie, während sie losläuft.

„Ich muss meiner Freundin helfen. Sie wurde vom Steinkönig gefangen gehalten."

„Oh." Sian beschleunigt ihr Tempo.

Brokk ist weiter vorn und biegt in den Flur ein. Er ist auf dem Weg zu den Zimmern neben meinem.

„Wir werden Essen und Bäder brauchen", sage ich. „Aber ich will sicher sein, dass sie sich heimisch fühlt."

Wir biegen um eine Ecke. Von dem Paar, dem wir gefolgt sind, ist nichts zu sehen, doch Brokks Stimme hallt durch den Flur. Ich verlangsame meine Schritte und hebe eine Hand, um Sian aufzuhalten. Wir schleichen uns beide an die Tür heran und lauschen dem sanften Rumpeln des großen Alphas.

„Alles wird gut", hören wir ihn verkünden.

Die Tür ist einen Spaltbreit geöffnet, und ich lasse sie vollständig aufschwingen.

Brokk kniet vor Diala, als wolle er ihr die Stiefel

aufschnüren. Sie steht wie erstarrt über ihm, ihre Wangen wirken geisterhaft unter dem weißen Staub.

Ich räuspere mich. „Danke, Brokk. Wir übernehmen ab hier."

Brokk erhebt sich, beugt sich aber vor, um Dialas Hand zu nehmen. „Du bist hier sicher. Ich gebe dir mein Wort."

Diala blinzelt zu ihm auf, ihre Hand liegt schlaff in seiner. Er drückt ihren Handrücken an seine Stirn, bevor er sie sanft auf ihrem Knie ablegt. Mit einer kurzen Verbeugung vor mir verschwindet er.

Sian und ich tauschen Blicke aus. Der große Kerl sieht verknallt aus.

Jemand vor den Fenstern schreit, und wir springen alle auf. Sian eilt herbei, um die Fenster zu schließen. Draußen auf dem Rasen steht Hunter in der Mitte eines Rings von Feuerstellen mit der größten der Schlangen vor ihm. Der riesige Keilkopf des Slythiners senkt sich. Hunter hebt den Fangzahn an der Halskette, die er trägt und drückt ihn an seine Stirn, dann neigt er ebenfalls den Kopf. Das Feuerlicht tanzt, färbt Hunters Haut schwarz und die Schuppen der Schlange flammen auf.

Nach einem Moment schlängelt sich der Slythiner davon, und Hunter steht allein da. Ich presse meine Hand auf die Brust, weil mein Herz auseinanderzureißen droht. Ein Schmerz strahlt aus der Mitte meiner Brust. Ich muss mit Hunter zusammen sein.

Aber ich schulde Diala etwas. Und sie braucht mich. Hunter tut es nicht.

„Wir hatten eine weitere Plage von Slythinern", plaudert Sian mit Diala. „Die Alphas wollten sie jagen, doch der König hat sie angebrüllt, damit aufzuhören."

„Er hat...?" Ich halte kurz inne. „Er hat gesprochen?"

Brokk hat dasselbe gesagt, ich kann es allerdings immer noch nicht glauben.

„Ich meine, auf seine Art." Sian winkt ab, während sie im Zimmer hin und her huscht, um einen Wasserkrug, Gläser, eine Waschschüssel und Handtücher zu holen. „Es gab nicht viele Erklärungen, aber er befahl ihnen, ihre Waffen fallen zu lassen und sich zu ergeben. Und dann senkte die größte Schlange ihren Kopf, und der König kletterte auf sie. Keiner wusste, was geschah. Brokk war der Erste, der nach dem König aufsaß und losritt", berichtet Sian weiter. „Er schrie, dass die anderen bloß feige seien, und dann folgten einige."

Diala sitzt starr wie eine Statue da, mit den Händen im Schoß.

„Diala", sage ich, und sie zuckt zusammen.

Ich wende mich an Sian. „Kannst du für ein Bad und frische Kleidung sorgen?"

„Schon so gut wie erledigt." Sian eilt davon und schließt die Tür sorgfältig hinter sich.

Ich gehe auf Diala zu.

„Ich hätte nicht herkommen sollen." Ihre Stimme ist kaum hörbar.

Obwohl sie für eine Ulfarri-Frau eher klein ist, muss ich mich nicht hinknien und meinen Kopf senken, um mit ihr auf Augenhöhe zu sein. Da sie gerade sitzt und ich stehe, sind wir Auge in Auge „Ich weiß, dass das schwer für dich ist. Aber dies ist dein Zuhause."

„Nein. Nicht mehr."

Mein Herz schmerzt so sehr für sie. Sie sieht so verloren aus. „Diala, die Menschen werden ... "

Sie springt auf und ich schreie auf. Sie ergreift meine Unterarme und beugt sich vor, um meinen Blick zu halten. „Du darfst es ihnen nicht sagen. Du darfst ihnen nicht sagen, wer ich bin", sagt sie in ersticktem Flüsterton. „Sie dürfen es nicht wissen." Sie scheint kurz davor zu sein, sich aus dem Fenster zu stürzen und zu fliehen.

Ich entziehe mich sanft ihrem festen Griff. Ich nehme ihre Hände und drücke sie. „Okay. Okay. Ich werde es niemandem sagen."

„Versprich es mir."

„Ich verspreche, niemandem zu sagen, wer du bist. Aber ... werden sie dich nicht irgendwann wiedererkennen?"

Sie lässt mich los und bedeckt ihr Gesicht mit den Händen. „Dann kann ich nicht hinausgehen. Ich muss hier drin bleiben."

Es klopft an der Tür. Sian steht draußen.

„Was ist los?", flüstert sie, als sie mein Gesicht sieht. „Geht es ihr gut?"

„Sie sagt, sie braucht einen Schleier. Sie hat viel Schreckliches gesehen und trauert."

Sian legt die Stirn in Falten. „Ja, natürlich. Ich kann sofort einen anfertigen lassen."

„Omega!" Ein Knurren ertönt aus dem Flur. Hunter schreitet mit Brokk in seinem Rücken auf mich zu.

„Es ist alles in Ordnung", sage ich zu Sian, die sich mit einem kleinen Lächeln auf dem Gesicht zurückzieht.

„Omega", knurrt Hunter erneut und nimmt mich in seine Arme.

„Mir geht es gut." Ich winke Diala zu, die sich bei der Badekammer an die Wand gepresst hat. Ich will nicht, dass sie denkt, ich würde entführt werden.

Hunters Duft vermischt sich mit meinem, und mir läuft aus einem anderen Grund das Wasser im Mund zusammen. Er drückt sein Gesicht in mein Haar, während er mich trägt.

„Hunter", keuche ich. „Ich bin schmutzig."

„Mein", knurrt er. Er benutzt mein Haar, um meinen Kopf zurückzuziehen, und küsst mich hart.

Ich höre, wie Türen zugeschoben werden. Wir sind in unserem Zimmer und Hunter erobert meinen Mund. Seine Zähne streifen über die verheilte Bisswunde an meinem Hals und mich durchfährt ein Schauer. Mein Herzschlag pulsiert zwischen meinen Beinen.

„Warte." Ich bin atemlos. „Ich muss sauber werden. Ich muss dieses Zeug loswerden."

Er trägt mich in die Badekammer und setzt mich vor dem dampfenden Bad ab.

„Oh, Gott sei Dank." Ich zerre an meinen Kleidern, ungeduldig, mich zu waschen.

Hunters Hände schließen sich um den Kragen meiner Tunika, und er reißt sie mir vom Leib. Ich helfe ihm, die Teile wegzuschieben.

Wir stehen uns schließlich Auge in Auge gegenüber. Bei dem dunklen Verlangen in seinen Augen schwellen meine Brüste und mein Geschlecht an. Ich steige in die Wanne, bevor ich mich auf ihn stürze, und beginne mich zu schrubben. Das Wasser wird durch den schlammigen, flockigen Schimmel grau. Verfilzte Haarbüschel fallen heraus und treiben wie kreidefarbene, vielbeinige Spinnen umher. Ich schrubbe fester.

Hunter klettert hinein und bringt meine hektischen Bewegungen zum Stillstand. Der Abfluss gurgelt und das eklige Wasser fließt ab.

Er greift nach oben, klopft auf eine Fliese und aus einem versteckten Ausguss in der Wand strömt Wasser.

Ich stehe unter der prasselnden Flut und lasse meinen Kopf zurückfallen. „Das ist perfekt. Wie ein Wasserfall."

Hunter steht in meinem Rücken und streicht mit einem

rauen Tuch über meine Wirbelsäule. Ich halte meine Augen geschlossen, während er mich wäscht. Ich lasse frisches Wasser in meinen Mund laufen, während sich die Schmutzschichten von mir lösen. Wie ein Slythiner, der den Film auf seinen Schuppen abwirft.

Ich drehe mich zu Hunter um. Das Wasser ist klar und strudelt zwischen uns.

„Du konntest mit den Schlangen sprechen."

Er streckt die Hand aus und drückt erneut auf die Fliese, um den Wasserfluss zu stoppen. Er sieht mich nur an, doch ich weiß, dass die Antwort ‚Ja' lautet. Der größte Slythiner hatte sich auf dem Rasen vor ihm verbeugt, und das Licht des Feuers spiegelte sich in ihrem einzigen Fangzahn. „Aber das war die Schlange, gegen die du gekämpft hast - ihr Fangzahn steht im Thronsaal. Was hat sich seit dem ersten Mal geändert?"

„Fluch", sagt er und spielt mit einer Strähne meines nassen Haares.

„Der Steinkönig hat sie mit einem Fluch belegt?"

Hunter grummelt bei dem Namen des Steinkönigs, nickt aber.

„Und als er starb, wurde der Fluch aufgehoben?"

Er zuckt mit den Schultern.

„Du kannst mit den Slythinern sprechen", stelle ich fest. Ich greife nach oben und berühre den Fangzahn an dem Riemen um seinen Hals. War dieser Slythiner ein Feind oder sein Freund? Es scheint makaber, so etwas zu tragen, aber vielleicht gibt es hier einen Brauch, den ich nicht verstehe. „Du hast mich gerettet. Du hast den Wald mitgebracht. Du hast ihn gerufen, und er ist gekommen." Ich lasse den Fangzahn sanft los und schließe den Abstand zwischen uns, indem ich meinen Körper an seinen schmiege. „Du bist ein erstaunlicher König."

Er beugt seinen Kopf und küsst mich, während er mich gleichzeitig aus der Wanne hebt. Der Druck seiner Lippen bricht einen Damm in meinem Geschlecht und entfesselt eine Flut. Mir entgleitet die Zeit, als er mich aus dem Bad trägt und dem Moment, als er mich auf ein dickes Polster aus Decken legt.

Er lässt mich lange genug los, um mich abzutrocknen. Ich ergreife seine Hand und drücke sie an meine Wange.

„Tut weh", grummelt er.

„Mir geht es gut", flüstere ich.

„Zeigen", befiehlt er.

Ich lehne mich zurück und strecke mich aus, damit er jeden Zentimeter von mir untersuchen kann. Jeden Fleck, jeden Bluterguss. Ich erzähle ihm von meiner Flucht, während er den Weg meiner Geschichte verfolgt, indem er jede Verletzung katalogisiert.

Er greift nach seinem Schwanz und umfasst den Knoten fest. Er pulsiert in seiner Hand, und meine inneren Muskeln pochen als Echo. Ich halte die Luft an, beiße die Zähne gegen die Qualen der Leere zusammen.

Der Samen schießt aus seinem Schwanz in der Faust. Er salbt meine Brüste und spritzt über die aufgerichteten Nippeln meiner Brustwarzen. Ich schmiere mir seinen Samen auf den Bauch, gierig, ihn zu schmecken, ihn in mein Fleisch sickern zu lassen. Mein Inneres bebt unter der Hitze und dem Dunst der beginnenden Brunst.

Ich werde in Wasser getauft, dann in Hunters Essenz. Der Fluch des Steinkönigs ist verschwunden, als hätte es ihn nie gegeben.

„Mein", knurrt Hunter, und ich erwidere das Einzige, was ich sagen kann.

„Dein."

Nach unserer Paarung ist mein Körper wund, aber

gesättigt. Ich liege in Hunters Armen. Unsere Haut ist durch meine Säfte und seinen Samen zusammengeklebt.

Hunter redet. Er lebte im Wald, wuchs dort auf. Er hat die ganze Zeit die Sprache des Waldes gesprochen. Es war seine Quelle, seine Stärke.

Seine Macht ist unglaublich. Verglichen mit seinen Fähigkeiten, habe ich ihm als Königin nichts zu bieten.

Er fährt mit einem Finger über meine Lippen. „Traurig", flüstert er.

„Ein wenig." Ich schmiege mich enger an ihn und lege meine Hand auf die blumenartige Tätowierung auf seinem Herzen. „Ich bin froh, dass du uns gerettet hast. Diese Frau war lange Zeit gefangen."

„Omega", grunzt er.

Ein Schauer läuft mir über die Glieder. „Woher weißt du das?" Diala will ihre Geheimnisse für sich behalten. Wenn man weiß, dass sie eine Omega ist, wie schwer wäre es dann für jemanden, sie als ehemalige Königin zu erkennen?

„Geruch." Jetzt spielt er mit meinen Fingern.

„Gibt es eine Möglichkeit, den Geruch einer Omega zu verbergen?" Ich überlege, ohne nachzudenken. „Oder das Omega-Dasein umzukehren?"

Der plötzliche Dolchstoß des Schmerzes in unserer Verbindung überrascht mich.

„Nicht für mich", sage ich. „Für sie."

Das heftigste Pochen verschwindet, aber ein leichter Schmerz bleibt. Hunters Gesicht ist ausdruckslos, doch er empfindet Schmerzen.

„Vielleicht kannst du die anderen Könige fragen, die Omegas haben. Oder wir können mit den anderen Menschen sprechen. Ich würde sie gerne kennenlernen."

Seine bronzefarbenen Augen blicken mich aufmerksam an.

„Wenn die Magier ein Omega-Serum herstellen können, können sie vielleicht auch ein umgekehrtes Omega-Serum erschaffen. Ich würde es aber nicht nehmen." Ich legte eine Hand auf sein Gesicht und streichelte seine Wange. „Ich würde es nicht wollen."

Die Leere in unserer Verbindung bestätigt, dass er mir nicht glaubt.

ZWANZIG

DER KÖNIG DER JAGD

Meine kleine Lysia-Blüte schläft noch, als ich vorsichtig aus dem Bett schlüpfe, mir ein paar Sachen überstreife und mich auf die Suche nach Brokk mache.

Ich bin immer noch von meinem letzten Gespräch mit Haley überwältigt. Hat sie es ernst gemeint, als sie sagte, sie würde eine Omega bleiben, wenn sie die Wahl hätte?

Ich bin mir da nicht so sicher.

Als sie vom Steinkönig entführt wurde, ging es nur noch darum, sie zurückzubekommen. Brokk, die anderen Krieger und ich waren auf der halben Strecke zum Königreich, als ich die Veränderung spürte. Ich kann es nicht genau beschreiben, aber der Boden bebte und die Luft veränderte sich.

Kurz darauf kam ein Meer von Slythinern auf uns zu, angeführt von Nala, diejenige, deren Fangzahn ich vor all den Jahren genommen hatte. Als ich versuchte, mit ihr zu kommunizieren, war die übliche unsichtbare Mauer verschwunden, und wir konnten uns gegenseitig verstehen.

Meine Alphas wollten angreifen, aber ich habe sie aufgehalten.

Mit Hilfe ihres Geistes erzählte sie mir, was passiert war: Sie und ihre Mitstreiter waren vom Steinkönig beschworen worden, und sie war höchstpersönlich geschickt, um Haley zu ihm zu bringen.

Brokk hatte mich davon abgehalten, sie zu töten, als sie das zugegeben hat.

Stattdessen erfuhr ich, dass sie gesandt worden war, um mich zu erledigen, aber dass der Fluch kurz darauf irgendwie gebrochen sein musste. Sie und ihre Geschwister waren wieder frei. Daher waren sie gekommen, um mich zu warnen. Um mich mitzunehmen und meine Gefährtin zu retten. Als Nala ihre Erzählung beendet hatte, senkte sie einladend den Kopf, und ich sprang rittlings auf sie.

Brokk zögerte, Nalas Gefährten Tax an meiner Seite zu reiten, aber ich ließ ihm keine Wahl. Nachdem er sich getraut hatte, machte er sich über die anderen lustig, die genauso ängstlich waren.

Als ich mich daran erinnere, wie er sie Feiglinge genannt hat, verkneife ich mir ein Lächeln.

Ich finde ihn in seinen Gemächern, noch immer müde. Die letzten Tage waren für alle hart.

„Bruder", sagt er, nimmt das Horn von seinem Gürtel und hält es mir hin.

Ich schüttle den Kopf und lasse mich auf einen Stuhl in der Nähe fallen.

„Du bist gekommen, um nach mir zu sehen, nicht wahr? Ich hätte gedacht, du würdest die nächsten Mondzyklen im Bett mit der Königin verbringen." Er stößt ein Glucksen aus.

Ich werde langsam ungeduldig. Ich brauche seine Hilfe. Ich weiß nur nicht, wie ich ihn darum bitten soll.

„Rat", sage ich ihm. „Aurus sehen."

„Aurus?" Er schiebt sich den Zopf über die Schulter

und denkt nach. „Du willst, dass ich eine Ratssitzung mit König Aurus organisiere?"

Ich nicke.

„Warum?"

„Gespräch. Königin." Haley möchte einen anderen Mee-Nschen kennenlernen. Wir müssen entscheiden, was wir mit dem Steinreich machen, das jetzt von einem grünen Teppich überzogen ist. Üppige, fruchtbare Natur hat das ehemals karge Ödland bedeckt und tut das, was sie am besten kann: heilen. Und möglicherweise können wir einen Weg finden, Diala zu verstecken. Als Alpha-Männchen hat Brokk vielleicht eine Ahnung von ihrer wahren Identität. Aber selbst wenn er es nicht weiß, ist ihm klar, dass sie eine Omega ist. Er wird ihr helfen wollen.

„Die Königin will einen Rat der Könige?" Brokk schaut skeptisch drein.

Ich widerstehe dem Drang, ihn zu schütteln. Stattdessen nicke ich.

„Ich kümmere mich sofort darum", sagt er. „Heute?"

Ich nicke erneut.

„Und du willst, dass alle kommen? Alle Könige?"

Ich werfe ihm einen Blick zu, und er hebt die Hände.

„Ich meine ja nur! Du klärst die Dinge nicht gerade auf", erwidert er.

Ich spüre einen Schmerz in meiner Brust. Wieder einmal frage ich mich, ob Haley mit jemandem wie ihm nicht besser dran wäre. Jemand, der mit Worten ausdrückt, was er fühlt.

Andererseits würde er sich niemals so für sie interessieren, wie ich es tue. Niemand könnte das jemals.

Es gibt eine Pause, in der ich merke, dass er überlegt, ob er etwas sagen soll. „Hast du eine Ahnung, was mit der Omega passiert ist?" Sein Ton ist trügerisch lässig.

Ich zucke mit den Schultern.

„Nur ... ich habe versprochen, dass ich mich um sie kümmern werde." Sein Blick wird weicher, und er starrt gedankenverloren auf einen Punkt in der Ferne. „Sie ist so schön. Findest du nicht auch?"

Ich zucke wieder mit den Schultern. Haley ist wunderschön. Meine Gefährtin ist die umwerfendste, netteste, süßeste ...

„Sie hat die Haltung einer Königin." Brokks Ausdruck hat sich verändert, und sein Blick trifft auf meinen. Ich weiß, dass er nach Informationen fischt, aber ich weigere mich, etwas zu verraten, bevor ich nicht weiß, was Diala selbst will.

Nach einigen langen Augenblicken senkt Brokk wieder den Blick.

„Ich weiß nicht, wer sie ist", sagt er leise, „und es ist mir auch egal. Ich habe nur diesen verdammten schmerzhaften Wunsch in mir, dass sie sich sicher fühlen soll." Er reibt sich die Brust, eine Geste, die ich nur zu gut kenne. Ich mache das oft. „Es ist seltsam. Ich fühle mich beschützend ihr gegenüber. Liegt das nur daran, dass sie eine Omega ist, was meinst du? Oder könnte es einen anderen Grund haben?"

Ich ziehe eine Augenbraue hoch und staune, wie ihm die Farbe in die Wangen schießt. Er ist eindeutig verknallt. Ich kann nur hoffen, dass Diala sich für ihn begeistern wird. Er würde gut zu ihr sein.

„Wir müssen sie geheim halten", sagt er nach einer Weile. „Es gibt viele Alphas in der Umgebung, die alle sofort wissen würden, dass sie eine Omega ist, wenn sie nahe genug dran wären, um sie zu riechen. Deine Omega ist natürlich die Königin, also haben sie sich ferngehalten ..."

Ich knurre. Ich kann es nicht ändern.

„Ja, ja, ich weiß. Tut mir leid." Er scheint es nicht wirklich als Entschuldigung zu meinen. „Das liegt in der Natur. Aber ..." Die Farbe in seinen Wangen vertieft sich, und offenbar überlegt er, was er sagen soll, „Ich will damit nur andeuten, dass ich hier bin, wenn du Hilfe brauchst, um auf sie aufzupassen. Sie zu verstecken. Was auch immer." Er starrt auf den Boden.

Ich habe Brokk noch nie so schüchtern gesehen, und ich grinse. Als er das bemerkt, schaut er auf und grinst mich ebenfalls schief an.

„Halt die Klappe, in Ordnung?", murmelt er. „Wie auch immer, ich bin meinen Teil losgeworden. Und jetzt, wenn es dir nichts ausmacht, muss ich den Rat der Könige organisieren."

Dankbar erhebe ich mich vom Stuhl und klopfe ihm auf die Schulter. Wenn ich könnte, würde ich ihn fragen, was er über Haley denkt. Ob er glaubt, dass sie hier mit mir glücklich ist. Ob er etwas über ein Omega-Umkehrserum weiß, oder warum sie es erwähnt hat, wenn sie es nicht für sich selbst wollte.

Aber wie immer fehlen mir die Worte, also schweige ich.

Haley

DAS MORGENLICHT FÄLLT auf mein Gesicht, als ich die Augen öffne. Das riesige Bett ist mit Kissen und zerwühlten Decken gefüllt, aber sonst ist niemand da.

Hunter ist wahrscheinlich draußen und kommuniziert mit den Waldschlangen oder so. Was in Ordnung ist. Er fühlt sich da draußen wohler als bei mir. Oder vielleicht mag er den Palast einfach nicht. Das kann ich verstehen. Der Palast ist auch nicht mein Lieblingsort.

Aber mein Unbehagen ist nichts im Vergleich zu dem, was Diala durchmacht. Ich muss ihr helfen. Unter Umständen kann ich Brokk dazu bringen, eine Nachricht an die Magier der anderen Könige zu schicken und nach der Omega zu fragen.

Es ist scheiße, dass Hunter meine Bemerkungen falsch verstanden hat. Ich reibe mir die Brust und versuche, die Spannung, die ich in der Verbindung spüre, abzubauen.

Es klopft an der Tür. Ich wickle ein Fell um mich und taste nach einer steifen Haarsträhne. Ich muss mich waschen. Meine Haut und meine Haare sind mit getrocknetem Sperma bedeckt. Es wäre eklig, wenn es nicht so gut riechen würde. „Komm rein.“

Die Türen gleiten auf und Brokk steckt seinen Kopf hindurch. Er hält seinen Blick abgewandt. „*Majesta*, ich bin gekommen, um dir zu sagen, dass du dich bereit machen sollst.“

Ich drücke das Fell an meine Brust und rutsche vom Bett. „Wofür?“

„Heute reist du zum Rat der Könige. Der König hat deutlich gemacht, dass er möchte, dass du mit ihm kommst.“

„Ich? Warum?“

Brokk hebt seine Hände kapitulierend. „Ich habe davon abgeraten. Sie werden ihn wegen des Steinreiches bedrängen. Die Situation erfordert Finesse und Diplomatie und, nun ja ...“ Er zieht eine Grimasse.

Er glaubt, dass Hunter zu keinem dieser Dinge fähig ist. Wut schießt durch meinen Körper. „Er hat gut genug mit den Slythinern kommuniziert“, antworte ich kühl.

Brokks Kopf schnellt hoch. Er blinzelt mich an, bevor er

seinen Blick nach unten richtet. „Ich bitte um Verzeihung, *Majesta.*"

„Bitte nicht mich um Verzeihung. Sprich besser von deinem König. Vor allem, wenn du der engste Freund bist, den er hat."

Brokk räuspert sich. „Der König besteht darauf, dass du bei ihm sicher bist, und ich musste zustimmen. Er wollte ebenfalls, dass ich dir sage, dass du höchstwahrscheinlich einen anderen Mee-Nschen treffen wirst, der auch eine Omega ist."

„Oh mein Gott." Ich lasse fast das Fell fallen. „Das ist großartig. Ich werde bald fertig sein. Danke." Ich werde einen der anderen Menschen kennenlernen!

Ich eile in die Badekammer. Was soll ich zum Konzil der Könige tragen? Was trägt Hunter?

Wo ist er überhaupt? Ich hätte Brokk fragen sollen.

Seltsam, dass die Einladung nur ein paar Stunden nachdem ich Hunter gesagt habe, dass ich die Menschen treffen will, erfolgte. Es sei denn, er hat das Treffen der Könige arrangiert. Deshalb war er so früh weg. Er hat das alles getan, um mir zu helfen.

Aber warum ist er nicht gekommen und hat es mir selbst erzählt?

Bevor ich mir eine neue Tunika hole, halte ich inne und drücke eine Hand auf mein Herz. Da ist nichts als ein Echo des Schmerzes in der Verbindung.

Haley

. . .

MEINE ERSTE FAHRT in einem fliegenden Luftschiff, und ich kann sie nicht einmal genießen. Die Aussicht ist unglaublich - Wüstenflächen, schneebedeckte Berge, ein Wald mit hoch aufragenden orangefarbenen Bäumen, der in ein Tal mündet, vor einem lavendelfarbenen Himmel - doch Hunters angespannte Gestalt neben mir macht mich nervös. Vielleicht liegt es aber auch daran, dass ich auf dem Weg zum Rat der Könige bin und keine Ahnung habe, was mich erwartet. Brokk hat mir erklärt, was er konnte, nur Hunter hat nicht viel preisgegeben. Wie immer.

Ich knibbele an meinen Nägeln. Ich trage eine lange Tunika und einen dunkelgrünen Mantel, der so locker sitzt, dass er genauso von Hunter sein könnte. Vielleicht ist er das auch. Obwohl ich mich vor dem Anziehen gewaschen habe, rieche ich immer noch nach seinem Samen. Der Duft besänftigt mich.

Hunters Blick ist auf die vorbeiziehende Landschaft gerichtet. Er ist nicht glücklich. Ich weiß nicht, wie ich das in Ordnung bringen kann.

Ich lecke mir die Lippen. „Hast du diesen Rat arrangiert, damit ich die anderen Menschen kennenlerne?", frage ich, um die Stille zu durchbrechen.

Er grunzt. Ich verstehe das als ein Ja.

„Danke." Ich lege eine Hand auf sein Knie. Eine winzige Geste. Nach einem Moment umfasst er sie mit seiner Pranke. Wir sitzen händchenhaltend da, aber mein Inneres ist wie leergesaugt. Da ist nichts in mir - keine Organe, nichts als die Leere der Bindung.

Vor uns erscheint ein riesiges Bauwerk. Es ist viermal so groß wie der Palast in Arboron, mit massiven goldenen Säulen. Goldene Stufen schimmern und führen zu einer breiten Straße, die das Licht wie goldene Lava reflektiert.

Goldene Statuen - Krieger in goldenen Rüstungen - säumen den Weg zum Palast.

Das fliegende Schiff setzt auf der Straße auf. Die Türen öffnen sich. Bevor ich aufstehen kann, hebt Hunter mich auf. Er zieht mir die Kapuze über und schreitet hinaus in die Hitze.

Die Statuen sind echte Menschen - große Alphas in Rüstungen, die Speere halten. Die Luft flimmert in der Hitze der Sonne, aber die Soldaten bewegen sich nicht. Irgendwie spüre ich ihre Augen auf mir und ich bin dankbar für die Kapuze.

Hunter trägt mich die Stufen hinauf, zwischen den Säulen hindurch, durch eine offene Tür. Die Decke dieses Gebäudes ist vier Stockwerke hoch. Ganze Bäume wachsen zwischen den inneren Säulen. Vögel zwitschern über uns.

Hunter setzt mich erst ab, als wir am Ende einer langen Säulenhalle in einem kühleren, ruhigeren Teil des Palastes stehen. Die Wände und Türen sind aus gebürstetem Gold.

Meine Augen schmerzen von der Helligkeit an der Palastfassade. Ich blinzle, um sie an die kühle Dunkelheit zu gewöhnen.

„Jemandes Dekorateur mag anscheinend Gold", sage ich.

„Da habt ihr recht", antwortet eine Stimme.

Vor uns steckt eine Frau ihren Kopf aus einer dunkleren Tür. Ihr Gesicht ist klein und seltsam, rund mit zu blasser Haut. Ich zucke zusammen. Das ist ein anderer Mensch. Ich bin so sehr daran gewöhnt, Ulfarri zu sehen, dass mein Gehirn sie als *seltsam* wahrnimmt.

„Oh", schnaufe ich und presse eine Hand auf mein Herz, wo das Band mich erdrückt.

„Hallo", sagt der Mensch. „Ist schon gut. Ich bin Kim." Sie öffnet die Tür weiter. „Kommt rein."

Ich harre im Schatten des Gangs aus und starre den Menschen an. Ihr Gesicht ist seltsam, aber vertraut. Sie hat kurzes blondes Haar und runde Ohren. Sie ist ungefähr so groß wie ich.

Hunter legt mir eine Hand auf den Rücken und schiebt mich vorwärts. Ich trete in den kleinen Raum und stehe der anderen Frau gegenüber.

„Tut mir leid", schnaufe ich. „Es ist nur so ... "

„Seltsam? Ja, ich weiß. Ich habe auch schon lange keinen Menschen mehr gesehen. Ich sehe ziemlich blass aus im Vergleich zu einem Ulfarri." Sie kichert vor sich hin. Ihre Ruhe und Gelassenheit beruhigen mein rasendes Herz.

Die Tür schließt sich hinter mir, und ich zucke zusammen. Hunter ist nicht mit uns reingekommen.

„Es ist okay", sagt Kim. „Dein Gefährte wird in der Nähe bleiben. Solange du hier bist, wird er nicht weit kommen, das ist sicher."

Ich muss etwas sagen. „Wirklich?", krächze ich. „Woher weißt du das?"

„Alphas schützen. Betas dienen. Und Omegas …" Sie setzt sich hin und schenkt sich ein Glas mit etwas zu trinken ein. „Wir sollen uns fortpflanzen. Aber ich habe eine Spirale, also viel Glück dabei, ihr Trottel!" Sie lehnt sich auf einer niedrigen Couch zurück und streckt ihren Arm mit erhobenem Mittelfinger in Richtung Wand aus, als wolle sie einer unsichtbaren Person eine Abfuhr erteilen.

Ich stehe immer noch wie erstarrt vor der Tür.

„Setz dich." Sie tätschelt neben sich die Couch. „Du wirst dich an mich gewöhnen müssen. Mach es sich ruhig bequem."

Ich lasse mich langsam auf die Couch sinken. „Ich bin so froh, dass ich die Möglichkeit habe, mit dir zu reden."

„Das ist gut. Man hat mir gesagt, dass du mich genauso sehr kennenlernen wolltest wie ich dich. Emma wollte auch kommen, aber sie ist beschäftigt."

„Emma?"

„Noch ein *Mee-Nsch*." Kim ahmt den Begriff der Ulfarri für uns nach. „Sie ist schwanger, und du kannst dir vorstellen, wie sehr ihr Alpha sie gerade beschützt."

„Ihr Alpha ist … "

„Khan. König von Altrim. Emma war die erste Omega, die hierher gebracht wurde. Sie war auch die Erste, die schwanger wurde. Die Magier sagen, es sei alles in Ordnung und sie sei gesund, aber du weißt ja, wie die Alphas sind." Kim winkt mit der Hand. „Sie behandeln uns wie Haustiere, nicht wie Menschen."

„Oh mein Gott, ich habe gerade gedacht, dass ich mich wie eine außerirdische Trophäenfrau fühle."

Kim wirft den Kopf zurück und kichert in Richtung Decke. „Ja, so kann man es auch ausdrücken. Ich habe eine Weile gebraucht, um diese Vorstellung im Kopf meines

Mannes zu brechen. Aber ich habe sie ziemlich gut zertrümmert."

Ich presse meine Lippen aufeinander. Kims Lachen schallt durch den Raum. Sie ist überhaupt nicht blass, ihre helle Haut leuchtet, und ihr Haar hat einen goldenen Schimmer im schwachen Licht der schwebenden Kugeln. Sie sieht aus wie eine Königin. Eine Omega und ein Mensch, und sie fühlt sich als beides wohl und ist doch hundertprozentig sie selbst.

Ich verschränke die Hände in meinem Schoß. „Sie haben ihre eigenen Ulfarri-Omegas auch nicht besser behandelt. Ich habe gerade eine getroffen."

Kim rappelt sich auf. „Du hast eine Omega getroffen? Keinen Menschen, der sich in eine verwandelt hat, sondern eine echte Omega?"

„Ja." Ich zögere, doch dann erkläre ich ein wenig über die Magie des Steinkönigs, die Dialas Leben verlängert hat, lasse allerdings ihren Namen und ihren früheren Status als Königin weg. „Sie will nicht, dass jemand weiß, wer sie ist. Ich wollte es nicht einmal Hunter sagen, aber er hat es herausgefunden."

„Hunter?" Kim schnaubt. „Ist das der Name des Jägerkönigs?"

„Nein. Er ... Ich nenne ihn einfach so. Er hat keinen Namen. Oder wenn er einen hat, hat er ihn weder mir noch sonst jemandem verraten." Ich nehme einen Schluck von meinem Getränk, in der Hoffnung, den bitteren Beigeschmack in meinem Mund zu verbergen, aber Kim legt den Kopf schief.

„Ärger im Paradies?", fragt sie leichthin.

Ich schüttele den Kopf.

Kim bellt vor Lachen. „Ist schon okay. Das große G-A

und ich haben uns oft gestritten, als wir das erste Mal zusammenkamen."

„Das große G-A?", frage ich.

„,Goldenes Arschloch.' So nenne ich ihn. Unter anderem."

Ich verschlucke mich an meinem Getränk.

„Wir streiten uns immer noch, aber es macht viel mehr Spaß." Kims Augenbrauen wackeln anzüglich.

„Oh mein Gott." Ich stellte mein Glas mit einem dumpfen Schlag ab. „Wie auch immer. Diese Omega, der ich zu helfen versuche, braucht einen Weg, um zu verbergen, wer sie ist. Gibt es eine Möglichkeit, den Omega-Geruch zu verbergen?"

„Wahrscheinlich, aber ich wette, dass die Magier das nicht gutheißen, wenn es den gibt. So wie die Ulfarri-Kultur aufgebaut ist, haben Omegas sehr wenig Macht. Ich vermute, dass es viele Omegas gibt, die ihre Witterung und ihr Wesen verbergen wollen. Vielleicht sind sie nicht alle ausgestorben, sondern verstecken sich nur."

„Ich will ihr nur helfen", erkläre ich. „Ich habe Hunter sogar gefragt, ob es eine Möglichkeit gibt, das Omega-Sein rückgängig zu machen. So wie das Omega-Serum, nur andersherum."

„Oh wow", sagt Kim. „Wie hat Hunter es aufgenommen?"

„Nicht gut. Das könnte der Grund sein, warum er so nervös ist."

„Wahrscheinlich. Aber ist nicht schlimm, eine gute Vögelei wird alles in Ordnung bringen."

„Ja, das ist alles, wozu ich gut bin", murmele ich.

„Hey, das ist die Rolle, die sie von uns erwarten, nur so muss es nicht sein."

Es ist leicht für sie, das zu sagen. „Ich bin nicht gerade eine Königin. Oder eine Kämpferin."

„Warte mal eine verdammte Sekunde." Kim schüttelt den Kopf. „Hast du nicht den Steinkönig getötet? Oder ist dieses Gerücht übertrieben?"

Für einen Moment bin ich wieder in diesem stinkenden Schloss und starre auf eine schimmlige Leiche. „Nein." Ich schaudere. „Ich habe das getan. Ich weiß nicht, wie ich das gemacht habe, aber ich war es."

„Wie ist das passiert?" In Kims Augen ist ein blutrünstiges Glitzern zu erkennen.

„Ich habe eine Waffe genau richtig geworfen", sage ich ihr. Vielleicht hilft es ja, darüber zu reden. „Die Sache ist die, dass ich nicht weiß, wie. Es war eine kleine mehrschneidige Waffe, wie eine Schneeflocke."

„Ein Inxi", wirft Kim wissend ein.

„Ja. Jedenfalls wollte Hunter mir beibringen, wie man das Ding richtig schmeißt, aber ich hatte zu viel Angst, es überhaupt zu halten ... bis zu diesem Moment im Schloss des Steinkönigs. Es war, als hätte ich ein Muskelgedächtnis, an dessen Aufbau ich mich nicht erinnern kann."

Kim tippt auf ihr Kinn. „Du hättest dich auf seine Instinkte verlassen können. Das Alpha-Omega-Seelenband ist in dieser Hinsicht ziemlich toll. Ich weiß nicht mehr, wie ich auf der Erde gelebt habe, aber entweder war ich eine knallharter Stuntfrau mit einer Menge Kampfsporttraining - oder die Bindung hat funktioniert und mir einen Teil von Aurus' Wissen gegeben. Oder beides. Ich kann es nicht sagen, ich genieße einfach die Ergebnisse."

„Du erinnerst dich nicht an zu Hause?"

Sie zuckt mit den Schultern. „Aurus ist mein zu Hause."

Ein Pfeil trifft mein Herz. Ich möchte so für Hunter empfinden. *Vielleicht tue ich das ja bereits.*

„Erinnerst du dich an die Erde?", frage ich.

„Ein wenig. Ich erinnere mich an einige Werbespots."

„Oh, na toll. Ich erinnere mich an ein paar Dinge, aber sie sind verschwommen."

„Emma und ich fragen uns, ob das eine seltsame Nebenwirkung des Omega-Serums ist, das sie uns gegeben haben. Amnesie. Vielleicht finden die Magier heraus, wie man es loswerden oder in Zukunft damit umgehen kann." Sie scheint so oder so nicht sehr besorgt zu sein.

Ich reibe mir die Brust. Ich muss mit Hunter reden. Aber was soll ich sagen?

Draußen vor dem Zimmer ertönt ein Knurren. Es ist unsere einzige Warnung, bevor die Tür aufkracht. Kim springt auf und geht in eine Kampfstellung über. Doch der köstliche Duft überrollt mich und meine Glieder entspannen sich zum ersten Mal, seit ich den Raum betreten habe.

Hunter hat mich in geschnappt und hochgehoben, bevor ich seinen Namen aussprechen kann.

Ich winke Kim zu, die gluckst. „Na, er ist doch ein guter Fang", ruft sie, lässt sich auf die Couch zurücksinken und murmelt: „Und ich dachte, *mein* Typ wäre groß und böse."

Ich blinzle Hunter an. Er ist furchteinflößend wie eine Gewitterwolke, seine Gesichtszüge sind finster verzogen. Er trägt sein übliches Jagdoutfit - Lederhosen und ein Messer in der abgenutzten Scheide an seinem Gürtel. Sein Oberkörper ist mit wirbelnden Tätowierungen und Narben übersät. In seinen dunklen Augen liegt eine Emotion, die ich nicht zuordnen kann.

„Wohin gehen wir?", frage ich und kralle meine Finger in die Lederriemen, die seine Brustmuskeln kreuzen. Wir laufen erneut die höhlenartige Halle hinunter, in Richtung einer großen Tür.

Hunter grunzt und sagt nichts weiter.

„Sind wie wieder Mr. Schweigsam", sage ich leichthin, aber innerlich ist mir kalt. Ich schätze, es ist Zeit für den Rat der Könige. Ich hätte Kim fragen sollen, was hier los ist.

Ich drücke mein Gesicht an den Übergang zwischen seinem Hals und seiner Schulter, suche seinen Duft, seine Wärme. „Du machst mich nervös, Hunter."

Er bleibt stehen und wartet, bis ich meinen Kopf hebe. Er fährt mit einem Finger an meinem Kiefer entlang. „Mein."

Es ist nur ein Wort, das er so oft wiederholt hat, aber dieses Mal höre ich das Echo in meinem Herzen.

Die vier Stockwerke hohen Türen vor uns gleiten auf. Im Inneren ist das prunkvolle goldene Dekor weniger glänzend und gedämpfter. Licht fällt auf einen runden Tisch in der Mitte des Raumes. Der Tisch erinnert stark an den von König Artus. Ein einzelner Alpha sitzt auf der gegenüberliegenden Seite, mit Blick auf die Tür. Um den Rest des Tisches herum sind leere Sitze angeordnet, über denen sich schwebende Kugeln befinden. Manche leuchten weiß, manche rot. Eine schimmert schwarz. Hunter setzt sich auf den einzigen leeren Platz. Neben uns schwebt eine Kugel, die überhaupt kein Licht abgibt.

Der Alpha am Tisch starrt mich an. Sogar die Kugeln scheinen auf mich fixiert zu sein, was lächerlich ist. Es ist, als ob ich die Augen hinter den Kugeln spüren kann. Sie sind wie die Kugeln, die der Steinkönig im Palast in Arboron erscheinen ließ.

Ich erschaudere und Hunter legt seine Arme um mich. Ich neige meinen Kopf und lasse die Kapuze über mein Gesicht fallen. Ich liege in Hunters Schoß, bedeckt von seinem Duft. Niemand wird mir etwas tun. Das würde er nicht zulassen.

Der andere Alpha erhebt sich, wobei sein Stuhl über den Boden schrammt. Er ist ein großer Mann mit einer goldenen Rüstung, die zu jener der Soldaten passt, die wir draußen gesehen haben. „Seid gegrüßt, König der Jagd. Ich hoffe, dir und deiner Omega geht es gut?"

Hunter starrt ihn nur an.

Der goldene Alpha grinst und für eine Sekunde sieht sein Gesichtsausdruck aus wie der von Kim. Das muss Aurus sein, ihr Gefährte. Das G-A.

Ich erlaube mir ein kleines Lächeln, das von meiner Kapuze verdeckt wird. Ich umklammere Hunter fester und taste mich zaghaft an unser Band heran, nur um von dem hohlen Echo in ihm unterbrochen zu werden.

Ich wünschte, ich wüsste, was er denkt. Was er für mich empfindet. Hatte Kim recht? Könnte Hunter in mir mehr als nur eine Omega erkennen, so wie Aurus sie jetzt sieht?

Es macht mir Angst, wie sehr ich das will.

DER KÖNIG *der Jagd*

„ES SCHEINT, als hätten wir viel zu besprechen", sagt Aurus und lehnt sich in seinem Stuhl zurück. „Seit unserem letzten Treffen hat der Steinkönig sein Leben gelassen. Ein Zwist, in den genau diese Omega verwickelt war."

Haley liegt regungslos in meinen Armen, aber ich spüre ihre Anspannung. Ich drücke sie fester an meine Brust. Sie ist mit meinem Geruch bedeckt, doch ich bin trotzdem froh, dass Aurus der einzige andere Alpha hier ist. Er hat eine Gefährtin, also ist er keine große Bedrohung für mich.

„Danke Ulf." Ein Grunzen kommt von einer weißen Kugel. Das neblige Licht lichtet sich und gibt den Blick auf Khan frei, den König der Wanderer. Er beugt sich vor und sein langes, dunkelblaues Haar fällt ihm über die Schultern. „Niemand wird diesen gruseligen Scheißer vermissen."

Von den Königen in den anderen Kugeln geht ein zustimmendes Gemurmel aus.

„Nach unseren Recherchen", sagt Aurus, „hat der Steinkönig das Omega-Serum von den Ogsul gestohlen. Er bezahlte Magier, die Mee-Nschen durch ein Portal bringen und sie umwandeln sollten. Aber die Lieferung ging schief. Die Magier gerieten in Panik und warfen alle Omegas ab."

„Wie viele Omegas?" Eine tiefe Stimme, wie die Dunkelheit selbst, rasselt aus der schwarzen Kugel. Der Dämonenkönig. Haley erschaudert in meinem Schoß und da ich hier nicht für sie schnurren kann, streichle ich ihren Arm.

„Keiner weiß es. Meine Krieger durchkämmen das Land, während wir hier sprechen. Möglicherweise gibt es nur eine, vielleicht auch mehrere. Bis jetzt wurde nur eine gefunden. Und sie hat den Untergang des Steinkönigs herbeigeführt." Aurus dreht seinen Kopf zu mir, dann fällt sein Blick auf Haley. „Wie hast du das geschafft?"

Es entsteht eine kurze Pause, dann flüstert sie: „Inxi." Meine Brust schwillt vor Stolz. Obwohl sie zu ängstlich war, um diese schwierige Waffe zu benutzen, als ich versucht habe, sie mit ihr bekannt zu machen, beherrschte sie sie, als sie den Feind besiegen musste. Trotzdem hat sie jemanden getötet. Einen König. Wird Aurus versuchen, sie dafür zu bestrafen? Ein beschützendes Knurren entringt sich meiner Kehle, bevor ich es unterdrücken kann. Meine Hände legen sich fester um Haleys Körper.

„Wir haben kein Problem damit." Aurus winkt mit der Hand. „Sein Tod ist gerechtfertigt."

Ich zwinge mich, meinen Griff zu lockern.

„Aber jetzt müssen wir entscheiden, was wir mit seinem Königreich machen. Das Land ist unfruchtbar und die meisten Menschen sind tot, wenn meine Berichte stimmen." Aurus hält seinen Blick fest auf mich gerichtet. „Vielleicht kann der König des Waldes das bestätigen?"

Ich schweige, und die Stille dehnt sich immer weiter und weiter aus. Ich wünschte, ich könnte die Worte finden. Das ist genauso peinlich wie die öffentliche Audienz im Thronsaal, als die Flüchtlinge um Hilfe baten. Nur dass hier nicht einmal Brokk da ist, um Fragen zu beantworten. Und keine Ratsmitglieder, die sich als Ulf-verdammte Verräter entpuppen.

Jeder Muskel in meinem Körper ist hart wie ein Stein. Ich hasse das. Aber ich muss es für mein Königreich tun. Für Haley. Meine kleine Lysia-Blüte.

Aurus seufzt. „Meinen Berichten zufolge ist dort, wo einst Wüste war, ein Wald entstanden. Wenn das stimmt, könnte man das als eine Invasion des Steinreiches durch das Waldreich betrachten. Also, Jägerkönig ... wenn du diese Schlussfolgerung korrigieren willst, ist jetzt der richtige Zeitpunkt zu sprechen."

Wie soll ich ihm meine Absichten mitteilen? Ich möchte vor Frustration brüllen. Haley rührt sich und vibriert an meiner Brust. Ich schaue nach unten und sehe, wie sie ihre Kapuze zurückzieht, um ihr wunderschönes Gesicht zu enthüllen.

Der Blick aus ihren umwerfenden dunklen Augen trifft auf meinen, und Wärme durchflutet meine Brust. Sie drückt ihre kleine Hand auf meine Haut und bedeckt das Lysia-Tattoo damit.

Wir teilen eine stille Verbindung, ein tiefes Wissen. Sie versteht mich. Wir kommunizieren nur nicht mit Worten.

Allmählich hört sie auf, gegen mich zu vibrieren. *Ruhig, meine kleine Blume*, ermahne ich sie leise.

Sie dreht sich um und räuspert sich. „Ich spreche für den Jägerkönig." Ihre hohe Stimme hallt von den goldenen Wänden wider. Meine Brust zieht sich vor Stolz schmerzhaft zusammen.

„Wir erlauben den Omegas nicht, vor dem Rat der Könige zu sprechen", entgegnet Aurus.

Sie bäumt sich in meinem Schoß auf. „Hast du das Kim erzählt? Ich bin sicher, sie würde das gerne hören."

Aurus steht der Mund offen. Ich verkneife mir ein Lächeln.

Sie lehnt sich an mich zurück. „Ich bin die Königin von Arboron. Zurzeit ist der Wald in das Steinreich übergetreten, aber wir haben nicht den Wunsch, seine Grenzen zu annektieren. Das Land ist unfruchtbar und im Moment wollen wir nur den Menschen helfen, die so lange unter der Herrschaft des Steinkönigs gelitten haben."

„Omega", beginnt Aurus knapp.

„Lasst sie reden", sagt Khan und verschränkt die Arme vor der Brust. „So viel habe ich schon lange nicht mehr vom Waldkönigreich gehört." Er wirft mir einen bedeutungsschweren Blick zu, und meine Nackenhaare richten sich auf.

Dann erreicht eine weitere Welle von Haleys süßem Honigduft durchmischt mit meinem Moschus meine Nasenlöcher und beruhigt mich. Als Khan und ich uns das letzte Mal trafen, hielt er seine kleine rosa Omega in den Armen. Jetzt sind die Rollen vertauscht, nur muss ich meine Gefährtin nicht mehr vor mehreren Alphakönigen im Raum beschützen, sondern nur noch vor einem. Und der hat eine Gefährtin. Ich habe neuen Respekt vor Khan entwickelt. Alles ändert sich, wenn man das Seelenband entdeckt.

Ich konzentriere mich wieder auf den Mee-Nschen in meinem Schoß, der mit jedem Wort beweist, warum er in jeder Hinsicht perfekt ist. Perfekt für Arboron. Perfekt für mich.

„Wie ich schon sagte, möchte das Volk der Arborii seinem Nachbarn helfen", fährt Haley fort. „Arboron wird das Steinreich unterstützen. Aber nur solange bis das Steinreich wiederhergestellt ist."

„Wer wird dann König sein?", fragt Aurus.

„Wir werden sie darüber abstimmen lassen."

„Eine Abstimmung?", echot Aurus.

„Ja." Sie holt tief Luft. „Jedes Flüchtlingslager oder Dorf wird seinen eigenen Anführer wählen. In der Zwischenzeit werden wir einen Interimsherrscher haben, der das Königreich zu Stabilität führt. Das Waldkönigreich ist bereit und in der Lage, zu helfen, wo immer es nötig ist."

Unfähig, meinem Stolz Ausdruck zu verleihen, drücke ich ihr Knie.

„Und woher wissen wir, dass Arboron seinen Nachbarn nicht annektieren wird?", fragt Khan.

„Es wird eine zeitliche Begrenzung aufgesetzt, wie lange der Interimskönig regieren kann und dann wird es eine landesweite Abstimmung geben. Jedes erwachsene Mitglied des Steinreichs wird sagen, wen es zum König haben möchte. Kein Alpha darf Gewalt anwenden, und kein Beta darf Magie einsetzen, um das Ergebnis zu beeinflussen." Haleys Stimme ist sanft und klar wie eine Glocke.

„Wir können mit den Magiern des Steinkönigreichs

sprechen, um herauszufinden, wie sie die Abstimmung organisieren würden und wie man sie für jeden erwachsenen Bürger fair und gerecht gestalten könnte", entgegnet Khan langsam. „Omegas eingeschlossen", fügt er mit einem Augenzwinkern in Haleys Richtung hinzu.

Er ist auf unserer Seite, doch ich drücke sie immer noch besitzergreifend an meine Brust. Sie gehört mir.

Mein.

„Es gibt keine Omegas", ertönt eine tiefe Stimme aus der schwarzen Kugel. Der Dämonenkönig.

„Entschuldigt." In Haleys Stimme liegt nicht nur Empörung, sondern auch ein Quietschen. Der Dämonenkönig verunsichert sie. Aber er beunruhigt auch jeden anderen. „Es sind *mindestens* drei."

„Und womöglich bald noch mehr", bekräftigt Aurus. „Meine Magier sagen mir, dass bei den letzten Vollmonden ein großer Zauber entfesselt wurde. Der Steinkönig brachte mit seiner gestohlenen Magie eine Omega durch das Portal. Vielleicht gab es noch andere."

Die Kugeln rund um den Tisch scheinen heller zu leuchten.

„Ist jemand gegen den vorgeschlagenen Plan, das Steinreich zu rehabilitieren?" Aurus blickt demonstrativ in jede Richtung. Als sich niemand meldet, fragt er: „Was ist mit dir, Jägerkönig? Spricht deine Königin für dich?"

Es gibt eine Pause. Ich streiche mit der Hand über Haleys flachen Bauch. „Ja", bestätige ich.

„Dann werden wir auf deinen Vorschlag warten, um zu sehen, wen du als Interimskönig einsetzt." Aurus erhebt sich von seinem Platz. „Der Rat der Könige ist vertagt."

Haley immer noch im Arm, stehe ich auf, gehe zur Tür und stürme förmlich durch sie hindurch.

In der Halle dahinter steht eine kleine Gruppe von

Betas und gepanzerten Soldaten. Sie alle drängen sich aus dem Weg.

„Mein", sage ich und küsse den Scheitel meiner kleinen Blume.

„Ja, ich weiß." Sie beugt sich vor und presst ihre Lippen auf meine. Ihr Geschmack auf meiner Zunge ist wie Nektar. „Jetzt bring mich nach Hause."

Manche würden behaupten, dass Omegas sanftmütig und fügsam sein sollten, ruhig und unterwürfig. Wie Diala. Aber was Haley gerade in dieser Ratssitzung für mich getan hat - sie findet die Worte, wenn ich sie nicht habe. Und im Gegensatz zu meinen sogenannten Ratsherren ist sie auf meiner Seite. Voll und ganz.

Als wir zu unserem Transportmittel zurückkehren, staune ich darüber, wie meine kleine Lysia-Blüte mein Leben verändert hat. Mich verändert hat. Ich fühle eine Verbindung, eine Zugehörigkeit, die vorher nicht da war.

Sie ist in einer Weise perfekt für mich, die ich mir nicht einmal vorstellen konnte, und sie gibt mir Dinge, von denen ich nicht wusste, dass ich sie brauche.

Haley vervollständigt mich.

ZWEIUNDZWANZIG
HALEY

Auf den Stufen des Wald-Palastes herrscht großes Gedränge, als unser fliegendes Schiff heruntergleitet. Die Glocke läutet, um uns zu begrüßen.

Sian winkt uns von der obersten Stufe aus zu. Neben ihr steht eine schlanke Gestalt, die trotz der Wärme der spätnachmittäglichen Sonnen einen Schleier und schwere Gewänder trägt.

Brokk drängt sich durch eine Gruppe von Alpha-Wachen. „Wie ist es gelaufen?", fragt er.

„Es lief großartig", sage ich.

„Wirklich?" Brokk blinzelt zu Hunter. Es wird mir Spaß machen, ihn über seine neue Rolle zu informieren. Hunter und ich haben es auf dem Schiff besprochen. Na ja, ich habe geredet und er hat zugehört; und als ich seine Wärme und Zufriedenheit in der Verbindung spürte, wusste ich, dass unser Plan solide war.

„Das ist richtig. Ich habe für Arboron als Königin gesprochen."

„Ihr?", keucht ein Höfling.

„Ja. Ich. Omegas sind auch Lebewesen."

Auf der obersten Stufe nickt Sian und grinst.

Brokk streicht sich über den Bart. „Was hast du gesagt?"

„Ich erzählte ihnen von unseren Plänen für das Steinreich. Sie haben ihnen zugestimmt. Wir ernennen einen Interimskönig für eine Übergangszeit, bis das Königreich stabil ist."

„Wen?", fragt Brokk.

„Dich", erwidere ich. Ich lehne mich zurück an Hunter, der eine solide Wand hinter mir ist. Ich grinse über den schockierten Gesichtsausdruck von Brokk. „Du wirst das schon schaffen. Zuerst wirst du dich um die dieswöchige Palastaudienz kümmern und die Bedenken aller beantworten."

„Was?", rufen einige Ratsmitglieder zusammen mit Brokk aus.

„Du schaffst das schon", bekräftige ich. „Der König vertraut dir. Wahrscheinlich wirst du am Ende von deiner Rolle in der glorreichen Schlacht mit den Slythinern erzählen."

Brokk öffnet und schließt ständig den Mund, aber es kommt kein Ton heraus.

„Mach deine Sache gut, denn danach schicken wir dich für eine Weile ins Steinreich, zusammen mit ein paar Wiederaufbaumaterialien und einem Team deiner Wahl." Ich grinse zu ihm hoch. „Du wirst tatsächlich der Interimskönig sein."

Hunter klopft Brokk auf die Schulter.

Der Alpha sieht benommen aus. „Was?"

„Das Waldreich wird dir so viel Hilfe bieten, wie du brauchst", sage ich laut genug, dass alle es hören können. „Wir werden dich mit Hilfsgütern versorgen und regelmäßige Lieferungen bereitstellen, bis das Steinreich wieder aufgebaut ist. Es handelt sich um eine Übergangsposition, aber du hast das Vertrauen des Königs. Und meins."

Hunter klopft Brokk erneut auf die Schulter, diesmal fester. Das scheint Brokk aus seiner Benommenheit aufzurütteln und er tut das Einzige, was er tun kann.

„Ich fühle mich geehrt, meine Königin." Er tritt zurück und verneigt sich mit einer Hand über dem Herzen.

„Du wirst einen tollen Job machen. Und keine Sorge, wir kommen auch ohne dich zurecht. Ich werde bei den königlichen Audienzen helfen. Was das Steinreich angeht, so werden wir eine Abstimmung einberufen, damit das Volk seinen eigenen Führer wählen kann, wenn deine vorübergehende Herrschaft vorbei ist. Ich werde dir erklären, wie das alles funktioniert."

„Was ist eine Abstimmung?"

Ich winke ab. „Das lege ich dir dar, wenn es soweit ist. Wir werden die Schlange reiten, wenn sie uns über den Weg schlittert."

Jemand drängt sich durch die Menge, eine kleine Gestalt in einem undurchsichtigen grauen Schleier, begleitet von einem subtilen Jasminduft. „Ich möchte mit ihm gehen", sagt Diala leise.

„Sehr gut", erwidere ich. Im Steinreich ist die Wahrscheinlichkeit geringer, dass man sie erkennt. „Brokk wird jede Hilfe brauchen, die er bekommen kann." Und das ist die perfekte Lösung, bis wir einen Weg gefunden haben, Diala weiter zu tarnen.

„Mein König?" Ein Arborii tritt vor. „Ist das Euer Wunsch?"

„Ich spreche für den König", informiere ich ihn laut und deutlich. Hunter starrt alle an, bis der Höfling zurückweicht.

Ich wende mich ihm zu und presse mich an ihn. „Bring

mich nach Hause." Er grunzt und hebt mich auf. Er schreitet durch die sich teilende Menge zum Palast, aber ich drücke seinen Arm, um seine Aufmerksamkeit zu gewinnen.

„Nicht der Palast", sage ich. „*Unser* Zuhause."

Seine Lippen verziehen sich zu einem Lächeln.

***

Haley

DER DUFT von Kräutern liegt in der Nachtluft, als Hunter mich zum Wasserfall hinaufträgt. Der kühle Nebel trifft mein Gesicht, ich bin zu Hause.

Die leuchtenden Kugeln flackern auf, als wir die Höhle betreten. Der Ort ist noch genauso, wie wir ihn verlassen haben. Vielleicht lässt er kleine Elfen oder Feen oder winzige Slythiner vorbeikommen und putzen, wenn er nicht da ist.

Hunter hockt sich hin, um ein Feuer in der Feuerstelle zu entzünden. Auf dem Weg hierher hielten wir am Fluss und fischten im Licht der Monde. Er hat mir beigebracht, wie man einen Stein umstößt und die kleinen Viecher mit einem Dolch aufspießt. Die Fische sind lila und haben viele verrückte kleine baumelnde Dinger, die an ihnen hängen. Hunter wird wissen, wie man sie zubereitet und lecker schmecken lässt.

Ich beginne damit, die Felle auszuschütteln und sie zu einem schönen, seidigen Haufen zu ordnen, während Hunter das Feuer entfacht. Als er fertig ist, lassen die knisternden Flammen Schatten an den Wänden flackern. Ich bin immer noch mit dem runden Bett beschäftigt, das ich aus den Pelzen gemacht habe - ich brauche nur noch ein paar Kissen aus dem Palast und es ist perfekt, als ich ihn hinter mir auftauchen spüre.

„Ich kann nicht glauben, dass du die ganze Zeit wusstest, wie man mit den Schlangen spricht", sage ich, ohne mich umzudrehen. Es juckt mir in den Fingern, ein Fell in die richtige Position zu bringen. Ich beuge mich vor und zupfe den glänzenden Pelz zurecht. „Du hast so viele Kräfte, die ich gerade erst entdecke."

Er legt eine Hand um mich und zieht mich zurück an sich. Hitze sammelt sich in meinem Inneren. Das Bett, das ich für uns gemacht habe, ist bereit und ich bin es auch. Aber jetzt drehe ich mich um und fasse seine Schultern. „Noch nicht. Zuerst muss ich dir etwas sagen."

Sein Gesicht bekommt diesen leeren Ausdruck, der bedeutet, dass er besorgt ist. Ich ziehe ihn auf die Felle und sehe ihn an.

„Du warst bei mir, als ich in der Burg des Steinkönigs war", beginne ich. „Unser Band war stark. Deshalb konnte ich ihn töten."

Er grunzt und wendet den Kopf ab.

„Ich bin nicht verärgert. Ich bin glücklich." Ich rücke näher an ihn heran. „Ich möchte mit dir zusammen sein, doch zuerst muss ich dir das sagen." Ich beiße mir kurz auf die Lippe und hebe mein Gesicht an, meine Tränen beginnen zu fließen und rinnen mir über die Wangen. Hunter sieht so besorgt aus, aber ich bin glücklich. „Du musst deinen Namen nicht wissen", tue ich ihm kund. „Ich brauche keine Erklärungen von dir. Deine Taten und unsere Verbindung erzählen mir, wer du bist." Ich nehme sein schönes Gesicht in meine Hände. „Du musst nicht sprechen, wenn du nicht willst. Ich kann sprechen, und wir sind eins. Wann immer du willst, kann ich die Stimme für dich sein."

Er drückt seine Stirn gegen meine, schaukelt hin und her. In der Verbindung zwischen uns ist der Schmerz verschwunden.

„Name", grunzt er. Er legt meine Hand auf seine Brust. „Meiner."

„Kennst du ihn?"

Er nickt. Seine Augen schimmern in dem schwachen Licht, die bronzenen Flecken funkeln golden.

„Du kannst es mir sagen", flüstere ich. „Aber auch wenn du es nicht tust, ich liebe dich."

Hunters Seufzer durchzuckt ihn. Er drückt mich zurück auf die Felle. Seine Lippen treffen auf meine, erobern meinen Mund. Ich spiele mit und erobere zurück. Ich kralle mich in seinen Rücken, kämpfe darum, ihm näher zu kommen. Er schiebt mich nach unten und winkelt sein Bein an, sodass sein Knie an meinem Geschlecht reibt. Die Bewegung erfasst meine Klitoris durch die Tunika hindurch. Lust durchströmt mich, und ein Wasserfall der Euphorie ergießt sich in unsere Verbindung. Ich keuche, und er unterbricht den Kuss.

Seine Lippen streifen mein Ohr.

„Torren."

Vielen Dank, dass Sie das Buch von Haley und Torren gelesen haben!

Wenn Sie mehr über die Serie erfahren möchten, laden Sie dieses kurze Gratis-eBook herunter, um mehr über Kim & Aurus zulesen Sie kommen auf eine spezielle E-Mail-Liste, dank der Sie als Erstes erfahren, wie es mit der Serie weitergeht.

Teilen Sie uns mit, wenn Sie die Geschichte von Diala und Brokk hören wollen!

EXKLUSIVES EXTRA-KAPITEL!

Wollen Sie mehr von Kim und Aurus? Melden Sie sich HIER für den *Planet der Könige*-Newsletter an (https://geni.us/omegaversefreebieGER) und erhalten Sie eine spezielle Bonus-Novelle, die nirgendwo anders erhältlich ist!

Was schenkt man einem König, der alles hat? Kim hat da eine Idee ...

LUST AUF MEHR VON PLANET DER KÖNIGE?

Brutale Verbindung - Die Geschichte von Emma und Khan
Brutaler Anspruch - Die Geschichte von Kim und Aurus
Brutale Jagd - Haley & Der König der Jagd
Brutale Bestie - Rose & der König der Bestie

Ein Geschenk für den Alpha - sehr kurze Bonus-Novelle
mit Kim & Aurus und Auftritten von Emma & Khan

Sie können sich hier anmelden, um die Geschichte
kostenlos zu erhalten: https://
geni.us/omegaversefreebieGER

Übersinnliche Liebesromane

Verkauft an die Berserker
Diese wilden Krieger schrecken vor nichts zurück, um ihre
Partnerin zu erobern.

***Alphas Versuchung: Eine Milliardär-Werwolf-
Romanze*** mit Renee Rose
Date niemals einen Werwolf.

Romantische Science Fiction

Brutale Verbindung mit Tabitha Black
Mein Retter macht mir klar, dass er für meine Befreiung
eine Gegenleistung will ...
... eine Omega.
Mich.

Gefangene von Außerirdischen mit Golden Angel

Er wird mich zu seinem perfekten kleinen Lustobjekt machen ...

Draekons mit Lili Zander (Eine Sci-Fi Dreierbeziehung Romanze)
Draekon Gefährtin
Abgestürztes Raumschiff. Ein Gefangenen-Planet. Zwei große, hünenhafte, bronzefarbene Aliens, die sich in Drachen verwandeln. Und das Beste daran? Die Drachen bestehen darauf, dass ich ihr Kumpel bin.

Zeitgenössische Liebesromane

Königlich Verdorben
Milliardär. Playboy. Prinz. Und mein neuer Boss.

Die Schöne und die Holzfäller
Nach dieser Holzfällersaison gebe ich den Sex auf. Aus... Gründen.

Der Soldat, der mich verführt
Mein heißer Marine-Held will, dass ich ihn Daddy nenne ...

Ihre Daddys – zwei Rivalen
Zwei Väter sind besser als einer.

Cowboy's Babygirl (Eine dunkle Western-Romanze) mit Tristan Rivers
Sie braucht Schutz. Disziplin. Eine feste Hand. Sie hat die richtige Ranch ausgewählt.

Unschuld (Eine dunkle Liebesgeschichte) mit
Stasia Black
Ich bin der König der kriminellen Unterwelt. Ich bekomme
immer, was ich will.
Und sie ist meine Besessenheit.

Die Gefangene des Biestes (Die Liebe des Biestes)
mit Stasia Black
Vor Jahren hat mich Daphnes Vater bestohlen.
Jetzt ist es Zeit für sie, die Schuld ihrer Familie zu begleichen
… mit ihrem Körper

ÜBER LEE SAVINO

Lee Savino ist eine USA Today-Bestsellerautorin von Smexy-Romanzen. Smexy, wie in "smart und sexy". Finden Sie sie in der Goddess Group auf Facebook und laden Sie ein kostenloses Buch unter www.leesavino.com herunter!

Sie finden sie unter:
www.leesavino.com

Sie lieben knurrige Alphas? Dann schau dir die Berserker-Saga an. Beginne mit ***Verkauft an die Berserker***.

TABITHA BLACK

Die USA-Today-Bestsellerautorin Tabitha Black liebt es, heftige Bücher über knurrige, dominante Alphas und die Frauen, die sie lieben, zu schreiben. Ihre neuesten Ausflüge führen sie in die Welt der dunklen paranormalen Romance, einschließlich der köstlich heißen Welt der M/f Omega-Storys.

Sie hat eine Schwäche für guten Kaffee, starke, dominante Männer und Tattoos.

Verpassen Sie nicht diese anderen spannenden Bücher von Tabitha Black!

Planet der Könige - Mit Lee Savino
Brutale Verbindung
Brutaler Anspruch
Brutale Jagd
Brutale Bestie

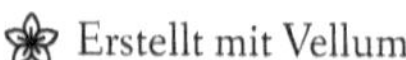 Erstellt mit Vellum

9 781648 470912